点亮心灯

DIANLIANG XINDENG

海　心◇著

合肥工业大学出版社

图书在版编目(CIP)数据

点亮心灯/海心著.—合肥:合肥工业大学出版社,2010.12
ISBN 978-7-5650-0312-7

Ⅰ.①点… Ⅱ.①海… Ⅲ.①散文—作品集—中国—当代 Ⅳ.①I267

中国版本图书馆 CIP 数据核字(2010)第 226993 号

点 亮 心 灯

海 心 著　　　责任编辑 朱移山 霍俊樟 郭娟娟

出 版	合肥工业大学出版社	版 次	2010 年 12 月第 1 版
地 址	合肥市屯溪路 193 号	印 次	2010 年 12 月第 1 次印刷
邮 编	230009	开 本	710 毫米×1000 毫米 1/16
电 话	总编室:0551-2903038	印 张	16.25
	发行部:0551-2903198	字 数	266 千字
网 址	www.hfutpress.com.cn	印 刷	合肥学苑印务有限公司
E-mail	press@hfutpress.com.cn	发 行	全国新华书店

ISBN 978-7-5650-0312-7　　　定价:120.00 元(全 4 册)

如果有影响阅读的印装质量问题,请与出版社发行部联系调换。

把自己浸泡在文字里的狐狸

——序海心散文集《点亮心灯》

合肥是个盛产散文的城市，不但数量可观，质量也可圈可点。有一个典型的例子，可以支持我的观点：去年是建国六十周年，各地都要出一些文集，以资纪念。其他城市，不用说由官方机构来操办，合肥则不然，省图书城的刘政屏仅仅用手机发发短信，好文章纷至沓来，用不着加工润色，捋捋顺顺，一本《阅读合肥》就面世了，一上架，便引起轰动，成了畅销书。这一切是那么自然而然，无疑，这自然而然，是源于合肥的整体散文实力。——海心，正是这本畅销书的作者之一。

《点亮心灯》是海心第二本散文集。和她的第一本散文集相比，视野有所拓展，情感有所升华，才艺有所提高，然而情调与风格，依旧一脉相承。

从《重读经典》到《行游山水》到《非常时刻》到《烟火人间》到《心香一瓣》，一个白领丽人的视野，杂然纷陈：从读书到行走，从外部世界到内心秘境，从宏观到微观，从观察到思考，乱花渐欲迷人眼。视野往往跟胸襟联系在一起。养在深闺，咀嚼一己的悲哀与乐趣，胸襟上，先就失分。海心的写作视野，不一定得益于她的编辑、记者身份，仅有某种便于拓展视野的身份是不够的，视野不是视域，一个写作者的视野，有赖于她对生活的热爱、对人生的感悟和对世界的理解。

情感是散文的精髓。女性写作者，通常多愁善感，海心也不例外。本书有一部分篇章所记所述，我也是在场的，同样的访问或同样的参与，我是经历了就经历了，而海心的文章，却像清泉一般汩汩而出，这不是勤与惰的差别，是情感的敏与钝的差距。记得有一次去小团山，都是散文圈子里的朋友，男性如我，喜欢登高遥望江淮分水岭山峦起伏，看天高云淡，陶醉于大地微微暖气吹的体悟之中，而海心们则像孩子一般“就花拈蛱蝶”，她们沉浸在与花枝牵手、与香草为伍的乐趣中。有人说，女人到老都不会放弃童心，更何况正值花样年华的海心。童心正是散文写作的源泉，海心的文章，就是从

童心这股清泉里汩汩而出，似一泓秋水，澄明可爱。

写作其实是一种手艺。一般人热衷于以高低、精粗、雅俗之分，来判定手艺，这太机械了，尺度也无从把握，难以适用于艺术领域。“深远如哲学之天地，高华如艺术之境界”的文字固然好，如果做到文笔平淡中见出幽思，语言朴浅里涵泳名理，我也是激赏的。我不像别的写序言的人那样，动辄罗列一大堆原文，然后一一加以评点。我深信，读者会在阅读过程中发现，文笔平实、冲淡所给出的幽思，是多么的亲切，语言质朴、自然所阐述的名理，是那样的本分。我们生活在俗世里，无疑多是俗人，对通俗的文学艺术作品，有天然的亲和力。“语必关风始动人”，是我信奉的至理名言。雕金琢玉，烟岚满纸，很高蹈，很贵族，但如今的中国，又有几个爵爷与贵妇?

海心不是那个阶层的人。初识海心，觉得她像一只狐狸，有点美艳有点灵气有点狡猾有点寂寞也有点伤感，交往多了，仍然觉得她像只狐狸，只不过是一只浸泡在文字里的狐狸。这只狐狸，除读书外，也学画也练琴也旅行也摄影也瑜伽，但凡此种种，都化作她通往文字的小道。倘若没有书没有画没有琴没有旅行没有摄影没有瑜伽，也许就没有这本书了，即使有这本书，可能就是干巴巴的一堆词语，文字清丽，造境鲜明，也就无从谈起。

一个人把自己浸泡在文字里，说起来好听，行起来难矣。写散文，尤其是写出别出手眼、摇曳多姿的散文，写出让世界变得更柔软、更富人性，更具情谊的散文，更是难上加难的吧。好在海心是一只狐狸，在文字里浸泡久了，反过来，凭着她的美艳、灵气、狡猾、寂寞和伤感，终究会照亮她的文字。

程耀恺

2010 年 12 月

目　录

行游山水

非常时刻

烟火人间

心香一瓣

重读经典

在美学上极有见地的沈从文笔下，对“翠翠”这一艺术形象，寄托了他的审美理想。清纯可爱的翠翠，浓缩了人性最纯美的形态以及对于自由的追求，彰显了沈从文对于生命彻悟的大智慧和深沉之爱。沈从文所刻画的翠翠，以人性的善良与纯朴闪烁着耀眼的光辉。

——《沈从文心中的理想女性》

泾县·查济古村落

每个时代，都有那个时代的诗歌

——诗歌，浓缩时代的影子

文学史上说，一个时代有一个时代的文学。比如《诗经》、《楚辞》，汉赋，唐诗，宋词，元曲，明清小说等。我认为，每个时代，应该都有一个时代的诗歌。

中国诗歌从古老的《诗经》到唐诗，无不散发着灿烂的光芒，是我国优秀的文学遗产之一，也是全世界文学宝库中的一颗灿烂的明珠，并对后世文学创作产生着极其深远的影响。两千多年过去了，但许多诗篇还在今天广为流传。《诗经》，是中国最早的诗歌总集，先秦时，称为“诗”或“诗三百”，孔子加以整理，汉武帝时定名为“诗经”，共收入自西周初年至春秋中叶大约五百多年的诗歌305篇，共有风、雅、颂三个部分。而唐朝时，中国古典诗歌发展到了顶峰，以后没有一个朝代超越它。唐代古典诗歌从自然现象、政治动态、劳动生活、社会风习，直到个人感受，都逃不过诗人敏锐的目光，成为他们写作的题材。在创作方法上，既有现实主义的流派，也有浪漫主义的流派，而许多伟大的作品，则又是这两种创作方法相结合的典范，形成了我国古典诗歌的优秀传统。

自新文化运动开始，白话文逐渐代替文言文，现代新诗产生了，古典诗歌逐渐式微，尽管当今还有人在写。新诗，最早形式上的变革者，当属一代大家胡适先生，他无疑是第一白话诗人。他的《尝试集》，充满了矛盾，显示出了从传统诗词中脱胎、蜕变、逐渐寻找、试验新诗形态的艰难过程，如《两只蝴蝶》等。而到了郭沫若《女神》的出现，在诗歌形式上，突破了旧格套的束缚，创造了雄浑奔放的自由诗体，为“五四”以后自由诗的发展开拓了新的天地，凸显了那种狂飙突进的五四精神，成为我国新诗的奠基之作，如《天狗》等。如果说，首倡“诗体的大解放”的胡适和他的《尝试集》，是区分新旧诗的界限，那么，堪称为新诗革命先行和纪念碑式作品的，则是郭沫若和他的《女神》。

文学与诗歌反映着社会现实，作用于社会与时代。文学作品，也要还原历史中去鉴赏。

尤其在那个非常的民族解放运动时——抗战时期，田间的诗歌像战鼓一样催人奋进，如，《给战斗者》。这是抗日战争初期一首鼓动人民奋起斗争的战歌。诗篇以无比愤怒的心情控诉日寇的侵略暴行，激情地高唱“七七”事变后中国“复活的歌”，号召人民挺起胸脯，拿起武器战斗到底。诗作准确地表达了中国人民不甘蒙受屈辱、“在斗争里，胜利或者死”的民族感情和决战意志，充满强烈的爱国主义精神，所以闻一多称诗人为“时代的鼓手”、“擂鼓的诗人”。很重要的原因就是诗人的独特的“短行”体诗歌形式和抗战初期慷慨激昂的时代气氛是十分合拍的，充分地发挥了诗歌的鼓舞作用。比如诗中号召人们起来战斗的诗句：“我们/战斗的/呼吸，/不能停止；/血肉的/行列/不能拆散。/我们/复仇的/枪，/不能扭断。”一两个词就组成一个诗行，并且以诗句的连续反复来渲染雄壮的声势。这种“短行”的诗歌形式，加之以反复、排比的句式，自然形成了一种急迫紧张的节奏，生动表达了诗人激越的情绪，极富感染力。

上世纪20年代到40年代，中国产生了这样一些著名的现代诗歌流派：20年代初期以徐志摩、闻一多等为代表的“新月派”，以及20年代中期出现的以李金发为代表的“象征派”；30年代以戴望舒为代表的“现代派”，以及以艾青、彭燕郊、牛汉、曾卓等为代表的“七月诗派”；40年代以穆旦、杜运燮、郑敏等为代表的“中国新诗”派等等。

戴望舒，第一本诗集《我的记忆》，这本诗集是早期象征主义诗歌的代表作，其中最为著名的诗篇就是《雨巷》。《雨巷》是戴望舒的成名作和前期的代表作，在《小说月报》上刊出，受到人们注意，他由此获得“雨巷诗人”的称号，受到叶圣陶的极力推荐，成为传诵一时的名作。他这一时期的作品，在艺术上保留着中国古代诗歌传统及欧洲浪漫主义诗歌的痕迹，并带有明显的法国象征派诗人魏尔兰、中国的李金发等人的影响。这首诗写于1927年夏天。当时全国处于白色恐怖下，戴望舒因曾参加进步活动而不得不避居于松江的友人家中，在孤寂中咀嚼着大革命失败后的幻灭与痛苦，心中充满了迷惘的情绪和朦胧的希望。《雨巷》一诗就是他的这种心情的表现，其中交织着失望和希望、幻灭和追求的双重情调。这种情怀在当时是有一定的普遍性的。富于音乐性，是《雨巷》另一个突出的艺术特色。诗中运用了复沓、叠句、重唱等手法，造成了回环往复的旋律和宛转悦耳的乐感。因此叶圣陶先生称赞这首诗为中国新诗的音节开了一个“新纪元”。1941 年戴望舒所作《狱中题壁》和稍后的《我用残损的手掌》，表现了诗人的民族和个人的坚贞气节。

而艾青的《大堰河——我的保姆》，表现了诗人热爱祖国的深挚感情，泥土气息浓郁，诗风沉雄，情调忧郁而感伤。刻画了善良、淳朴、勤劳、坚强的旧中国的农村妇女形象——大堰河，抒发了诗人对保姆——心中的母亲那浓浓的爱。此外，艾青的“太阳”、“火把”，是中国人追求光明、抛去黑暗精神的象征，表达了中国人民不断抗争、争取民族自由、民族独立的愿望，高度浓缩了时代精神。

建国后的十七年，郭小川无疑是个典型的诗人代表。他的诗激情澎湃，具有丰富的想象和深刻的哲理。在诗歌形式上借鉴了古代诗歌和民歌的优点，语言节奏鲜明、流畅。他的第一首政治抒情诗是献给全国青年社会主义建设积极分子大会的《投入火热的斗争》。这首诗以他过去的诗歌中所没有的磅礴气势，唱出那个时代的强音，体现了那个时代非常昂扬的激情。

“文革”结束前后，是朦胧诗的兴起。“朦胧诗”，是“文革”后出现的第一股有现代派特征的诗歌潮流。一般认为，朦胧诗是自 1978 年北岛等主编的《今天》杂志开始的。当时活跃于《今天》杂志的诗人有舒婷、顾城、杨炼、江河、梁小斌、芒克等。朦胧诗无疑是中国当代汉语诗歌史上最值得关注也绕不过去的重要课题，它的重要性在于它开启了诗歌的多个方向，启迪了当代汉语诗歌的多种可能性，始终是一座含金量罕见、挖掘不尽的宝库。朦胧派诗人是一群对光明世界有着强烈渴求的使者，他们受西方现代主义诗歌影响，借鉴一些西方现代派的表现手法，表达自己的感受、情绪与思考；他们善于通过一系列琐碎的意象来含蓄地表达出对社会阴暗面的不满与鄙弃，开拓了现代意象诗的新天地，新空间，与当时诗坛盛行的现实主义或浪漫主义诗歌风格截然不同。北岛的《回答》、舒婷的《致橡树》、顾城的《一代人》都是朦胧诗的代表作之一。比如北岛的“卑鄙是卑鄙者的通行证/高尚是高尚者的墓志铭”（《回答》），顾城的“黑夜给了我黑色的眼睛/我却用它寻找光明”（《一代人》）、杨炼的“高原如猛虎，焚烧于激流暴跳的万物的海滨”（《诺日朗》）、舒婷的“与其在悬崖上展览千年/不如在爱人肩头痛哭一晚”（《神女峰》）等等，当年传诵一时，在当时思想解放、人性开放的启蒙思潮和时代背景下领风气之

先，自然好评如潮。即使今天还是震撼，甚至可以说经受了时间的考验。他们用诗歌概括了80年代中国人的梦想与希望。他们所表达的美丽的忧伤，概括了一代青年的普遍的心理。

朦胧诗之后，领衔诗坛的是西部诗歌。这是一群实力派诗人，有着纯正的对诗的执著追求，他们因西部之恋不期而遇地营构了诗的西部世界。西部诗境的魅力，不仅在于创造了灵魂和生命的自由天空，还在于具有独特的中国文化背景与中国人在困境中的生存精神。“西部”，以诗性的超级体验与畅通的艺术精脉，表现了超越地域意义的现代诗学价值。

上世纪80年代后，各种现代诗歌流派众多。上世纪80年代中后期以海子为代表的“神性写作”，以韩东、于坚等为代表的“他们诗群”，以及以周伦佑、杨黎等为代表的“非非诗群”；90年代初期以欧阳江河、西川、翟永明、王家新、臧棣、西渡、桑克等为代表的“知识分子写作”，以及90年代中后期以伊沙、徐江、侯马等为代表的“民间写作”；90年代后期和本世纪初以莫非、林童、树才、娜夜、卢卫平、路也、唐诗、刘文旋、马永波、谯达摩等为代表的“第三条道路写作”；本世纪初以朵渔、尹丽川、沈浩波、南人、巫昂等为代表的“下半身写作”，以及以安琪、格式、马策、赵丽华等为代表的“中间代写作”；本世纪初至今以张荣寰、易道禅等为代表的“世界精神”派，将诗歌及其理论融入了世界文明的内核与灵魂的升华感知。

这些诗人当中，尤其以海子与赵丽华具有代表性。

海子，是中国20世纪80年代新文学史中一位全力冲击文学与生命极限的诗人，是中国新诗史上最优秀的诗人之一。在中国当代诗坛，海子常常被评价为“一个诗歌时代的象征”和“我们祖国给世界文学奉献的一位具有世界眼光的诗人”。作为20世纪80年代后期新诗潮的代表人物，海子在中国诗坛占有十分独特的地位，他的诗不但影响了一代人的写作，也彻底改变了一个时代的诗歌概念，成为中国诗歌文化的一个重要组成部分。其创作的优秀抒情短诗是继“朦胧诗”之后独特而又诗艺出众的作品，兼具抒情性、可诵性和先锋性风格，在当时极为罕见。他短暂的一生像流星划过，又似恒星高照。在诗人短暂的生命里，他保持了一颗圣洁的心。他曾长期不被世人理解，但他是中国70年代新文学史中一位全力冲击文学与生命极限的诗人。他艰辛地守望着自己诗歌理想的“好望角”，拼命地以不被世人理解的方式捍卫着自己诗歌道德的底线，不断地创造着中国诗歌的辉煌奇迹。他凭着辉煌的才华、奇迹般的创造力、敏锐的直觉和广博的知识，在极端贫困、单调的生活环境里创作了将近200万字的诗歌、小说、戏剧、论文。1989年3月26日黄昏，他以一个孤独的歌者身份，在山海关至龙家营之间的一段火车慢行道上，以“最便当、最干净、最尊严”（西川语）的方式——卧轨，极速奔向天堂，生命的年轮永远地凝固在25岁。他的死震惊了当时的中国诗坛。他的诗和他的死，影响了一批又一批的后来者，在青年诗人中产生很大影响。如，《面朝大海，春暖花开》、《麦地》。

赵丽华是当下最具方向性和探索意义同时也是最具争议性的诗人。被同行誉为“在探求诗歌感性与知性、内在复杂度与外在简约形式的切点上有超乎寻常的把握和悟性”，写作姿态随意、自如，不矫情、造作之态，有时从容、淡定，有时又大胆、前倾。2006年9月发端于网络的“赵丽华诗歌事件”，由于波及之广、影响之大，被媒体称为自1916年胡适、郭沫若新诗运动以来的最大的诗歌事件和文化事件，她的诗歌风格和仿制她诗歌风格的诗歌被称为“梨花体”。

而在近几年，尤其是2008年，我们国家经历了太多的磨难：罕见冰雪冰封南中国、汶川特大地震、金融海啸的肆虐……也有很多的收获：奥运成功举办、神七历史性飞天、两岸三通的实现……这些多年罕见的事物，都在2008，在中国做了一次大的集结。

在这些特殊时期，我们看到了文学的力量，很多诗歌感人至深，闪烁了耀眼的光芒，但没看到像史诗一样的作品，来整体反映这些历史事件。应该有更多的诗人站出来，再现历史、表现情感、抒发心怀。因为，2008年，有太多的悲伤与喜悦填满于我们的记忆之中。泪水与坚强，离别与团聚，爱心与责任，勇气与尊严……但是，正是有了这种经历，中华民族这种同舟共济、自强不息的美好品质才更加熠熠生辉。而这些，也正成为中国人民战胜一切困难、创作美好生活的强大动力。

诗歌，是高度集中地反映时代声音、记录时代步伐、关注社会生活、感召人们心灵，同时凝聚着作者强烈的思想感情、富于想象、语言凝练而形象，并有鲜明的节奏感的文学样式。诗歌是我们的伟大的传统，在国人的生活中，扮演了准宗教的角色。因此，一个伟大的时代、一个重大变革的时代，都会通过诗歌看到那个时代浓缩的影子。

沈从文心中的理想女性

——解读《边城》翠翠形象

在美学上极有见地的沈从文笔下，对“翠翠”这一艺术形象，寄托了他的审美理想。清纯可爱的翠翠，浓缩了人性最纯美的形态以及对于自由的追求，彰显了沈从文对于生命彻悟的大智慧和深沉之爱。沈从文所刻画的翠翠，以人性的善良与纯朴闪烁着耀眼的光辉。

沈从文笔下的翠翠天真善良、善解人意、温婉多情。翠翠身上凝聚着这一种优美、健康、自然、而又不悖乎人性的人生生命形式的特定内涵：保守着人的勤劳、朴素、善良、热情，在爱情关系上，表现为自然与纯真。沈从文特别强调了这种生命形式赖以存在的社会环境的原始封闭性。这里没有资本主义“现代文明”的影响，甚至封建宗法关系也还没有生根。这是一种人的自然交往，爱情、婚姻及两性关系具有较充分的自由，青年男女爱得真挚、热烈、活泼，跃动着原始的生命活力，洋溢着自然之趣。

她是作者“希腊神庙中最美丽的女神”，是作者倾注“爱”与“美”的理想的艺术形象。她出身于山野田间，既是大自然的女儿，又是爱情的女儿。她身上体现着“天人合一”，她是美的精灵与化身。她吸取了山水自然的灵气，这份清洁的绿色为女主人公清新蓬勃的生命注入了几分灵动、几分浓情和一丝忧伤。她从翠竹深处走来，带着自然万物的气息，带着自然的神性，纯净无邪，是湘西山水间栉风沐雨的“野丫头”。自然既长养她且教育她，天真烂漫、健康活泼、聪明伶俐且带点娇憨，无拘无束，带有原始的活力，显出一种野性之美。随着年龄的增长，她对生命有了奇妙的感悟，会想到生死，能感到孤独，而这一切对她又非常飘渺，如梦一样，不久便消失了，爱情也在这朦胧中降临，一个端午节与傩送偶然相逢便“从此便有了一件属于自己的心思”，她的爱情纯洁，超越一切世俗，净化人的心灵，给人以美的享受。翠翠的纯净与美丽，“正反衬出城市文明社会畸形的人生和病态的心理传达出自然生命的清新。”翠翠正是作者塑造的年轻一代的代表，她身上寄托着作者对未来的希望，承载着他对新人类的希望。翠翠实际上就是沈从文的精神寄托，翠翠的美不仅体现在自然生长的外界美，而且体现在她有种顽强的生存能力，这是她内在的冲力，而旺盛执著的生命力是她的灵魂。这种女性形象，自然率真，又不乏传统，是美的象征。她继承着传统的衣钵，同时又面对现实的挑战走向新生活。她那超越一切世俗利害的朦胧的爱情，以及恬淡自足的生活，都灌注了作者美好的怀旧、想象与企盼，也隐伏着悲剧感。

翠翠身上的“美”，是通过她的爱情故事逐步表现出来的：第一阶段：翠翠爱情萌生阶段。她在小镇看龙舟初遇傩送，爱情的种子就萌芽了。第二阶段：翠翠爱情的觉悟阶段。两年后又进城看龙舟，她的爱情意识已完全觉醒。第三阶段：翠翠对爱情执著的阶段。她在爱上傩送后，没想到傩送的哥哥也爱上了她。出于对爱情的忠贞，她明确向爷爷表示拒绝。然而，她与傩送的爱情却忽然受到严重挫折，傩送远走他乡、爷爷也死了使她一夜之间“长成大人”。最后，她像爷爷那样守住摆渡的岗位，苦恋并等待着傩送的归来，这些充分表现了翠翠性格坚强的一面。在爱情挫折中翠翠的性格展现着柔中有刚的美。

沈从文“对他钟爱的那个湘西社会即将灭亡的清醒的悲愤”时时淹没了他。《边城》中的一切都是那样纯净自然，展现出一个诗意的自然环境与人类社会。然而最终美好的一切只能存留在记忆里：慈祥的祖父在雷电暴雨的夜晚身心交瘁地离开了人间；憨直健壮如小牛的天保驾船离开了茶峒葬身桃源，美丽的白塔终于坍塌了，那个在月夜歌唱，将姑娘从梦中浮起的傩送出走了也许永远回不来了，一个顺乎自然的爱情故事以悲剧告终。而剩下翠翠一人开始了遥遥无期并可能永无结果的等待。她和傩送本来完全可以结合在一起，可惜二人却失之交臂，留下了悠长的遗憾。翠翠挣脱不掉命运冥冥中的安排，再一次面临母亲的悲剧，翠翠那一双“清明如水晶般的眸子”，不得不“直面惨淡的人生。”这不能不使人陷入无边的怅惘，让人感到一种忧伤、缺憾的美：到了冬天，那个圮坍了的白塔，又重新修好了。那个在月下歌唱，使翠翠在睡梦里为歌声把灵魂轻轻浮起的年轻人，还不曾回到茶峒来。“这个人也许永远不回来了，也许明天回来！”没有人能告诉她要孤独地等到什么时候。孤苦伶仃的翠翠怀着一颗“软软，酸酸的心”等着“也许永远不回来也许明天回来”的傩送。“也

许明天回来”不过是孤寂中的自慰罢了。她身不由己地屈从或顺应了自然或社会环境加之于身的突如其来的天灾人祸。人们对翠翠那段凄苦悲怜的爱情充满同情。

如小鹿般活脱健美

翠翠是个十六七岁的山村美少女。她纯真聪慧、像小鹿般活脱健美。鲜明活泼不染纤尘。她是作者刻画得最成功的一个人物形象，她是湘西山水孕育出来的一个精灵，集中体现了天真、纯洁、善良、温婉、恬静、美丽、生动、聪明、热情、大方等美好品质，眉眼间没有大家闺秀那种矜持，而流露出山野的秀气和清纯。虽为自己的心思而烦恼、忧伤，却并不张扬恣肆，过着无忧无虑的清平生活。只有当爱情的潮水汹涌而来时，才觉得彷徨不安，这构成一幅苗家姑娘从少年走向成熟的人生画卷。她在隔绝的“边城”里，从模模糊糊的状态下，逐渐经历爱情，也逐渐懂得爱情，爱上了傩送，感情纯洁真挚……傩送远去，她又矢志不渝地等待着心上人的归来，表现了她对爱的执著。她对爱情的追寻总是在梦境状态，如同期待那每夜都会入梦而来的傩送的歌声。美丽的翠翠，有着同样美丽的名字，叠字的名字读起来像清澈的溪水，泠泠作响，舌尖上有那么一丝甜甜的甘永回忆。翠翠之名，也得于自然：“为了住处两山多篁竹，翠色逼人而来，而拾取的一个近身的名字”。

翠翠一出场，作品就有一段精彩的描写：“翠翠在风日里长养着，把皮肤变得黑黑的，触目的青山绿水，一对眸子清明如水晶，自然既长养她且教育她。为人天真活泼，处处俨如一只小兽物。人又那么乖，和山头黄麂一样，从不想到残忍事情，从不发愁，从不动气。平时在渡船上遇陌生人对她有所注意时，便把光光的眼睛瞅着那陌生人，作成随时皆可举步逃入深山的神气，但明白了人无机心后，就又从从容容在水边玩耍了。”“翠翠大吃一惊，同小兽物见到猎人一样，回头便向山竹林里跑掉了。”“眉毛长，眼睛大，皮肤红红的。也乖得使人怜爱。起眼动眉毛，机灵懂事，使家中长辈快乐。”形容翠翠用了美好而充满生气的动物。这是多么美好的形象啊。她对二佬傩送朦朦胧胧的梦境一样的感情，她对爷爷爱娇的依恋，她对美丽事物比如一个衣着光鲜的好看女孩子的流连，都惹人爱怜。这个形象可以说是“优美、健康、自然”。这里把人与自然融合在一起写，找到了湘西少女翠翠的生活特点，既根源于自然、符合自然又超越自然。

这种恬静的自然环境陶冶了少女的性情。小说首先写翠翠常年便随祖父在渡船上生活，披星戴月，皮肤自然变得黑中泛红，显示出力与美。其次以青山绿水与眸子相对映，描绘明亮而幽深的眼睛，勾勒出纯洁而可爱的少女形象。进而以“黄麂”喻人，新鲜而又奇特，找到了善良、精明的同质性。这样，作者选取了自然环境中的三种典型事物，把一个勤劳、善良、精明、纯洁的山村少女形象描摹得像浮雕一样突现在读者面前。作者把翠翠与自然山川灵气融为一体，使翠翠更加焕发出青春的气息。

清明如水晶的翠翠，不能识文断句，没有经受过“文明”的熏染，她生活在善良朴素的人群里，自由自在地徜徉在青山绿水之间，保留了天性中最纯良天真的一部分。平时也几乎没有太多的想法，只要允许去赶一场热热闹闹的集也就十分快乐了。翠翠天然动人，山水阳光浸染出的好底子，但她并非完全是自足的“小兽”。她四处吸取着新鲜的东西，“大把的粉条，大缸的白糖，有炮仗，有红蜡烛，莫不给翠翠很深的印象，回到祖父身边，总把这些东西说个半天”。而过渡的新嫁娘，乡绅女儿手上的麻花银镯子，都使翠翠羡慕。但翠翠又是独特的，是不能以所谓的“学识”“文化”“教养”等字眼来规范的。她是另一种文明的骄傲。率真淳朴，悠然自得。她是一个平凡的女孩，是一段苦情的结晶，是歌唱出来的人，她美丽而充满神性。

那么，谁会得到她的爱情呢？她将要经历怎样的命运？自然而然的，爱情会产生。当沈从文把翠翠放在那个百船竞渡、节日盛大的五月五日，那么，可以预感到，翠翠的灵魂会经历一次也是第一次甜蜜的没有来由的陌生的共鸣，因为她遇到了一个叫傩送的男子。傩送已爱上翠翠，翠翠下意识里已朦胧生出对傩送的爱恋。然后，她把这个男子放在了内心最隐秘的地方……那里有如此美丽的少女的幻想。然后把这个男子化着刻骨的相思，化着青春的冥想，化成一次次奇异美丽的梦……梦中有人为她歌唱，化成一次次的脸红，化成拒绝另外一个人……天保爱的理由。最后，面对“这个人也许永远不回来，也许明天就回来”的悖论，她把这个男子化成等待与守望的力量。

翠翠似乎一直生活在一种梦幻中，她只能在梦中才能品尝到爱的甘露，而现实却似乎离她很远，于是，她只能凄凉地守候，孤独地等待。她由梦中走到现实，一步步成熟，面对一切她没有倒下去，而是守着渡船守着希望，等傩送归来。

歌颂人性的至美

人称“《边城》是歌颂人性的至美”，是“表现人性美的力作”，是“人性美的赞美诗”。相对于表层的地理因素，更深层次上造就小说纯美意蕴的则是文字间闪动的人性光辉。沈从文曾说：“这世界上或有想在沙基或水面上建造崇楼杰阁的人，那可不是我。我只想造希腊小庙。选山地作基础，用坚硬石头堆砌它。精致，结实，匀称，形体虽小而不纤小，是我理想的建筑。这神庙供奉的是‘人性’。”翠翠纤尘不染、心机全无、乖巧聪明、羞怯温顺、尊老爱幼、助人为乐、忠于恋人，的确闪烁着动人的人性美的光亮。沈从文将她供在人性的神庙里。《边城》让人亲切感受到自然与生命所发散出的芳香，也感受到了那里的人情美、人性美，闪动着人性的光辉，从而发出对人生与社会的感慨。小说全力展现了沈从文对人性美的孜孜探求，是他融注在乡土挚爱之情的生命赞歌。普通人性的质朴、单纯，爱情的自然、晶莹都在始终抗拒着工业文明的侵扰，穿插着对都市文明的批判。这是一个迷人的、人与自然高度和谐统一的世界，人物身上显现的是一个与都市生活完全相对立的人性：自然、淳朴，然而又强劲、热烈的生命形态。由于处在边地，这个地方“一切莫不极有秩序，人民也莫不安分乐生”，每个人都热情诚实，人人均有古君子遗风。翠翠就是在这片灵秀的山水与纯朴民俗的呵护下渐渐长大。沈从文把《边城》看成是一座供奉着人性的“希腊小庙”，而翠翠便是这种自然人性的化身，是沈从文的理想人物。在这些理想人物的身上，闪耀着一种神性之光，既体现着人性中庄严、健康、美丽、虔诚的一面，也同时反映了沈从文身上的浪漫主义和古典主义式的情怀。《边城》中所描绘的人性美的世界，自由、淳朴、自然，这正与城市人性的堕落污浊对照，是作者的理想之地。他展示的是纯净的人生，是带有东方民族所特有的对美好人性的追求。这种人性美使人返璞归真，这种人性是健康自然充满活力的。《边城》的世界醇厚、质朴、原始、纯洁、明净如碧水，无情欲放纵、无病态人生。作者用一种关爱筑造了一座恢弘的人性金字塔。

翠翠情窦欲开，有纯真、乖巧、心绪朦胧、让人怜爱之特性。翠翠有着清澈如水的性情和恋情。

翠翠的爱情纯净，超过一切世俗利害关系。翠翠长大了，伤春感怀，心事重重，情窦初开的她喜欢把野花戴在头上装扮新娘子，喜欢摘象征着爱情的虎耳草。翠翠大了，又多了些思索，多了些梦——看到团总家王小姐有一副麻花绞的银手镯，心中有些歆羡、发痴。其爱情有个成长过程。总体上，是可感的，坚定的，但是开头是朦朦胧胧的，飘飘忽忽的。翠翠的爱是一串梦。

看到了她平静的外表下，火山喷涌般的激情，九曲黄河般的情感波澜，使我们热烈地感受到怀春少女的青春活力。羞涩、温柔的个性，含蓄又热烈的爱情心理，把这个小女孩从情窦初开这一页慢慢翻开，完成了一部爱情心理觉醒之书。诱发她心事多变、情绪恍惚的原因是看划船比赛时因语误而骂了傩送，而傩送非但不生气，反而找人送她回家。少女翠翠在初涉爱情时的矜持、害羞而又怦然心动的细微心理。如在初遇二佬时曾因误解骂过他，然而当她回去听说此人就是诨名“岳云”的傩送时，到了家，“另外一件事，属于自己不关祖父的，却使翠翠沉默了一个夜晚”。翠翠情窦初开，这种爱情心理是十分含蓄的。然而后来第一个来他家提亲的却是老大天保：“翠翠弄明白了，人来做媒的是大佬！不曾把头抬起，心忡忡地跳着，脸烧得厉害，仍然剥她的豌豆，且随手把空豆荚抛到水中去，望着它们在流水中从从容容的流去，自己也俨然从容了许多”。这里惟妙惟肖地刻画了少女的惊愕和极度失望、掩饰的心理过程，让人难以忘怀。在这里，少女翠翠的天真烂漫跃然纸上。

两年后的端午节，祖父和翠翠到城里看龙船，从祖父与年长的谈话里，听明白二佬是在下游六百里外青浪滩过的端午。翠翠和祖父在回家的路上走着，忽然停住了发问：“爷爷，你的船是不是正在下青浪滩呢？”这说明翠翠的心此时正在飞向滩边。爷爷的船当然不会在青浪滩，只有傩送的船才在哪儿呢！一句无意的问话，袒露了一个少女的情怀，一位娇羞的少女形象跃然纸上。她明明在想着属于个人的故事，但当祖父问她时，她却轻轻地说：“在看水鸭子打架。”一句刻意的回答，证明着恋爱少女的娇羞，只是把心里秘密的故事深藏起来，不愿意倾诉。

最使人印象深刻的自然还是那股孩子气——女孩儿家的孩子气。这个女孩儿似乎永远也不会成熟为妇人。她将那份可爱的孩子气显示于与亲人之间，显示于与外人之间，或显示与自然之间。因为祖父不理解她的心事，她就幻想出逃祖父去寻她，可是想到祖父找不到她时的无奈，又为祖父担心起来，为自己的想法的后果害怕自责。由于她感受到祖父不理解自己，使设想着自己出走给祖父带来的“惩罚”——让祖父常常失去她的痛

苦；可是当她想到祖父的无奈便又为她担心起来，于是一次次的叫祖父回家，生怕两人真的就会分手。这生动地反映出翠翠对祖父的依恋之情。

翠翠自幼父母双亡，内心无比孤独。虽然有祖父无微不至地照顾自己，但是并不能真正理解她作为一个青春少女的情怀。她“看着天上的红云，听着渡口飘来乡生意人的杂乱声音，心中有些薄薄的凄凉”。没有人能体会一个思春少女的感情，所以她感到“这日子成为痛苦的东西了”。她为这无奈的生活而痛哭，祖父不能明白她内心的哀痛。她觉得委屈，自然地迁怒到唯一可以向之撒娇的祖父，她并不当真地胡思乱想着自己出走以后带给爷爷的惩罚。“我要坐船下桃源县过洞庭湖，让爷爷满城打锣去叫我，点了灯笼火把去找我。”翠翠的“惩罚”手段仍然是建立在两人亲情深厚的基础上，她深知祖父爱她，所以让他尝尝失去她的痛苦。更感人的是后面，只是这样一个念头，就吓坏了翠翠，她不敢想象没有祖父的生活，竟不顾爷爷正忙着摇船，一次又一次叫爷爷回家，仿佛晚一点他们真会分开。其实，翠翠此时心里并没有一个明确的要求或一件具体的事情，她就是那么“莫名其妙”地感到日子空虚心情郁闷，这是一种无法言说的不安或不快，但又是一种确确实实的存在。因为无法言说，所以没人能帮助你；因为确实存在，所以它总在折磨你。这就是孤独感。翠翠这清醒的白日梦，把一个少女单纯而隐秘的内心情感托现给读者：因情感生活得不到满足而产生的哀怨的心理。

她令人难以忘怀之处，就在于她是女人，却又是未长成的女人——孩子——女孩子。女性是可爱的，尚未成熟的带着孩子气息的女性更是可爱的，其身上流露着人心所向往和喜欢的温柔、天真与纯情。她身上满含着柔情。作者用最细腻的心灵体味着它，又用最出神的笔墨将它写出，让人去感应与享受。这种情感导致了翠翠以及翠翠的母亲这样一些女性形象，都不能让人产生强烈的如痴如醉的爱，而只能产生怜爱。翠翠柔情似水，她用一种不焦躁、不张狂、不亢奋的目光去看那个世界。“身边草丛中虫声繁密如雨，间或不知道从什么地方，忽然会有一只草莺‘嘘’啭着它的喉咙，不久之间，这小鸟又好像明白这是半夜，不应当那么吵闹，便仍然闭着眼睛安睡了。”……自然界如此幽静迷人，人世间的人们互助着，各自尽着一份人的情义。翠翠对老船夫的昵近，与水与船及一草一木的亲切，一举一动，都显出一番柔情来。一段对狗的小小批评，都使将一种柔情体现出来。如，翠翠带点儿嗔恼的跺脚嚷着：“狗，狗，你狂什么？还有事情做，你就跑呀！”于是这黄狗赶快跑回船上来，参加工作，依然满船闻嗅不已。翠翠说：“这算什么轻狂举动！跟谁学得的？还不好好蹲到那边去！”

翠翠乖巧、心善、勤劳，是爷爷的好帮手。她和祖父相依为命，对祖父关心备至。翠翠对祖父的爱带着一些任性、一些娇气，而对天保兄弟的爱则带着少女的羞涩和幻想。翠翠性格内敛，心事多装在肚子里，更多的是在希望和等待的梦境中期盼幸福生活降临。小说着重表现了翠翠朴实真挚的情爱美，描写了翠翠情窦初开时对爱情的朦胧向往渴望幸福的健康情怀。她的爱情充满诗意美，是善与美的结合，人性的诗意、山水的诗意。翠翠为什么会喜欢二佬，而不喜欢大佬；其实非常吸引翠翠的二佬身上最本质的品质，就是他的诗意。二佬长得很英俊，小说里边讲他像岳云，所以二佬跟翠翠之间的这种关系的发展过程充满着一种诗意。最初见到二佬是在翠翠十三岁那年的端午节龙舟竞渡结束之后，天已经黑了。翠翠在那里等爷爷等不来，正在害怕的时候，二佬赶鸭子从水里面上了岸。在这样一个时刻，实际上二佬充当了她的保护人。二佬让她去他家等爷爷，翠翠误会了，以为欺负了她，就骂他：“你个悖时砍脑壳的。”后来是二佬回家，因为翠翠对他有误解，二佬就回家叫他们家的长工打着火把把翠翠送回家。然而当她后来听说此人就是二佬时却沉默了一个夜晚，对傩送产生了一种难以言说的少女情感。他们初次见面这个场景非常浪漫，非常有诗意。在他们对话过程中，二佬曾经说过一句话，说：“你在这里，人鱼会吃掉你。”结果这个大鱼吃你这句话，就成了后来两个人关系发展非常好的一种隐喻。只要提起这句话，翠翠心头就会洋溢起浓郁的诗意，一种温柔的回忆。翠翠在爱情中的表现向来被视为人性美的表现。“茶峒人的歌声，缠绵处她已领略的出，她有时仿佛孤独了一点，爱坐岩石上去，向天空一片云一颗星凝眸。”翠翠的爱情世界是那样的纯净、美好，超越了世俗的利害关系，同时又有点朦胧，若隐若现，那样的诱人却又难以把握。她对二佬的感情一直处于少女期的梦境状态。随着翠翠的长大，这种情感也悄悄滋长，后来傩送按老船工指出的“马路”夜里为翠翠唱歌时，这个少女的心便完全被俘获了：“翠翠蒙中灵魂为一种美妙歌声浮起来，仿佛轻轻地各处漂着；上了白塔，下了菜园，到了船上，又复飞穿过悬崖半腰，——去做什么呢？摘虎身草！”

翠翠的梦写了翠翠渴望得到幸福生活的躁动心理。翠翠情窦初开，听

到祖父讲父亲和母亲浪漫的爱情故事，不由得联想到自己的感情。因此梦见自己上山崖摘虎尾草。“平时攀折不到手”的虎尾草，她很容易地摘到了。她内心里以前对傩送朦胧的感情，现在明确起来了。“不知道把这个东西交给谁去了”又表现出她内心的忐忑不安。二佬月夜里唱的缠绵歌声催动了一颗少女的心，在梦中实现了平时不可能实现的愿望：飘然而飞，竟至摘下了一把自己非常喜爱的虎耳草。翠翠……梦中灵魂为一种美妙歌声浮起来，仿佛轻轻的各处飘着，上白塔、下菜园、到船上，又飞窜过悬崖半腰摘虎耳草！白日里拉船时她仰头望着崖上那肥大虎耳草已极熟悉。崖壁三五丈高，平时攀折不到手，这时节却可以选顶大的叶子做伞。这个梦境一方面说明了人与自然这种相通关系，另一方面说明翠翠还是个童心未泯的小姑娘，这样就为爱情故事蒙上了一层神秘的色彩。梦带给人一个更加迷离的世界，让人们看到了一个活生生、有血有肉的纯情少女。

这其实包含了一个纯情女孩关于人生的全部美丽和梦想，这实质上也是作家本人理想的寄托，翠翠即沈从文的化身。当这个少女最终迎来人生的风暴：祖父去世，二佬负气出走时，她依然在痴情地等着……这个少女的形象是何等的善良、动人。

悲与美的完美结合

小说《边城》体现了悲与美的完美结合。其故事结构里凸现着悲与美的二元对立与统一，在讲述边城自然风俗美、人情人性美的同时，人物的命运和结局确是非团圆的、悲剧式的。翠翠和两兄弟之间的感情纠葛令人心伤，随着爷爷的去世，她的悲苦的命运就像水上那只老渡船，泊在河滩上，等待着不能预料的搭船人……沈从文在思索“湘西世界”“常态”的一面的同时，也在反思变动的一面。他一方面试图挽留湘西的神话，另一方面在作品中已经预见到“湘西世界”的无法挽回的历史命运。在暴风雨之夜猝然倒掉又重修的白塔，象征着一个原始而古老的湘西的终结，和对重造湘西未来的渴望。

翠翠是个精彩却苦命的人物，其童年是不幸的，她从小父母双亡，与爷爷相依为命，在祖父的照料下一天天长大。祖父教给她怎样才配生活在这片土地上：“一个大人不管有什么事也不许哭，要硬扎一点，结实一点。”“要来的都要来，不必怕啊！”翠翠坐在溪边，“忽然哭起来了”。哭得那么的突然，那么的深沉，那么的久长。翠翠的哭，祖父自然不理解，连翠翠自己都觉得好笑。但正是这哭，反映了翠翠内心对祖父的负疚感，无人解怀的孤寂感以及梦与现实的矛盾感。淋漓尽致地刻画出一个青春少女的躁动不安的心理。翠翠怀着满腔心事，无人能诉说。渡船上人们悠闲地过渡，又有谁能了解她的心事呢？船上的人的安闲和翠翠内心的波动，形成动与静的对比，更使翠翠感到孤独寂寞，所以哭了起来。翠翠无来由地哭，表现了翠翠情窦初开的朦胧感情。

忙碌一天的世界要休息了，翠翠也闲坐下来。看着天上的红云，嗅着空气中残留着的白天热闹的气息，不觉寂寞惆怅涌上心来，看世上万物都那么生机勃勃，而自己的生活却“太平凡”了，觉得“好像缺少什么”。内心骚动不安的爱情，却不能像雀子、杜鹃、泥土、草木、甲虫那样，热烈勃发。和周围的景物相比，不由得感到“薄薄的凄凉”。

“边城”里的一切看上去都是那么恬淡、那么的美。在这如诗如画的美景中，如梦如幻的翠翠正想着自己的心事，心中却不免有些凄凉。十六七岁的年龄，这个美丽纯洁的姑娘为什么会感到凄凉？也许是在想为情而自杀的父母；也许是觉得生活过于平淡，缺少些什么；也许连她自己也不知道。翠翠在自然和老一辈的熏陶中从天真纯净、不懂烦恼与忧郁到有所思有所虑，在经历了天保外出闯滩而死、唯一的亲人爷爷忧郁而死、傩送心怀内疚离开家乡之后，她才明白谁是自己朝思暮想的人，才明白为什么会觉着凄凉，才明白了一切一切。她想了一夜，哭了一夜，一夜之间，她长大了，明白了所有她原来不明白的事。她由梦中走到现实，一步步成熟，面对一切她没有倒下去，而是守着渡船守着希望，等傩送归来。她还那么年轻，却经历了至亲的死亡和心理空间的坍塌。

天保大佬走“车路”不通，托人说媒要翠翠不成，驾油船下辰州，掉到茨滩淹坏了……大雷雨的夜晚，老船夫死了。祖父的朋友杨马兵来和翠翠做伴，谈祖父以及这一家有关系的事情，后来便说到了老船夫死前的一切，二佬的唱歌，大佬的死，顺顺父子对祖父的冷淡，中寨人用碾坊作陪嫁妆奁诱惑傩送二佬，二佬既记忆着哥哥的死亡，且因得不到翠翠理会，又被家中逼着接受那座碾坊，意思还在渡船，因此赌气下行，祖父的死因，又如何与翠翠有关……翠翠把事情弄明后，哭了一夜，翠翠长成大人了。

祖父给翠翠讲她父母亲对歌的故事，又听了一夜的歌，他以为翠翠已懂了，就没告诉翠翠发生了什么，成为导致翠翠爱情悲剧的一大因素。

翠翠美丽、健康、朝气、生机盎然，构成“边城的人生形式”。作家把她陈列在他所憧憬、所设计的“希腊小庙”里。同时，他清醒地认识到陈列在“希腊小庙”里的美的女子，毕竟生活在20世纪初旧中国恶浊的现实中，生活在不可捉摸的命运摆布中，终会被岁月和命运慢慢地剥蚀了光华。因而被剥蚀的悲剧命运就会在人心里激荡起更加怜爱更加崇敬的情绪。

四十年代上海滩最绚烂的风景
——张爱玲

张爱玲，是一位带有传奇色彩的女作家。她不只是上海滩的传奇，而且是文学史的传奇。这位自嘲有个恶俗不堪名字的文学才女，不管现在或是将来，她都会是中国文学史的一部分，可以说是中国近代文学史上一个非常特殊的作家。

最喜欢《传奇》中的《倾城之恋》与《金锁记》两部作品，这也是张爱玲小说最有代表性的小说。张爱玲太聪明太透彻太苍凉，洞悉世间的种种虚空，洞悉人和人之间的种种微妙。而《传奇》便精湛地演绎着这些。

这个传奇的内容可概括为：香港传奇与上海传奇两块，又可称之为女性命运悲怆曲。《沉香屑·第一炉香》、《茉莉香片》是香港传奇的代表。《金锁记》、《红玫瑰与白玫瑰》是上海传奇的代表。而《倾城之恋》是香港、上海双城传奇的代表。《传奇》中的每一篇小说都叙述了女性在社会生存上的辛酸，总体上表现出女性（没落淑女）生存挣扎的苍凉与无奈。有文化品位的淑女因袭着待价而沽的老路，这是张爱玲对新文化的反省，也是张爱玲对新女性命运的思考。白流苏，葛薇龙，曹七巧，不同的命运映照着不同的文化内涵。

她文字的能力很少有人能出其右。她不仅有着美妙的文字，她的生命本身就是一个传奇。也怪不得有人会说，文坛寂寞得恐怖——只出一名这样的女子！著名美籍华裔学者夏志清先生在给台湾的张爱玲研究者水晶的《张爱玲的小说艺术》写的序言中这样评价张爱玲："我深信张爱玲是当代最重要的作家，也是五四以来最优秀的作家。别的作家产量多，写了不少有分量的作品，也自有其贡献，但他们在文学上，在意象的运用上，在人物观察透彻和深刻方面，实在都不能同张爱玲相比。"

是的，她是四十年代的上海最绚烂的风景，透过文字散发人生的无常

和人性的卑琐，把俗世的悲欢变成一股哀怨的情绪散发。其作品中的文化背景被公认为：衰落中的文化，乱世中的文明。

张爱玲传奇的身世、传奇的家庭、传奇的经历造就了她的传奇作品。她的文章是入世的，但充满了悲凉和缺陷。这和她的个人生活情感经历有关。她有着显赫的家世，但到她这一代已是最后的绝响。其祖父张佩纶是清末著名大臣，祖母是清朝重臣李鸿章之女。父亲是遗少型少爷，母亲是新式女性，一个颇具艺术天分和修养的音乐家。她3岁时随父母生活在天津，并开始爬在母亲床上跟着母亲背诵唐诗。父亲娶姨太太后，母亲与姑姑一起出洋。她童年并不快乐，父母离婚，再加上与胡兰成一段不幸的婚姻。但正因为她家既有前朝的豪华使她受到传统文化的熏陶，而她本人又很早接受了西洋文化，所以她受到非常完整的教育。因而其作品既具有末世遗风及一些闺怨，又有西洋小说的技巧。她的小说是一个封闭的圈，有设计好的开头与结尾。她喜好忧伤的东西，缘自她的气质，就像黛玉葬花。她是一个内心敏感的才女，一生渴望自由和完美，但父母的离异、父亲的专制、后母的虐待、生母的无奈，生命中美的渴慕与现实的残酷，早早地粉碎她水晶般的心，在她的笔下只有小人物的挣扎，一步一步走向黑暗与死亡。

《金锁记》作为张爱玲的经典之作，是让我们感受她的作品语言圆通滑润婉转有韵的一个范本，也是最能反映她的思想和写法的作品，是她成就最高的作品。尤其是在发表20年后，她又将其改编为长篇《怨女》，也可看出作家的偏爱。傅雷在一篇文章中说《金锁记》至少应列为当今文坛“最美的收获之一”，它“最美的收获”就在于张爱玲在这个短篇中塑造了曹七巧这个人物形象。她自己说“全是些不彻底的人物”。曹七巧是属于这个范畴的，尽管人性的阴暗和颓败在她的身上得到了彻底的体现，但是，我们必须穿透作品所显示出来的表面，去探究其背后深层次的原因，也许会发现，最令人憎恶的其实不是曹七巧这个人。

而《倾城之恋》，傅雷说这是一个关于调情的故事，他本来是张爱玲小说最早的肯定者，但他对这部作品却评价不高。他这样说“作品的重心过于偏向顽皮而风雅的情调”、“尽管那么机巧、文雅、风趣，终究是精炼到近乎病态的社会的产物。”其实，傅雷也仅是一家之言，这个意见对于范柳原是合适的，对于白流苏则有些冤屈。站在女性的立场看，白流苏调情的背后，是生存的焦灼和无奈。范柳原意在求欢，而白流苏意在求生。

男人是一片空虚的心，不想真正找着落的心，把恋爱看作高尔夫与威士忌中间的调剂。女人，整日担忧着最后一些资本——三十岁左右的青春——再一次倒账；物质生活的迫切需求，使她无暇顾到心灵。而待炮火轰响时，两个无依无靠的灵魂反而没有了以往的复杂，在战争的洗礼中，他们变得非常透明。

此外，在张爱玲作品中还可看到许多意象，如“月亮”、“墙”等。

《金锁记》开头的那段关于月亮的描写：“年轻的人想着三十年前的月亮该是铜钱大的一个红黄的湿晕，像朵云信笺上落了一滴泪珠，陈旧而模糊。老年人回忆中的三十年前的月亮是欢愉的，比眼前的月亮大、圆、白。”年轻人和老年人对于“三十年前的月亮”的不同感官上的强烈对比，展现了两者不同生存状态下的不同的心理，年轻人总是喜欢潮流与时尚，过去在他们眼中就如那三十年前的月亮般“陈旧而模糊”；而老年人总是怀念往昔的青春岁月与华丽生活，就是月亮，也是现在的不如过去的“大、圆、白”。其实月亮都是始终不变的，变得是心境。无论沧海桑田，只是物是人非罢了。“月亮”在张爱玲的笔下，就是一种冷清、落寞和孤傲的形象象征。

“墙”是《倾城之恋》具有现代意识的意象。小说这样写道：在浅水湾饭店旁的一堵墙边，范柳原对白流苏说：“这堵墙，不知为什么使我想起地老天荒那一类话……有一天，我们的文明整个的毁掉了，什么都完了——烧完了，炸完了，坍完了，也许还剩下这堵墙。流苏，如果我们那时候在这墙根下遇见了……也许我会对你有一点真心。”有人认为，这是理解题目所谓“倾城”的关键。傅雷虽对这部小说的评价不高，但对于这一意象也感受到了一种震撼，惊叹道：“好一个天际辽阔胸襟浩荡的境界!”也许，我们可以这样认为，墙，在这里既是时间也是历史的见证，更是作家对于时间与历史的思考，还是爱情的见证，是其爱情观与人生观的体现。也许，在她看来，肯付出真心的爱情是值得“倾城倾国”啊!

张爱玲的成就正是来源于她的多愁善感。其作品主要是从女人内含的悲剧性质去说明，每一寸文字都是女性的感觉。她了解女性的全部弱点，因此使她的作品也拥有女性的细腻与古典的美感。她从不迎合别人，也不要别人迎合她。她宣称自己是一个自食其力的小市民。这是其性格的突出体现。张爱玲是多方面的，是复杂而立体的，我们要站在不同的角度看她。她的书有棱角，她的书直通人心，她的书常读常新，她是一个奇女子。也许在人生的舞台上，她总是坐在黑黑的地方，看台上人生百态，把人性中的丑陋一点一点道出来，也许她太关注阳光下的灰尘而忽视了光明……因为她的生命“就是一袭华美的袍，上面爬满了虱子。”1995 年，张爱玲于洛杉矶去世，当时身边没有一个人，真是凄凉。而那天恰逢中秋节。

喜欢她的文字中的意境，高处不胜寒。喜欢张爱玲，喜欢她真实的上海小女人气息，喜欢她真实细腻的忧伤情感，喜欢她书里写到的繁华中见悲凉的景致，喜欢她就像她所喜欢的旗袍，她就是一件美丽的蓝底印花旗袍。我就这样被张爱玲及其作品所深深吸引……

守望灵魂的诗人

——海子

海子是中国20世纪80年代新文学史中一位全力冲击文学与生命极限的诗人，是当时最杰出的青年诗人之一。在中国当代诗坛，海子被评价为“一个诗歌时代的象征”和“我们祖国给世界文学奉献的一位具有世界眼光的诗人”。作为20世纪80年代后期新诗潮的代表人物，海子在中国诗坛占有十分独特的地位，他的诗不但影响了一代人的写作，也彻底改变了一个时代的诗歌概念，成为中国诗歌文化的一个重要组成部分。其创作的优秀抒情短诗是继“朦胧诗”之后独特而又诗艺出众的作品，兼具抒情性、可诵性和先锋性风格，在当时极为罕见。他短暂的一生像流星划过，又似恒星高照。在诗人短暂的生命里，他保持了一颗圣洁的心。他艰辛地守望着自己诗歌理想的好望角，拼命地以不被世人理解的方式捍卫着自己诗歌道德的底线，不断地创造着中国诗歌的辉煌奇迹。他凭着辉煌的才华、奇迹般的创造力、敏锐的直觉和广博的知识，在极端贫困、单调的生活环境里，从1982年到1989年不到7年的时间里，创作了将近200万字的诗歌、小说、戏剧、论文。其主要作品有：长诗《但是水，水》、长诗《土地》、诗剧《太阳》（未完成）、第一合唱剧《弥赛亚》、第二合唱剧残稿、长诗《大扎撒》（未完成）、话剧《弑》及约200首抒情短诗。曾与西川合印过诗集《麦地之瓮》。他曾于1986年获北京大学第一届艺术节五四文学大奖赛特别奖，于1988年获第三届《十月》文学奖荣誉奖。其部分作品被收入近20种诗歌选集，但其大部分作品尚待整理出版。2001年4月28日与诗人郭路生（食指）共同获得“第三届人民文学奖诗歌奖”。

海子，原名查海生，1964年3月出生于安徽省安庆市怀宁县高河查湾村。在农村长大。1979年，15岁的海子以高出当年安庆地区高考录取分数线80多分的优异成绩考入北京大学法律专业，大学期间（1982年）开始诗歌创作。1983年自北京大学毕业后分配至北京中国政法大学哲学教研室

工作。1989年3月26日黄昏，他以一个孤独的歌者身份，在山海关至龙家营之间的一段火车慢行道上，以“最便当、最干净、最尊严”（西川）的方式（卧轨）极速奔向天堂，生命的年轮永远地凝固在25岁，令人惋惜、痛苦、悲情……这位天才诗人，只为诗歌而生，也许他在启示诗歌是崇高而严肃的艺术，他必须要用生命为代价。像王勃、裴多菲、济慈……天才的火焰，只在空中燃烧了一会儿，就飘然而去。他的诗和他的死，影响了一批又一批的后来者。关于他的死有很多版本，因为失恋、精神分裂、失望、迷惘等等，都不影响他作为诗人的存在，但是他的死给人以强烈的震撼！

时间如流水，一晃，二十年过去了。二十年，在历史长河中弹指一挥间，但具体到每天，又不算太短。现如今，他虽离开我们已有二十年了，但在时间的尘埃中光芒依旧。二十年了，足以使一个嗷嗷待哺的婴儿长成一个青年啊，但人们仍然没有忘记他啊。

据说，每年3月的北大“未名湖诗会”，可以看做是海子崇拜者的一次大聚会，和当年的海子年龄相仿的青年学子血气方刚、感情澎湃，在纪念会上朗诵海子的诗歌（或者自己写作的献诗）时往往伴随有丰富的肢体语言——颤栗、啜泣、痛哭、昏迷。这群以书写“原生态的吃、喝、拉、撒”而闻名的口语诗人竭力传达出这类信息：生活的表面要比生活的深度更应该赢得诗人的尊敬。

去年海子生日前夕，安徽省相关单位举办了海子诗歌朗诵会。海子老母亲与三弟也从老家专程赶到现场。场面感人，令人难忘。参加朗诵会的有各界人士：相关省市负责人、出版发行人士、媒体记者、诗人、机关工作人员、在校大学生、海子母校（安徽怀宁高河中学）学生朗诵队，还有很多市民自发前来聆听。还有一位是从北京专程来的诗人以及省内其他城市的诗歌爱好者。他们全都是海子诗歌热爱者，有一半的人还参与了诗朗诵。每个人对海子诗歌的解读都不同。海子老母亲还上台亲自朗诵海子诗歌，老人眼里噙着泪花但脸上却洋溢着自豪与幸福。是啊！有这样的儿子，老人说她很骄傲。

近日，经怀宁县人民政府批准，海子故居被列为县级重点文物保护单位。海子故居是三开间砖瓦平房，占地面积为200平方米，建筑面积130平方米。大门头上由清朝书法家邓石如后裔邓晓峰题写的四个苍劲有力的行书“海子故居”，堂轩两边挂着放大了的海子在高中和大学时的黑白照片，中间有一段介绍海子的文字，左边张贴着海内外诗歌大家对海子的评价文字。每年清明时节，全国各地的文学爱好者都纷至沓来，到海子墓前和海子故居吟唱诗歌，祭奠海子。

今年是海子去世20周年的日子，全国各媒体、网站、诗歌界、文化单位、海子家乡怀宁，开展了多种多样的纪念活动，包括：诗歌朗诵会、诗歌节、诗歌征文、诗歌研讨会、首发《海子诗全集》、现场采访、文化沙龙等等。3月26日当天，来自全国各地的诗人和诗歌爱好者集体瞻仰海子故居，凭吊海子墓，在墓前敬献鲜花；海子的母校——高河中学的学生集体朗诵《面朝大海，春暖花开》等海子的代表作；安庆师院等当地机构也在当天举行海子的相关纪念活动。

今年清明节当天，为了纪念海子逝世20周年，我们现当代文学的研究生班同学一行五人，冒着瓢泼大雨，前去海子故乡——怀宁，看望海子父母，拜谒海子墓。大家心情很沉重。去年在海子诗歌朗诵会上就与他母亲说好去看她老人家的。在清明节去海子故乡祭拜他，更有特殊意义。因为我们是学习中国现当代文学专业的研究人员，他又是我们这个时代独特的诗人。

海子是一个沉湎于心灵孤独之旅的诗人，也是一个理想主义诗人，一生短暂却诗歌创作成就卓著。海子作为20世纪80年代中国诗坛杰出且个性鲜明的理想主义诗人，他始终认为诗歌就是那把“自由”和“沉默”还给人类的东西，始终仅凭有限的生命、无限的张力冲击着理想的极限——“我的诗歌理想是在中国成就一种伟大的集体的诗。我不想成为一个抒情诗人，或一位戏剧诗人，甚至不想成为一名史诗诗人，我只想融合中国的行动成就一种民族和人类的结合，诗和真理合一的伟大。”同时，作为80年代后期新诗潮的代表诗人，海子在中国当代文学中的地位十分重要，骆一禾认为“海子是我们祖国献给世界文学的一位有世界眼光的诗人”，谢冕也称“他已成为一个诗歌时代的象征”，张炯在主编的《新中国文学五十年》中更是无不羡慕地评价说：“他创造了仅仅属于自己的意象系列，他的诗歌语言与前此流行的新诗潮的语言全然有别。他建立了属于自己的诗歌风格。他是当代最具有独创性的一位诗人。”他的诗好像是要给近20年现代诗历程作个繁花落英的总结，预言着新一代诗人决心对祖国语言进行创新与对古典文化尊重与学习，并矗立起自己崭新的审美构架。“当前中国的诗，大都处于实验阶段，基本没有进入语言”，“我觉得，当前中国

现代诗歌对于意象的关注，损害甚至危及了他的语言要求。”“这一世纪和下一世纪的交替，在中国必须有一次伟大的诗歌行动和一首伟大的诗篇。这是我，一个中国当代的诗人的愿望和梦想”，“必须清算一下，对从浪漫主义以来丧失的诗歌意志力与诗歌一次性行动的清算。”“当前中国的诗，大都处于实验阶段，基本没有进入语言”，“我觉得，当前中国现代诗歌对于意象的关注，损害甚至危及了他的语言要求。”（海子《日记》）

海子的第一首诗是《亚洲铜》最后一首短诗是《春天，十个海子》。在海子留下的诗歌中，有100多首极为精粹的短诗，读后令人觉得美不胜收，简直可以和欧洲许多经典抒情诗人媲美。某些徐缓的抒情又令人想起夸西莫多，神秘性令人想起十四行诗，又想起童话世界。《北方的森林》、《七月不远——给青海湖，请熄灭我的爱情》、《活在珍贵的人间》、《两座村庄》、《幸福的一日——致秋天的花楸树》、《给母亲》、《秋天的祖国》、《十四行诗：玫瑰花园》等，题材辽阔，景致纯美，洋溢着大地本质的清新悠远。他的诗行、语言像一块块湖泊的光泽，像山峰一样的傲岸沉静，又猛然突兀喷出，深深的铁犁划破隔年陈土，新的生活和新的人生被揭示，高歌猛进……一位大学生如是说：如果说顾城的诗歌领他们进入早隔绝已久的那个纯洁童话世界，那么海子的诗则使他们在成长过程中时常感觉疲惫失望的心灵感受共鸣和温暖。海子的诗，成为那个时代学子们心灵慰藉的良方了。

成就海子的是其诗歌，荷尔德林是海子所热爱的诗人，“‘安静地’、‘神圣地’、‘本质地’走来，热爱风景的抒情诗人走进了宇宙的神殿。风景进入了大自然，自我进入了生命。没有谁能像荷尔德林那样把风景和元素完美地结合成大自然，并将自然和生命融入诗歌——转瞬即逝的歌声和一场大火，从此永生。”（海子《我热爱的诗人——荷尔德林》）海子正因为这种热爱，1989年3月26日，他躺在山海关附近的铁轨上，实现了他与大自然的特殊结合，诗意地安居于大地之上。

从海子的诗中，可以读出诗人对一切美好事物的眷恋之情，以及对于生命的世俗和崇高的激动和关怀。海子的诗写得更多的是黄土地，他对大地的眷恋、对麦地的拥抱，一切在他的语句里都显得很扑鼻。是的，他是一个农民的儿子，是的，他出生在以大地为生的农民家庭，他无时不惦念着那片贫乏的土地，让他的诗在那么辽阔的地方信马由缰。海子，因灵魂的温暖和纯洁给俗世的我们以满心向往的诗意。因为诗歌是生命的放飞与心灵的歌唱，是性灵的勃发。此外，海子的诗歌充满着浓浓的生活气息，诗歌中的意象多是生活的景象，比如大海、河流、村庄、麦地、泥土等等，还有自然景象，如拂晓、黎明等等。

海子似乎是一个孤独的灵魂。在现实生活里找不到灵魂的知己，因为他太偏颇了。他不会骑自行车，他不看电视，甚至连收音机都没有；他不跳舞，也很少说话，他活在另一个世界里——与大地共语的世界，好像没有人能懂他，他不能忍受尘世的那种日常生活。他的诗是超越理想，是一个与平凡生活不能共容的超脱。海子就如生活在童话的国度里，天堂的意象扎根于海子的心灵，但是城市流浪者的形象、脆弱而敏感的心灵、理想的不可能实现构筑成了诗人极为忧郁的品格。他的诗歌当中，处处充满了诸如死亡、黑色、黑夜、悲伤、银红的落日、无限漫长的黄昏等意象，这是诗人自我理想的极度张扬以及对于庸常生存现实的深刻摒弃与蔑视。他从不甘于寂寞，在他压抑的心灵中奔腾着运行不息的地火，热情地感染着读者的心灵。在他临死前的两个月，留下了他一生中最为温和、充满了希望和眷恋色彩的《面朝大海，春暖花开》“给每一条河每一座山取一个温暖的名字/陌生人，我也为你祝福/愿你有一个灿烂的前程/愿你有情人终成眷属/愿你在尘世获得幸福/我只愿面朝大海，春暖花开”。这成了北大人的共勉。海子让诗歌和自由成为不朽。2001 年，这首诗歌还被选入中学课本。这首诗，以朴素明朗而又隽永清新的语言，拟想了尘世新鲜可爱，充满生机活力的幸福生活，表达了诗人真诚善良的祈愿，愿每一个陌生人在尘世中获得幸福。“从明天起，做一个幸福的人/喂马，劈柴，周游世界/从明天起，关心粮食和蔬菜/我有一所房子，面朝大海，春暖花开……”

是的，我们失去了一个真挚的“热爱乡村的孩子”，一个“物质的短暂情人”；一个梦，一个为诗歌而生的伟大灵魂。但是，我们能够聆听海子的诗歌，还可以在他留下的字里行间，寻找到生命中最真实、最辉煌、最温暖的那些价值；还可以诵读他那些动人的、铿锵流畅的、充满神奇想象力的诗句。

又是一年春暖花开，海子离开已二十载。二十载的花开花落，却始终抹不去他所走过的路。海子，虽然远去了，但他的诗歌却永远陪伴着人们。看到他的诗，就如看到他的灵魂、他的思想，因此，他与他的诗又将永远活在人们的心里……

海子，由于你，我们更加热爱诗歌、热爱生命；海子，我们怀念你！

千年虞姬

——爱与坚贞的化身

虞姬，一个不平凡的女子，做出了不平凡的事，走过了千年，传颂了千年，也被演绎了千年。

千年过去了，人们仍然对她不能忘怀，不是因为她是貌若天仙、柔情似水、能歌善舞，也不是因为她聪明伶俐明事理，而是因为她的壮举，因为她舍生取义、忠于爱情、至情至性。为使夫君抛却后顾之忧而尽早逃生以便江东再起，毅然决然的拔剑自刎，使天下所有男子为之扼腕动容；刻骨铭心的生死离别，使天下所有女人惊叹感动不已。那短短几秒，那轻轻一抹，使一个柔弱的女子刹那间变得伟岸、豪气冲天，使那瞬间的悲壮化作永恒的绚丽。那一抹，世界在此定格、宇宙为之静音；那一抹，天地泣、山悲切、江水呜咽；那一抹，花溅泪、鸟惊心、万物悲哀；那一抹，轰轰烈烈，气贯长虹。这一瞬，是生死相守、忠于爱情的见证，令所有的山盟海誓黯然失色。这一瞬，是高扬人格、圆满结局的史诗。虞姬至死不移，是出于坚贞不渝、成全爱人的大义，是对“宁为玉碎，不为瓦全”的形象注解。虞姬是集美貌与忠贞、柔美与刚劲的完美统一，更是瞬间与恒久的统一。纵观历史，没有哪个女子能与之媲美。那一个横剑轻轻一抹，那一个豪迈，那一个惨烈，那一个怆然，那一个凄美，是何等的震撼人心?!前无古人，后无来者。其情，惊天地！其义，泣鬼神！

虽然司马迁在《史记》中写到虞姬只是寥寥几笔简短带过，区区不过几十字：“有美人名虞，常幸从……歌数阕，美人和之。”可是她留下了惊鸿一瞥，留下了凄婉美丽、仓叹千年的一页，留下了前世今生唯一且永恒的英雄美人的传说。公元前209年，英雄与红颜邂逅。她如此坦荡地热爱着戎马一生的霸王，放下了自己的安逸，来到了他的军营，用自己的爱温暖了这个刚强男子的心，这样的爱有种穿越历史的深邃，久远地令人魂牵梦绕。当英姿勃发、勇猛善战的项羽遇上了美艳如花、柔情似水的虞姬，便如同火与水的交融、碰撞，虽猛烈而荡气回肠，却从一开始就注定了悲剧。于是，一场流传千古的绝世悲歌便从此拉开了序幕。

第一次与虞姬近距离接触，是在2000年左右，一个深秋季节，那天去固镇采访结束后，当地人说带大家濠城镇垓下村参观项羽、虞姬的塑像。

那是一个秋日黄昏，残阳如血。楚汉广场上，高大魁梧的项羽，目光如炬，直立于天地间。他手持长剑，怒目向天。我仿佛看到了两千多年前的一个景象：是夜，苍穹墨黑，四野茫茫，秋风凄凉，一代霸王兵困垓下。绝境之中，四面楚歌、十面埋伏，兵无粮，马无秣，外无援军。夜已深，军帐内红烛呲呲燃烧着，溢出的油滴宛如蜡烛在流泪，他愁绪满怀无法入眠，唯有借酒消愁。这位叱咤风云的盖世英雄在如何安排虞姬的何去何从时，内心充满矛盾，陷入了两难，他知道灭亡已无可避免，事业就要烟消云散，但他没有留恋，没有悔恨，甚至也没叹息，他唯一忧虑的，是他所挚爱的、常伴他东征西讨的虞姬。此时，难以忍受的痛苦深深地啮着他的心，他无限哀伤地对着心爱的女人慷慨悲歌："力拔山兮气盖世，时不利兮骓不逝，骓不逝兮可奈何，虞兮虞兮奈若何"！在这简短的语句里包含着何等深沉的、刻骨铭心的爱！没有丝竹伴奏，只有项羽低沉的吟唱。她爱他刚正不阿、宁折不弯、坦荡无私，有勇无谋可以忽略不计，爱能包容缺点。他是她的唯一的英雄。在兵荒马乱中她跟着她爱的霸王，苦与累从不表露，每日用最真诚的舞蹈抚去了爱人的忧伤。乌骓马上可以血染战袍，而项王却对虞姬呵护备至心细如丝。能值得霸王如此宠爱，这就足够了，她不需要什么三千宠爱于一身。如今在这最后一刻，她要跳一支绝美的剑舞，最后一次表达对项王最深的爱恋。伴随大王一路走来，她经历了太多。一路的桃花依次绽放美艳无言，一路的风情千般妩媚万般娇柔，一路的刀光、剑影，一路的烽火、血泪……虞姬想罢挥剑起舞，楚楚可怜，她边舞边凄婉地唱和："汉兵以略地，四方楚歌声。大王意气尽，贱妾何聊生！"幽幽红颜，森森剑影，伴着外面四面的楚歌，虞姬舞着、想着，思绪仿佛让她回到了从前。项羽忧伤地看着她，眼里只有如电的剑光和如花的虞姬。他恍惚起来，似在江东、似在中原、似在函谷关……突然间，虞姬用宝剑在空中划了

一个美丽的弧线之后在颈间一抹，刀光剑影中云髻散落，雪白的颈上立即沁出殷红的鲜血，灿若桃花映白雪，令人炫目，又不真切。那最后的一抹成了绝世的凄美。虞姬对着项羽凄然一笑，随即软软地往后倒去。项羽惊呆了，而后一个箭步冲上去接住了心爱的女人，心如刀绞，说不出话来，右手托着虞姬的身体，左手把她揽在怀里，虞姬右手无力地垂落下来，但依然握着项王的宝剑，血正一滴一滴地往下淌，流到大地母亲的怀抱，那是她对母亲怀抱的向往吧。她美丽苍白的脸上露出了纯情而迷醉的神情，眼中噙满了泪水，轻声喊到“大王、大王，我去了，不要管我，大王，你走吧，你快走吧……”渐渐，没了声息，香消玉殒，虞姬怀着对项王的无限依恋绝尘而去……面对那个逝去的再也无法挽回的高贵灵魂，项羽头一次感受到了一种无能为力，一种欲绝的伤心。他仰天长啸：“爱姬，我对不起你，爱姬，你怎么如此狠心丢下我啊……”此时，英雄气短，儿女情长。一代盖世英雄啊！泪水随着八尺男儿刚毅的脸上流淌……随即，他大叫一声，怀抱着虞姬冲出军帐，而后飞身上马疾驰而去……

那一夜的歌与泪，那一夜的剑与死，都是如此惊心动魄。这既是历史上少见的绝命悲歌，也是爱情的悲歌。从此，一曲曼妙凄婉的霸王别姬之歌凝固于历史的感叹中。项羽的失败，无碍人们感叹世事的沧桑，无碍人们对英雄的敬仰，更无碍人们对真爱的向往。是的，相对于永恒的自然界来说，个体的人确实极其脆弱，即使是英雄豪杰，在奔腾不息的历史长河里也不过一朵浪花，转瞬即逝。但爱却是长存的，它一直是人类使自己奋发和纯净的有力精神支柱之一，纵然是杀人不眨眼的魔头，在爱的面前也不免有匍伏拜倒的一日。千百年来，它打动过无数读者的心，作为一位众望所归、叱咤风云的义军领袖，其强弩之末竟然不仅于战无计，而且连自己的爱妃也保护不了，这是何等震撼人心的悲哀！

这次是随着笔会来到灵璧县，参观了位于城东虞姬乡的虞姬墓园。

在公路上就远远看见一大片绿色的树林，周围是仿秦汉风格的围墙。这是一个不大的园子，郁郁葱葱，松柏常青，花草满园，墓基隆起，碑石林立，静穆凝重。大门是汉式建筑，进门后，左侧为一座高大的长满了青松翠柏的古墓。这就是沉睡了千年并为人们千古传唱虞美人的墓。前方树立着一块方形墓碑，墓碑上方刻有横批“巾帼英雄”四字，正面是：“西楚霸王虞姬墓”，楹联为“虞兮奈何？自古红颜多薄命。姬耶安在！独留青冢向黄昏。”虞姬在这里已静静地躺了两千多年，还是隐隐地让人闻到那公元前的伤痛。

古墓边上还有一块石碑，正面刻有清代诗人杨兆鋆所写：“西楚霸王虞姬墓”几个大字，背面题虞美人词：“楚歌声逐愁云起，夜帐明灯里。振衣献舞拭龙泉，拼取一腔热血、洒君前。顾骓无语军情变，似雪刀光乱。桃花片片随东风，化作原头芳草、泪丝红。”园区右侧是碑廊，上面刻写了很多纪念虞姬的诗词。墓园里还零散地摆着一些石雕，或是出于汉代，或是出于唐、宋。

顺着园中小道继续前行，后面是陈列馆，里面塑有一尊巨大的虞姬自刎后项王手托虞姬的黑色灵璧石雕像，姿态与固镇看到的不完全一样。这里项羽右腿蹲在地上而左腿跪在地面，右手托着虞姬的头部，左手拿着剑柄，满怀深情、怜惜又满腔悲愤地望着虞姬，虞姬的头无力地微微歪向右侧，像在用脸部轻抚项王的手，她双目微睁，泪眼婆娑，左腿弯曲着，右手还拿着大王的宝剑。虞姬那一剑抹得太沉重，她在中国历史上抹了一道淋漓的伤口，在中国文人雅士的心中抹下了一道忧郁的情结。剑能断魂，情难断。世间有百媚千娇风情万种，霸王却只钟爱他的虞姬。虞姬以世间最惨烈的死法，表达了她对项羽最深挚的爱恋，报答了英雄的知遇与相惜：生生死死，轰轰烈烈。深深震撼于那粗犷恢宏的气势，更震撼于西楚霸王与虞姬之间的绝世恋情。楚霸王英雄末路，虞姬自刎殉情，这悲情一瞬，已成为中国文学史上前赴后继不断雕凿的一座丰碑，成为中国古典式爱情中荡气回肠的传奇。纵观文学史，无数后来者写下了歌颂虞姬的诗文，历代文化名人如高适、苏轼、范成大、冯梦龙、郑板桥等文人雅士还来灵璧凭吊过虞姬，一些地方还专门为她建造了庙宇。人们还以戏曲、电影、歌唱、舞蹈、书画等多形式凭吊她、歌咏她、纪念她。活着，她属于项羽一个人，死后，她成了无数人心中永远的痛。霸王别姬，生死相依的爱情，这亘古的绝世凄美爱情，演出了令人肝肠寸断的“霸王别姬”悲剧。爱，就是成全。这是千古一别。这一别红遍了千年，绵延不绝。

当年，梅兰芳把虞姬搬上京剧舞台，台上的虞姬拔剑起舞，亦悲亦泣，使国粹《霸王别姬》达到了至善至美的悲剧境界。梅先生在舞台上演活了虞姬，突出了虞姬的善良、勇敢、远见等思想品质，还显现了她雍容华贵、安详英武的气质仪态；如今，在影视界的作品中，人们看到的是越来越多的虞姬形象，定格了美丽的永恒。张爱玲就在年少时也根据史料演绎了《霸王别姬》的故事，显示了她的斐然文采；张国荣电影中的虞姬也是惟妙惟肖，眼波流转，气度非凡。每次听到那首《霸王别姬》的歌曲，每次都会为这悲壮的歌激动得热泪盈眶。这是项羽面对江山、对爱人的字字血泪的倾诉。

可惜来的不是季节，没有看到虞美人花的开放。关于此花有个凄美的传说：这种楚楚动人的艳美花草，是在虞姬自刎的血泊中长出来的，见人辄舞，似有精魂不去，叫人好生怜爱和伤感。此花属于罂粟属中的一个品种，花有红、紫、黄、白等色，形态美丽，花茎纤细挺立，花瓣薄如蝉翼，枝叶皆动，善舞，因此还有一个名就叫“舞草”。据说，它即使在无风的天气里，也能迎着阳光翩翩起舞。舞姿曼妙，节奏疾徐有致，但不会有鸦片之类的提取物，乃纯粹的观赏植物。它外表纤细柔弱，有种令人怜惜的美，花蕾总是微微地垂下，含苞待放着，毛茸茸的外壳包含着羞怯的内心，低眉信手，楚楚动人；但在某个清晨忽然长大了，亭亭玉立着。微风乍起时，便会抬起那美丽的头颅，露出俏丽可人的脸庞，迎着春风轻盈地舞蹈着……花不再是花，而是一位娇艳多姿、翩然起舞的女子。我们祝愿她在万花丛中翩跹轻移，两翼带上神圣的光环，就这样舞着、舞着，一直到达天堂。由此，让多情善感的唐代诗人联想到虞美人。唐代教坊又立虞美人曲名，起先专咏虞姬，后成词牌，亦是为了纪念虞姬而创。在这词牌下，写就了多少低回曲折的愁思啊，其中最有名的，便是李后主的那首“春花秋月何时了”了。词调名除了《虞美人》外，还有《虞美人影》，又叫《桃源忆故人》。

虞姬，一个乱世中的女子，一个旷世女子，一个痴情女子，一个幸福女子。虞姬，你的柔情与刚烈，你的缱绻悱恻……在这样的午夜不能成眠，心疼不止。这是个怎样的女子，临危不乱的镇定，气定神闲的优雅，举手投足的美丽，在四面楚歌的军营中她和着霸王的悲歌轻歌曼舞，在最美的瞬间以弧线的自刎从容收场，美而奇，艳而雅。虞姬为霸王舞剑定下生死盟约，她是勇敢的，她为了她爱的男人死，我想，在她心里、她不悔。为自己爱的人同时又爱自己的人而死，死在爱人的怀里，是死得其所，死得有意义。能为自己爱的男人去奉献，这是多么快乐的事情，而男人为她真心流泪了。她不后悔，因为她觉得值得！也许“生当作人杰，死亦为鬼雄”的项羽在青锋之上结束生命时，想到不是无颜见江东父老才死，而是“没有你……虞美人，赢了天下又如何?”所以追随虞姬而去了。

在这个物欲横流的花花世界里，还有几个男人会对一个女人惺惺相惜？还有几个男人值得女人用生命去践行爱的承诺？如果有，那么，我也心甘情愿为他横剑殉情而去。

千古传奇，红颜不老，荡气回肠。虞姬香魂殒去，但她的生命，她的爱情却在那一刻升华，是那样的厚重、璀璨。在人们心中她不止是美的化身，更是爱与坚贞的化身。最是千古难忘的莫过于虞美人这轻轻一刎。虞姬为了自己心爱的男子甘愿献出自己的生命，她的豪情令多少血性男儿也扼腕，那不沾尘埃的鲜红的血绽放成后人心中永远的花朵。

洗尽铅华悟境去　独留嗟叹尘世间

——由陈晓旭出家所想到的

2007年2月23日，大年初六，曾在电视剧《红楼梦》中扮演林黛玉的陈晓旭，抛下其经营多年的公司和巨额财产，在长春百国兴隆寺正式剃度为尼，皈依佛门。这不啻在人们的心中投下了一枚“震撼弹”，“林黛玉”出家成为当日中国可以媲美奥斯卡颁奖礼的爆炸性娱乐新闻。在这个新年里，恐怕没有比这更引人注目的新闻了。人们感到十分震惊外，扼腕叹息，还有一丝的辛酸。

昔日那个弱柳扶风、人见人惜的林妹妹，做出了“惊天地、泣鬼神”的举动，着实大跌了众人的眼镜。“不要问我从哪里来，也不要问我从哪里去，我的家在何方”？一个曾经千娇百媚的女儿、一个集万般宠爱于一身的临水照花人，就这样从此遁入了空门。唉！世事难料！难道滚滚红尘中就容不下她一个小小的身躯吗？

能放下光环和鲜花，选择隐居的明星为数不多，能放下凡俗，剃度皈依的少之又少。20年前，因成功塑造霍元甲而红极一时的黄元申，在事业顶峰的时候，撇下妻儿，扔掉名气，远离繁华，毅然出家。曾轰动一时，议论纷纷。台湾明星崔苔青，在事业巅峰时期也皈依了佛门。另外，以一曲《青藏高原》唱响河川的实力派歌星李娜，是在自己最红的时候急流勇退，看破红尘，在五台山出家为尼。皈依佛门之时，众人便一片哗然，着实不解，曾让世人就有过不少猜测。如今陈晓旭又弃近十亿资产携夫皈依佛门，在中国文艺界和社会大众中引起极大轰动，吸引了众多眼球，众说纷纭。这条新闻也成了近期人们关注和议论的焦点。也许他们真正活到了一种境界。人到无求品自高。陈晓旭说，我皈依佛门并不代表我的消极，相反我认为我更好的选择了自己的人生。

时光消逝，似乎并没有减弱人们对于这位“红楼一姐”的关注。陈晓旭的一生似乎真的可以用“传奇”来概括：演万众瞩目的林妹妹，退出演艺圈，经营大型广告公司，投资拍电视剧，出家。她的每一步都让人惊叹，并留下一连串问号。1987年，陈晓旭以成功饰演电视剧《红楼梦》中的林黛玉而誉满中外，红透半边天，为后来积累深厚的人脉资源打下不错的基础。她一生只演过两部电视剧，即《红楼梦》和《家春秋》，但当年她的名气却大过很多演了一辈子戏的演员。上世纪80年代末流行出国热时，在朋友的建议下，她先去德国，想转签去美国。然而，她在德国呆了3个月就回来了。直到1991年阴差阳错地转入商界。如今，成了一位出色的广告人，经过15年的发展，她所领导的北京世邦公司已成为一家年营业额近2亿元的4A级广告公司。她被评为“2005～2006年度中国十大最具风采女性广告人”、“中国2005年度经济风云人物”、“2004～2005年度中国30位杰出女性广告人”。因为她演了林黛玉，她曾是红透了半边天的明星，现在她又是一个身价过亿的商人，普通人梦寐以求的地位和名利，她已经兼而有之了。可正是红尘得意人，这样一位成功典范，却毅然斩断万千烦恼丝，转首青灯佛门，选择了出家为尼，真是很传奇的。由林妹妹变身为妙真法师，不能不促使人们认真思考其所具有的标本意义。

在这个物欲横流的社会，当我们的物欲膨胀时，我们的精神世界正在萎缩，我们的精神花园也一天天在枯萎，对于她的出家，有很多人不理解，也许她的选择是正确的，我们需要从精神上来满足自己，而不是纯粹的对物质的追求。每个人都有自己的人生归属，他人眼中的不幸，却可能是当事人幸福的选择。

曾看到有篇文章说陈晓旭自从出演了林黛玉后就无法走出角色，甚至一度想自杀。若论角色的扮演，毫无疑问，陈晓旭是一位称职的演员，因为她在工作中能够全心入地投入，以至于做到戏里戏外合二为一；但也正因为此，可以说她做人是失败的，当环境、角色改变之后她没能及时地调整心态，转换角色。或许是这次演出经历改变了她的人生轨迹，因为后来她创办公司初期很多情况下都是打着“林妹妹”的旗号。那么到底林妹妹是成就了她还是毁了她呢？或许两种说法都不合适，只能说林妹妹改变了她的生活。《红楼梦》热播后，陈晓旭凭着“林黛玉”一角成了家喻户晓的人物。但红楼一梦醒来，她发现自己正迷茫在北京的街头——《红楼梦》的起点太高，让她再也无法超越，她的演艺生涯似乎只是为了林黛玉。“那是我生命中的苍茫时刻。虽然我是众人眼中的明星，但没有导演敢请我演其他角色。陈晓旭的名字被林黛玉取代了。”“两弯似蹙非蹙柳烟

眉，一双似喜非喜含情目。态生两靥之愁，娇袭一身之病。泪光点点，娇喘微微。娴静似娇花照水，行动如弱柳扶风。心较比干多一窍，病如西子胜三分。”陈晓旭饰演的林黛玉，像极，在观众眼里，她就是林黛玉，后者再也无法替代的林黛玉。当时带我们梦游红楼的那一批演员，最成功的就数她了，她演的黛玉也是前无古人，后无来者，无法取代的。自她演过黛玉之后，别人再演，怎么看都有东施效颦的感觉。即便不喜欢黛玉的性格的人，但还是对她保有种温情的怜爱。而《红楼梦》，则正好是某种暗示，所有的繁华，都只是红楼一梦，最终会散去的，也许恰好是一种宿命。

一个从《红楼梦》绝唱中走出来的人，又下海经商成了成功的女商人，本身就是个相当大的跨度。记得去年《艺术人生》做过一次《红楼梦》剧组联欢的节目，把当年《红》剧中饰演过主要角色的演员都邀请回来，这些人能继续做演员的占到不到五分之一，出国的、经商的、从事媒体的……一部《红楼梦》，限定了他们的演艺生涯，使他们不能突破梦中角色，关上一扇门的同时，也为他们打开了另外一扇窗，真是造化。

据说，她这些年来一直吃斋向佛。她公司洁净的玻璃大门上赫然印着“南无阿弥陀佛”的字样，就全中国的大型广告公司而言，这恐怕也是绝无仅有的装帧吧，还有她在办公桌对面的墙边还设立了佛堂。我们无意诠释其是非对错，无意探究虚虚实实，只希望每个热爱生活的人都能在生命中的每一天快乐。“皈依佛门”归根结底是个人信仰问题，她剃度出家一事在法律和道德的层面似乎都没有什么可以指责的地方。一个人的宗教信仰是无可厚非的，只是对信仰佛教，皈依佛门，人们总还是不能理解。芸芸众生，人们对于尘世的一切还是很留恋的。毕竟尘世间有太多的诱惑让人难以放弃。可陈晓旭竟放下了，怎么说也让人生出几许敬佩。在很久以前就听说当年选“红楼梦中人”时，她是毛遂自荐，拿着自己厚厚的简历及拍过的封面杂志，打动了导演。她这份执著与勇气在那个年代是不容易的。而今她出家的决定又一次让世人跌破眼镜。她抛弃了一切，亲人、爱人、事业来做自己喜欢做的事，真是不简单。人各有志，也许人在经历许多以后，树立不同的人生观、世界观、金钱观。因为每个人的人生都不是能复制的。

关于她最终的出家，对于为什么会遁入空门，许多人认为是疾病促成，不过陈晓旭也曾在一次采访中袒露心迹：自己曾经很专注于财富的积累，但之后发现物欲的增长并没有给自己和家人带来真正的快乐。1999年，她偶然在朋友的车上听到净空法师讲解的《无量寿经》的录音带，遂衍生了学佛的念头。她说，“突然我的心明亮了，那个世界仿佛印证了我从小到大对清净仁爱世界的无限向往。我对经中所描述的一切没有丝毫怀疑，就像有人将你心中多年描绘的蓝图突然呈现在你面前那样惊喜、感激。”两个月后，她前往新加坡找到净空法师，遂皈依佛门。就在春节前夕，陈晓旭还在自己的公司网站发表了一篇充满佛性的祝语。而此前她还参访了香港志莲净苑等佛教场所，并在网站上留下自己虔诚拜佛的一组照片，足以印证她对佛教的虔诚。有了这些作为根底，最终处于何种因缘遁入空门，似乎都已不再重要。“我的人生目标是：在我寿终正寝之前，能够把人生真正地想清楚，觉悟，并且在有生之年，把自己以前所犯的错误全都赎罪，然后做一些好事。”其实，陈晓旭的遁入空门，有她的足够理由。我们没有必要对她评头论足。每个人都有她自己的生活空间，她能摆脱世人的偏见去享受上天给她进入佛门的机会，又何尝不是一件好事？我们只是外人，其中的酸甜苦涩只有她一人心中明白。其实最关键的还是缘分。比如说，佛家讲慈悲，慈是“予乐”，悲是“拨苦”，就是拔除痛苦给予快乐。快乐的对待自己的爱人，快乐的对待自己的亲人朋友。

人生在世不过数十年，面对生命、人生、生活、人性、家国乃至宇宙，每个人都有不同的理解。而人人不外乎是地球上的过客。造物主造就了人的躯体并赋予其思想，让其在轮回中饱尝爱、恨、情、仇的折磨。在数千年的生存斗争中，人最终得出一个结论，快乐才是人生的真谛，然而快乐又何曾不是七情六欲之属性。佛是觉悟了的人，也许只有在这种境界中，人才能真正得到解脱。“质本洁来还洁去”，陈晓旭选择了皈依佛门的至高追求。她曾说，希望生活……像流水一样，然后进入一种特别平静的状态，看书写作，亲近自然。从“红楼一姐”到女性广告人，不管是从哪个视角，我等外人所能窥见的一切或许永远只是皮毛。人之于他人，如同每个人之于他自己的人生，或将永远是一个解不开的谜。陈晓旭的全部迷惑和苦恼，都已化作缕缕青丝，在悠长的木鱼声中缓缓滑落。晨钟暮鼓声中，她用一个新的名字生活——妙真。其实可能很多的无欲无求，正是建立在一切都已经拥有过的基础上，人生到达了可以达到的极限，再怎样也都是原地踏步了，也就不再有了追求。所以他们往往会做出一些常人无法理解，但在他们看来也许是很好的宣泄方法的事情。

很欣赏陈晓旭所做出的这样一个有悖世俗的抉择。据介绍，她在大年初六下午剃度时一直都表现得很平静。其实，这既是出人意料却又在情理之中。出人意料，是因为一个成名和事业有成的俗人能做出这样惊天骇俗的决定；在情理之中，是因为她经过了大红大紫，已有出世超脱看破红尘的念头。她说佛点化了她心中多年的蓝图；她说她需要一个平静的环境可以看书、学习，过老年人的生活；她才过不惑，事业有成，亲人、爱人在身边，怎么会下决心夫妻双双出家呢？真是我辈俗人不能理解的。她的选择自有她的道理与想法，我们无法了解，只能尊重她的选择。对于她本人而言，她认为遁入空门，过上晨钟暮鼓以青灯古佛为伴的清静生活有助于她自己的身心健康，可以抵御病魔。她的举措没有沽名钓誉的成分，因为她没有必要这样做。媒体和社会如此关注她的这一事件，正是说明了人们对她过去饰演《红楼梦》中林黛玉的肯定认可，也是为她抛弃亿万家财、事业而清修事佛感到遗憾。无论是认为这是她的人生悲剧也好，还是认为这是她的命中定数也罢；无论是认为这是林黛玉的前世今生，抑或是认为这是一件憾事。所有的这些对于陈晓旭而言，早已不再重要，重要的是她自己的感受，自己的健康。所以还是那句话：走自己的路，让别人去说吧。

倘若出家也是一种人生选择，那么，我们就应该尊重这样的选择，更应该捍卫这样的选择权。其实，这在世人看似不可理解的事件，并非不可思议。古往今来，有多少名人志士在事业处在巅峰的时候，幡然醒悟而皈依佛门。佛教始祖释迦牟尼本人就是净饭王国的三太子，还有古代闻名于印藏两地的伟大佛教宗师、噶当派祖师阿底峡尊者也曾是孟加拉国的一位王子，近代的弘一法师、清定上师都曾是当时社会的一代名流，当代的许多名人如李嘉诚、刘德华、李连杰、朴树等等也是虔诚的佛教弟子。出家的名人尽管屈指可数，但在家的名人居士又有多少，谁能说得清。由此看出，佛教作为中国传统文化儒释道之一的魅力所在。妙真法师也就是出家后的陈晓旭这样说道："家是转换新的身份。每个人都有自己的志向和使命，我的选择是由于机缘成熟，更重要的是为了向释迦牟尼佛学习，提升智慧、教化众生。佛教就是佛陀的教育。我今后的工作，是要精研佛学、深入经藏，以佛陀为榜样，专事讲经说法，做一个多元文化的义务教育工作者。"她要寻找一块没有欲望，没有竞争，没有欺诈，没有谎言，没有龌龊，没有流言蜚语的清净世界，去过一种与世无争的僧尼生活，多为社会做一些善事。

想起曾经风靡一时的琼瑶电视剧《庭院深深》的主题曲“多少的往事已难追忆，多少的恩怨已随风而逝，两个世界几许痴迷，几载的离散欲诉相思，这天上人间可能再聚，听那杜鹃在林中轻啼，不如归去……”是啊！既然不再留恋红尘，还不如归去啊！

知识的力量很强大

——感受台湾教授郭中一解读国学、畅谈读书

昨晚，郭中一先生做客由新安晚报与安徽图书城联合主办的“周末七点档——新安读书沙龙”，安徽人民广播电台著名节目主持人梅兰主持，安徽大学哲学系教授裴德海与新安晚报美女编辑闫红做访谈嘉宾，与郭中一教授一起畅聊文学、读书。活动盛况空前，人头攒动。来者身份不一，但都喜欢读书。有大学教授、媒体记者，有作家、律师，有画家、诗人，有在校大学生、幼儿教师，有网络写手、商人，除本地的，还有从外地来的……没有了椅子读者就纷纷站在后面。

已经见过郭教授三次，昨晚已是第四次。第一次，是在去年7月新安晚报主办的“新安文化沙龙”上，很震撼！当晚回来写了日记；第二次是在去年初冬季节，与一大帮合肥、六安文人一起去小团山，那里仿佛成了合肥的普罗旺斯。回来很激动，写了一篇4000多字的游记《激情燃烧的冬日——亲历小团山香草农庄记事》；第三次是在今年1月，去小团山聆听两岸最美的声音——黄萍康小姐的演出，回来也写了一篇《迷人的小团山音乐之夜》，可惜当时没贴，因还想再修改的，后来一直忙，就给忘了。

郭中一，台湾东吴大学物理系教授。他是留美博士。其学贯中西，熟稔国学，教学物理，儒家入世和道家出世的两面情怀在郭教授身上都得以体现。同时他又是台湾反对“军购”、反对台独、多次游行示威活动发起组织者。其兴趣广泛、著作等身。他祖籍安徽合肥，前几年，他就在离台湾首任巡抚刘铭传故居不到800米的小团山上垦荒。据说，小团山是当年台湾巡抚刘铭传当年练兵场，而他祖父的祖父——重祖父，曾经是刘铭传家里的私塾老师，他的父亲在这里出生，所以他说这里是他的故乡。开始是在网上拜见，那日沙龙终于见到真人。惊叹！震撼！只见他蓄一头卷发，天庭饱满，皮肤黝黑，国字型脸上两只眼睛晶晶亮，笑容可掬。着一身长衣，三伏天，也是不怪。朴素的如同一农夫模样。他不说则已，说则一鸣惊人。古今中外，旁征博引，口出箴言，滔滔不绝。着实令人受益匪浅。他倡导的新式生活理念、新式教学方法，令人耳目一新。据他介绍，他还把《诗经》中的植物种在农庄，好让学生们认识。他把书本中的知识搬到活生生的现实中，这种做法太神奇了，也真值得当今的教育工作者深思啊。去年，郭教授在上海书展上讲解《诗经》。今年，还专门在中国科技大学开了一场《孔子》讲座。

昨晚，郭教授说他 12 岁之前读的是四书五经、唐诗宋词、《古文观止》、《资治通鉴》和四大名著等书，12 岁以后读《诗经》和《楚辞》，还读《庄子》，喜欢庄子的文笔，作文比赛在台湾每次都是第二，当时还看梁启超的书。初三时读的书是《文心雕龙》，又读了王夫之的《读通鉴论》，遇到不容易读的就用最笨的方法——手抄，毛笔反复抄，其实也没有多少帮助，但多少弄懂了一些内容从而也推动郭教授的阅读面。18 岁之后，郭中一教授则开始了“乱读时代”，但他认为有三位大师要好好读：历史大师陈寅恪、新儒学大师熊十力，还有让他心醉神迷的钱锺书，郭教授进而又读了钱穆、伯格森、康德等大师的书。他说，虽然广泛阅读文艺、哲学名著，但他还是被物理学“量子力学”、“相对论”深深吸引，于是大学就学物理学专业。服兵役时，又读了王阳明的书。

在如何对待国学热的态度上，郭教授说，国学不能只讲孔子，孔孟之道，其实孔子是被孟子绑架的，孟子虽然很多创见，但浮夸不实，孟子是偏狭的儒家，儒家的正传应该是荀子。中国思想史表面是儒家，其实道家是内在，从而形成了儒道合一。经线是竖垂到底的一整根线，道家为经；纬线是线头连起来的，儒家为纬；佛家是提花是花样装饰。其实法家也是从儒家而来，是旁支，门下出了李斯与韩非子；另者是庄子，他非常懂孔夫子的，庄子在发扬孔夫子；而墨家与儒家是互补的。他强调：“诸子百家要合起来读，要面向未来，要吸收科学进来。中国思想最发达的时候就是海纳百川，尤其不能排斥科学，中国曾经引领科学风骚 3000 年之久。抽取这部分，其实也失去了国学的很大一部分内涵。”当有人问起，我们现在学国学，要读那些书，郭教授说，十三经要读，《史记》要读，中国所有的历史都是儒家观点写的，唯独司马迁的《史记》是道家思想，甚至还有些阴阳家的背景。

有读者问他还在读书吗？他说，现在每天要看十几本、甚至几十本书，而且要花去十几个小时来读书，边读边做笔记。累了，就去看看他的

香草，为那些花花草草修枝剪叶。他说，其实，什么书都是可读的，只要你喜欢。要按照自己的心意去生活，最重要的是把经典深入生命、带入生活去读。我们不仅要读书，还要好好读书，尤其在学生时代。因为知识的力量很强大，知识改变人生。

郭教授还是台湾反军购和保钓的先锋。回忆起反军购时走上街头，以一己之力组织20万素不相识的人上街和警察对着干，乃至策划炸掉日本人在钓鱼岛上的灯塔的往事，郭教授表示其实都是一种承担和锻炼。他说，钓鱼岛上的日本人灯塔其实是中国台湾渔民的古墓，日本人上岛后就挖掉古墓并在其上建灯塔，毁灭了钓鱼岛是中国的一些印记。郭教授对中国政府本次对钓鱼岛的强硬态度非常赞赏，他说，“过去都是忍让，这次反应和以前完全不一样，最后还是要靠中国人自己强大起来。”而郭中一教授认为自己之所以会热衷于这些社会行动，是“不想让后人回顾这段历史时问你，发生这些事情的时候，你在做什么？”

昨晚沙龙，郭教授时而侃侃而谈、时而慷慨激昂、时而妙语连珠，听他一席话，实乃人生一大享受，在场读者全都崇拜得恨不能拜他为师，被他的学贯中西的学者风范所深深折服。嘉宾们博学、机智的提问，主持人恰到好处的把握，读者们认真聆听、仔细记录，生怕遗漏重要内容。最后环节——互动节目中，读者踊跃提问，郭教授妙趣解答，主持人几次想说结束语，可是读者还频频举手，因而沙龙时间不得不延迟。昨晚沙龙还有两个趣事：一位蚌埠的大学生在安徽图书城发现有郭教授主讲的沙龙，喜出望外，激动与兴奋之下打电话给同学让他们也来听（同学都在蚌埠），同学问他从蚌埠赶到合肥去听还来得及吗？他才恍然大悟，原来自己高兴地昏了头，忘了空间与时间，因为这是在合肥而不是蚌埠。还有一个80后网络写手，竟然激动得语无伦次，说出的话也结结巴巴不成句子，可他想表达些什么，大家心理都明白的。这样的演讲报告，也许是他平生第一次聆听。

最后，读者们纷纷要求与郭教授合影留念。大家一起度过了一个书香弥漫、诗意盎然、激情美好的难忘夜晚。

《罗马假日》

——电影史上永远的经典

电影《罗马假日》，无论是思想内容还是艺术手法，都较为独特，呈现了那个时代的特色。其导演艺术、表演艺术、摄影艺术都堪称经典。这是美国人在那个时代的一部理想化的电影。该片标志着好莱坞进入了新秀辈出的时代。

影片1953年在美国公映，立刻引起了强烈的反响，在全世界获得了极大成功，被翻译成法语、意大利语和日语等多国语言。

影片情节虽简单但很吸引人，全片在罗马实景拍摄完成，采用同步录音。凭借男女主角的成功出演以及罗马的街头风景成为了世界经典。奥黛利·赫本为此荣获第26届奥斯卡最佳女主角。影片将罗马的名胜风光生动地融入剧情之中。尤其是赫本，其魅力倾倒了无数影迷。人们为影坛出现这样一个清新隽永、纯洁可爱的形象而欣喜若狂。赫本成了国际知名人士，人们心目中的偶像，成了纯洁高贵的代名词。世界各地纷纷向她表示祝贺，全世界都在播放她的新闻片，大量的报纸赞美她的美貌、活力、妩媚、典雅，人们称赞她是继嘉宝和褒曼之后的最佳女演员。在获奥斯卡最佳女主角的几天以后，赫本又荣获美国戏剧年度奖——托尼奖。之后，她一帆风顺，成为欧美影坛上一颗耀眼的新星。可爱的赫本发型也随之一下子成了国际流行发式。她在影片中的短发、瘦腰、宽边眼镜和夸张的帽子，一度改变了五六十年代西方女性的审美标准，而半个多世纪以后，赫本的装束又成为今天时尚界人士打造怀旧风格时最先想到的。

在看片过程中，随着情节的发展，我仿佛已融入影片之中，跟着主人共同欢笑、共悲伤……可是在结尾的时候忍不住悄悄落泪。相爱的人不能在一起，有情人不能终成眷属。但换种角度来看，它的结局又是精妙的，是悲剧的升华……

如今，奥黛丽·赫本与格里高利·派克虽然远去了，但两个人的名字

和两张笑脸永远的留下来了，人们会永远记住这两个名字，也永远为他们祝福，因为天堂里有了最纯的和最帅的天使。

令人难忘的银幕形象

影片描述的是出访古都罗马的某国公主安妮与小记者乔的短暂的恋爱故事。向往自由的年轻公主总受到礼教的束缚，要完成她在政治上、生活上所要履行的一切定格式的行程；也要把僵硬的生活延续，终结一生。她无法压抑这一切，无法压抑内心所涌动的热情。公主的外表是光鲜的，其内心却是苦闷的。公主将繁文缛节视为苦事，不堪压力，于是快崩溃了的公主就在一个夜晚独自一人偷偷逃出了王宫，也就是这一晚上遇到了她一生最珍贵的记忆。那晚她溜到市区欣赏夜色，夜深而回不去了，巧遇英俊幽默而有善心的美国记者收留了她，跟他一起感受了平民的快乐。次日，美国记者通过报纸发现昨晚留宿的女孩与公主颇为相似，一直默默无闻的他有了私心，他想借着报道公主真实生活而发笔财，于是约好友一起行动，进行了他们的“罗马假日”。他们带着公主四处游玩，期间不断闯祸，却乘机让好友偷拍下来。而在欢乐的旅程中，爱苗却在彼此的心底悄悄滋长。乔发现了天真、活泼而追求自由的公主身上一切的好，慢慢地乔爱上公主，而公主也不知不觉地爱上了乔。他们相爱了，罗马一日，虽然短暂，可是轻松惬意的时光让他们体会到爱情甜美。官方在到处寻找公主，都被记者巧妙躲避。短短一天很快就要过去。当夜幕降临，公主不得不为了国家和人民、为着本身的职责而忍痛牺牲爱情，终于要回宫了，在两人依依离别之际，安妮紧紧依偎在乔的怀中，诉说着离别的酸楚。泪水从双颊留下，但最终还是将远去的背影留给了恋人，留下记者无限追忆，暗自神伤。在最后的记者招待会上，他们又一次见面了，两人语带双关，以示告别，这匆匆的相见却又是匆匆的离别，永远的离别。罗马假日，短暂的爱情亦成为永恒的美丽。虽然最终他们因为各自的身份和职责没有走到一起，但罗马成为他们永久爱情的象征。这是一段朦胧的爱情，它真挚、纯洁、理智，令人荡气回肠。

尽管是黑白片，而在这黑白世界里却洋溢着青春的气息，浪漫的爱情却充满了无言的忧郁，华美高贵的皇室却隐藏着深深的遗憾。其实故事一开始就已经注定了结局，他们是不可能在一起的，因为身份地位悬殊。一个逃家的公主，一个落魄的记者，一个是厌烦宫廷礼节枯燥烦琐的高贵公主，一个是囊中羞涩的小记者。他们注定是要分开的。从街头的邂逅开始就注定了他们的缘分和命运。公主永远不可能抛弃自己公主的身份，无论她乐意与否；而小记者即使有胆量却也未必有能力和公主一起过平民的生活。无论童话有多么美妙，它终究只是童话。无论如何，人类还是要生活在现实的世界里。午夜钟声响起，当魔法消失，一切恢复到以前。公主意识到自己的重任，只能回去做她那个矜持的公主，即使那是她的囚笼她也无法放弃；而记者，也只能看着她离去，转过身，一步一步、慢慢地走出公主的生命，回归自己的生活，继续做一个默默无闻的记者。安妮公主也只能以一句："罗马，当然是罗马。"将爱情永远刻在心里。无论未来会如何，各人的生活还得按照既定的轨道过下去……

安妮公主高贵而又清纯的形象给观众留下了深刻的印象。这个纯真公主成就了好几代人对完美女人的幻想。数年后她仍然是男人们心中的女神、情人。那雍容的仪表与华贵的气质使人为之倾迷欲醉。她的一颦一笑也成为后人心中深深的烙印。

炉火纯青的表演艺术

赫本无疑是20世纪最出色的演员，无论是相貌、气质，还是演技。在这部《罗马假日》里，赫本的这一切都得到了最好的体现。不管是一开始安妮公主的高贵，还是她厌恶皇室生活所表现出来的孩子气，后来夜宿街头时显现的迷茫，罗马一天假疯狂、兴奋以及对那个本意为从公主身上获得利益的记者乔的爱恋，赫本都表现得淋漓尽致，甚至会让观众以为她本人就是那个通过罗马一天假日由幼稚走向成熟的安妮公主。《罗马假日》让赫本成为全世界影迷眼中的公主，真正美丽高贵而可爱的公主。

《罗马假日》是1987年首次在国内上映的，人们争相观看。赫本就像一汪清澈见底的泉水沁人心脾，不禁使人赞叹此"人"只应天上有。男女主人公俊美的外表也使这一影片增色不少。中国观众熟悉赫本，是从《罗马假日》开始。赫本辉煌事业的开端，也自《罗马假日》算起，这是她的成名作，也是其代表作，对她有着特殊的意义。而男主角派克也将一个由天不怕地不怕的单身汉转变成一个坠入爱河的多情男人这一角色诠释得非常到位。赫本同所有其他年轻姑娘一样，对格里高利·派克非常崇拜。当时，派克刚36岁，高挑的身材、英俊倜傥、作风正派、和蔼可亲，他主演过一些优秀的影片，这些影片使他声誉卓著，成了全美国人的偶像。在拍片过程中，派克对赫本体贴、爱护、且始终如一，他体察她的感情和她对他的敬畏。她当时是个不起眼的小人物，而他是个大明星。对他来说，拿下这部片子轻而易举，但他无私地辅导她一场又一场戏，因为他意识到，是她而不是他在这部片子中更有价值。

《罗马假日》由美国派拉蒙公司拍摄，好莱坞的著名导演威廉·惠勒执导。这部片子的拍摄是一个苦难的历程。拍此片他伤透了脑筋。因为一切都是实地拍摄，所以得清除人行道，把行人赶走，竖起路障，汽车改线，有轨电车停驶，大楼腾空……但有一件事最伤脑筋，那就是持续不断的噪音……此外，围观的人群既不听指挥又不肯安静，他们日夜围观，大笑大喊，指指点点。剧情要求演员们装出凉爽舒适的样子，而实际情形却是热得要命，那年是罗马有史以来最热的一年。拍摄的时间很长，常常是从黎明拍到下半夜。大家都热得吃不下饭，赫本只饮一点香槟，其他什么也不吃。她不叫苦，她严于律己和控制情绪的能力这时已为人称道。有时为了重复拍一个镜头，一个下午要做60 回，赫本有点承受不了，但她并不抱怨，她力求完美。导演为使她演好这一角色，想尽一切办法帮她、启发她，他告诉她说，她必须忘掉自己是在演戏，应当认为自己就是那个公主。他给她上了电影明星的第一课，他教她“要迎合内心的感觉而不是做戏”。这一点让赫本终生受益匪浅。

成为永远的经典

永远记着影片最后的那个特写镜头：娴静的公主戴着高贵的皇冠，在新闻发布会上，矜持又优雅地和各国使节记者道别。当面对着近在咫尺的恋人，她只能将盈盈泪光锁在深情的大眼睛里，临走前那饱含哀伤和愁绪的回眸一笑，令乔顷刻间失魂落魄，也令观众动情不已。此去一别，天涯万里，再不可能有重逢的时候了。她却依旧笑着，只是笑靥下隐藏着涩涩的痛苦；那份美丽的忧伤，令人颤栗。那双纯洁的梦幻般的大眼睛，那一瞬间，仿佛要捕捉什么，却又如此无力，于是只能哀婉地将回忆埋葬……但她的善良，她的纯真，也感染了她的朋友，人们都将永远记着她。

《罗马假日》之所以经典，不仅仅是主人公的靓丽，更是情节的精妙抓住了观众的心，又反映了上层社会的种种无奈与束缚。其一，人物性格。公主好像花蕾，充满了活力与好奇，想拥有缤纷的世界，而不只局限在所谓的富贵、端庄的淑女典范上。人们看到的是一个无邪、天真、可爱、华贵而不乏味的公主。乔，追逐生活欺骗公主到爱上公主，好像没有自己的个性，但与公主相配又可以显出他的款款深情。其二，朦胧。有人说朦胧就是美。在故事发展中，公主好像知道乔后来的用意，当乔想说出时，却又不让他说出来。她仿佛对自己身边这个男人很有自信，相信他是真心的。但又仿佛没有为了自己的爱情义无反顾地争取。这种朦朦胧胧的爱情是虚幻而又美妙的。其三，结局设置。开完发布会的公主离开了，殿堂上只剩乔一人，或许是乔的留恋，又或许是乔仍抱有一丝希望。当他回头望去时，殿堂上仍空无一人，公主依旧没有走出来。这也反映了当时人们的门当户对等级观念。公主没有为了一己之私而放弃一切，她并不是贪图富贵，而是对自己的一种责任，对自己身份、使命的责任，对父亲、对国家的责任。这是一种牺牲，也是一种无奈。但公主依然用她的微笑面对乔和众人。

我就是这样不可抗拒地被奥黛丽·赫本所吸引，爱她塑造的美丽公主，爱美丽中的坚强，爱坚强中的真诚；我就是这样喜欢《罗马假日》，喜欢这个浪漫故事散发出的纯真和善良，喜欢主人公的隐忍和无私……

《非诚勿扰》

——冯小刚首部原创小说改编的电影

昨晚加班回家躺在沙发上写《梅兰芳》的影评，又爬起来，与同学相约去看电影《非诚勿扰》。

七点多的电影没看成，只有等九点二十的夜场电影。买好票还有一个小时，只好去周边一个大商场逛逛，并买了一些食物进影院。

冯小刚以幽默、调侃、戏谑风格见长。他导演的贺岁片，此前，我还真没有去电影院看过，只是零星从电视上看过一些。这次除外。因为《非诚勿扰》是他的第一部原创小说，很值得期待。据说，《非诚勿扰》的语言特色既延续了冯氏幽默的一贯风格，又不乏深沉锤炼的人生箴言，幽默有加，但绝不流于肤浅。此外，小说中所描写的人、情、事、景都非常时尚甚至前卫，不同的约会故事反映了当下都市人尤其是“白领”、“小资”、股民的各种生活状态，很能引起观众共鸣。再者，他影片中所说的“和谐为本”，也与当今社会所倡导的主题相一致。

别人以为这又是一部喜剧，我则不以为然，尽管看的过程中，笑声阵阵传来。但我认为这笑声背后有很多心酸之事，有时就是苦恼人的笑，无奈的笑啊。笔者认为这是一出正剧，又称悲喜剧。鲁迅先生曾说：“悲剧是将有价值的东西毁灭给人看，喜剧是将无价值的东西撕破给人看。”我一般不太喜欢看喜剧，更爱看悲剧。悲剧，能震撼人心，直指心灵。

秦奋（葛优饰）是一位有着“特殊才能”的“海归”，他的天才发明被风险投资人（范伟饰）出天价买断。一夜暴富的这位“剩男”想通过征婚的方式解决终身大事，于是揣着家底开始了“征婚”旅程。漫漫“征途”上，各怀心事者纷至沓来，于是，秦奋走马灯似的相亲、换人，再相亲又换人……一段“人间喜剧”演出2008世间百态。女人们对他共同的评价是：人不坏，挺好玩的，可尽想些极不靠谱的事，太不着四六，当一哥还行，结婚就免了吧。几经周折后，秦奋终遇倾心佳人梁笑笑（舒淇饰）。无奈，美人心有所属。秦奋究竟如何逆流而上？几番悲欣交集后，有志者事竟成！

秦奋在影片中有两次哭。第一次哭，是他第二次见笑笑并陪她在酒吧喝酒时，说到伤心处竟然哭了。还有一次哭，是秦奋在日本的教堂里忏悔，几个小时后，连神父都受不了而让其朋友拉他走，但他已经站立不起来。最后当他知道笑笑跳海了，灵魂开始回归。他真正爱上了这个心里装着别人的女子。这其实是一个小人物的悲喜哀乐。小人物融入大环境，从而揭示社会各个层面。

而笑笑，是个真性情女子，实诚、率真、痴情……爱上一个有妇之夫，为着那个男人痛苦不堪，整天喝酒麻醉自己……等那男人三年，这个男人还是不能兑现他的诺言而娶她。渐渐地，笑笑看穿了一切。明里说：要在发生爱情的地方结束她的爱情。实际上，她想好了要走不归路的。于是拉着她并不爱的秦奋去了北海道。故地重游，她怎么能忘怀？一幕幕重现于眼前、心中……秦奋也渐渐爱上她了。当她决定走之前把自己给他时，秦奋说他不要一个晚上，言下之意要终其一生。就在这个夜晚，笑笑跳海了。看到此处，女人们唏嘘不已。问世间情为何物，直叫人生死相许？我想，如果换做本人，我一定也是那样的选择。既然爱，但又不能相守，是何等的痛苦。如果不决绝，恐怕也只是个行尸走肉。

好歹，笑笑被救起了，尽管浑身是伤，但她找到了可以托付一生的男人。人生得一知己，夫复何求?! 从这点上，笑笑是幸运的，也是幸福的。苦尽就会甘来。但这是电影，生活中，可不尽然。

笑则笑过，哭亦哭过，日子还得过，生活还在继续。这是影片留给人们的警示。

非诚勿扰——或许原先是诚者，后扰一半又撤了；或许原先不诚，而后来诚了……

优美、雅致的家乡戏

——近距离观赏徽剧

昨晚，与友人去看了一场徽剧，很震撼！

这是第一次与徽剧如此近距离接触……从舞台布景到演员的念唱坐打，都很到位，尤其是最后的布景——白墙黛瓦的徽派建筑在一方碧荷红莲的映衬下，简直太美了。唱腔里既有京剧的高昂，也有昆曲的婉转……很好听！每每唱到精彩处，观众齐声叫好！每演完一场，大家都报以热烈的掌声回报演员的精彩演出。我则一边看戏一边拍些精彩剧照。

作为安徽人，如果不真真切切地近距离看一场徽剧，也是枉做安徽人的，我与朋友如是说。当然，昨晚的安徽剧院座无虚席，观者如潮。

昨晚上演的是由安徽省京徽剧院演出的新编徽剧《一文钱》。讲述的是清代乾隆年间，新安商人鲍志道以一文钱做抵押，向他人借银一万两，三年后，鲍志道诚信守诺，十倍归还，成为徽乡美谈。但是当时边疆告急，急需军款，鲍志道临危受命，谨记父亲教诲，前往鸠江搜寻贪官证据，为顺利筹集军款立下了汗马功劳。该剧反映了徽商卫国安民的爱国精神、百折不挠的进取精神，以及诚信至上的经营理念。

徽剧，京剧的前身，而京剧则为当之无愧的国粹啊！身为安徽人，也是要自豪一下。

据史料记载，徽剧是中国古老的剧种，渊源于明代的“徽池雅调”。明朝嘉靖年间，弋阳腔流传到青阳、贵池一带，与当地民众喜闻乐见的民间曲调相结合，创造了新腔，形成了具有当地地方特色的青阳腔；青阳腔又受到民间山歌小调和昆曲的影响，长期发展而形成徽剧。

清初，徽剧盛行于安徽及江浙一带，在南方流布甚广；清中期，风靡全国。清乾隆年间，“三庆”、“春台”、“四喜”、“和春”四大徽班先后进入北京演出，名噪华夏，这就是著名的徽班进京。清道光、咸丰年间，徽剧在北京同湖北汉剧等剧种结合，逐渐演变成京剧。清代后期，京剧兴盛，徽剧艺人多改学新腔，但徽剧在徽州部分地区仍然流行。徽剧是一个包罗万象、五彩缤纷的艺术宝库，是新安文化灿烂篇章的重要一页。2006年，徽剧成功入选首批国家级非物质文化遗产名录。

何谓“徽班”？顾名思义，当是徽人之戏班。它有四百年的历史并有着辉煌的艺术创造与贡献，最突出的是它吸纳、融合、磨炼出一个占了大半个中国和50多个剧种的戏曲声腔——皮黄，造就了一个伟大的剧种——京剧，成为“京剧之父”。说起徽班，在安徽各地还流传着一个“京剧鼻祖”程长庚率徽班进京的故事。程长庚，名椿，字玉珊，安徽潜山人。他把徽音、京音、楚音兼收并用，脱俗创新，卓然成家，对徽剧来说，他起了承前的作用，对京戏来说，他起了启后的作用，因此，他成为京剧的开山祖师。

徽剧的表演艺术，丰富而多彩。艺术风格古朴雄浑，大气沉稳，具有很高的文化和审美价值。它讲究平台与高台武功，讲究身段、亮相的雕塑美，讲究人物形象的塑造和画面气派等。其特点是：滚白滚唱，不仅让戏曲中的人物有倾吐内心积郁与激愤等感情的广阔余地，而且还富有叙述性。唱腔的音域异常辽阔，给人以一种粗犷、美好的感受。

演出结束，很多观众情不自禁地都走到戏台上，或与演员合影、或在布景前留影。我们也在那方碧荷红莲前留影，以示纪念。友人说，你去与那个男主角合影吧，我微笑地摇摇头。呵呵，不想去凑那个热闹。喜欢戏曲，是因为她是承载中国传统文化的又一个载体。

散场坐在出租车上，与友人还在讨论剧情。回家后，依然沉醉在婉转的乐音中，久久回味……

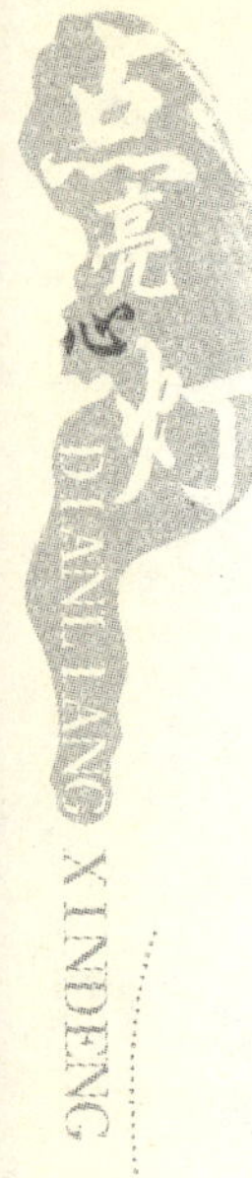

守住自己

——观看电视剧《士兵突击》之我见

观看《士兵突击》，使我们经历了一场传统的温暖的精神回归之旅。希望我们每个人都能像剧中人物一样，能守住自己。守住自己，这是王团长对许三多说的话。这也是我感受最深的地方。

人，任何时候，都要守住自己，守住自己的人格、人性与人心，守住自己的底线，守住一块洁净的土地，守住一片明智、淡泊的心境。虽然，守住自己很难，但我想不论在灵魂上、观念上、还是在行为上都要守住自己。战士要守住自己的阵地，法官要守住自己的尺度，医生要守住自己的天职，老师要守住自己的良知，农民要守住自己的土地，商人要守住自己的市场，学生要守住自己的学习……

所谓守住自己，就是要按自己的正确意念来安排自己的行动，恰到好处地行使自己的基本权利，脚踏实地地实现自己的既定目标；不能搞歪门邪道，不能替自己打算，不能为自己谋取私利。

守住自己是一种境界。自己能够守得住自己，说明他在人生的历程中，用正确的人生观来指导自己的成长过程，用正确的思想来武装自己的头脑，用榜样的力量来不断地洗礼自己，不断地净化自己，从而达到了自我完善的境地，达到了自我升华的过程。在偏僻而无人问津的草原五班，老兵们以睡觉、打牌消磨时光，而新兵许三多却用一个人的力量修出了一条几代人都没有修成的路。后来，王团长对许三多说："你是一个比我当年还要强的兵……我想这半年，你不光守住了军营，也守住了你自己。"是啊！质朴的许三多一个人守军营，一守就是半年，不光守住了军营，而且还守住了自己，也守住了一个兵的本分。他守住了纪律、规范、寂寞与孤独。他守住了自己，客观上也守住了七连的魂。纵观他的一切举动，无不只是一丝不苟地履行一个士兵的职责。

守住自己是一种修养。就是说，自己能够守得住自己，说明他的灵魂深处慷慨无私，心地纯洁，光明磊落，诚实坦荡，始终保持了正常人的光荣本色。什么名利、金钱、福禄，如同过眼烟云。修养包括：强烈的责任感、心中的目标、坚强的意志力、说到做到的执行力。许三多憨傻的外表掩盖不了他的优良品质。在被称为“孬兵的天堂”的红三连五班，他不仅没有“随大流”蜕变成孬兵，反而抱着他那“有意义的事就是好好活，好好活就是做有意义的事”的朴素人生观，用那种以每做一件事就像抓住一根救命稻草的态度，完成了别人认为不可能完成的事。他每天安心出操、站哨、整理内务；坚持一个人修出了一条427米的石子路；整个五班的精神面貌也因为他随之一新。

守住自己也是一种坚持。不管在什么场合，不管在什么领地，不管在什么位置，都要做到一身正气、两袖清风。人生路漫长，守得住一次冲击，能否守得住第二次、第三次？忍耐能有多久？因此，我们必须明白，每守住一次，内心就会升华一次，在这种升华中，人生才得以完善。一个人能够在任何情况下都能守住自己，都能经得起时代的考验，那么这种人就是时代的英雄，就是时代的楷模，就是使人永远崇敬和爱戴的榜样。众所周知，孔繁森是山东省两次进藏工作的干部。他在任阿里地委书记时，恪尽职守，勤政为民，政绩卓著，最后不幸以身殉职。但人民永远也不会忘记，20世纪90年代有这样一位真正的共产党员。他的理想，他的信念，他的人格，他的情操，使千万人的心灵为之震撼。

守住自己将良知固守，让信念闪光；守住自己将自我固守，让成功永驻；守住自己将乐趣固守，让生活常新。守住自己，守住那份平淡自然，守住蓝天白云的畅想，溪水远山的淡远，守住花的馨香、雪的洁白。守住心中那片灿烂的阳光，用灿烂的心去感受生活，生活就变得无比精彩。

创新无处不在

——读《把创新当成习惯》有感

创新是一个民族进步的灵魂，是一个国家兴旺发达的不竭动力。创新是企业发展壮大的动力和源泉，是企业发展的根本前提，也是一个员工增强自身竞争力的有效途径。古今中外，任何事物无不在创新中不断发展与进步，在创新中丰富与完善。

从字面上来看，创新是从有到优，不是全盘否定，而是在原有基础上进行创新与改革。创新，就是要大胆推测，敢于尝试，打破惯性思维，将劣势转化为优势。有创新，才能有发展。企业需要有创新精神与创新能力的员工来推动它的发展，增强企业的竞争力。每位员工都应把创新和改革当做日常工作，把创新当成一种习惯。无数成功的例子告诉我们，创新是成功的必备要素。创新的主体不分大小；创新不分贵贱；创新也不分古今中外；创新没有起点也无终点。它既很可贵，又很平常；因此。创新无处不在，无处没有。

一、创新的主体不分大小

大到一个国家、一个企业，小到一个班组、一个人。当前，我国正处于一个社会经济高速发展时期。党的“十六大”报告指出：创新是一个民族进步的灵魂，是一个国家兴旺发达的不竭动力。国家的改革开放是创新，而一个大型企业的改革也是创新。从2004年底以来，中国电信以战略转型为旗帜，加大了机制创新、管理创新和业务技术创新的步伐。今年4月，中国某通信集团公司印发了《关于进一步促进转型创新的通知》。当前，集团公司正进行“技术进步奖”的评选，倡导的是创新，而其下属省级企业也正在开展“创新成果”评选活动，提倡的也是创新。目前，这些省级企业加大转型业务的发展，把精确管理贯穿于企业工作的各方面，同样是一种创新。企业提供了一个创新的平台，营造了一种创新的氛围，员工们群策群力，纷纷为企业的发展献计献策，提出合理化建议。

企业能创新，个人也能创新，连孩子都能创新。有个故事叫《地图的另一面》。一位贫困的牧师，为转移哭闹不止的儿子的注意力，将一幅色彩缤纷的世界地图，撕成许多小碎片，丢在地上，许诺说："小约翰，你如果能拼起这些碎片，我就给你二角五分钱。"牧师以为这件事会使约翰花费上午的大部分时间，但没有十分钟，小孩便拼好了。牧师："你怎么拼得这么快?"孩子很轻松的答道："在地图的另一面是一个人的照片，我把这个人的照片拼在一起，然后把它翻过来。我想，如果这个'人'是正确的，那么，这个'世界'也就是正确的。"牧师微笑着给了儿子二角五分钱。这个孩子只是运用逆向思维，站在相反方向看问题，换了一个角度就解决了问题。创新，有时只是换一种思考的方法和角度就能峰回路转，于是就在山重水复疑无路的困境中迎来了柳暗花明。

二、创新不分贵贱

大亨可以创新，农民也可创新。著名的石油大王洛克菲勒就具有前瞻性思维。而农民的创新也是打破常规别具一格的。创新，就要走在前头，走一步而看两步，才能够审慎地分析历史，严肃地正视现实，并精明地预测未来，因而看得远，富于预见性。

"二战"过后，战胜国决定在美国纽约建立联合国。可办公场所建在哪里？况且在寸土寸金的纽约，要买一块土地谈何容易；此时联合国机构刚刚成立，身无分文，硬性摊派不合适，征求募捐也很难。正当各国政要一筹莫展时，洛克菲勒财团决定投一笔巨资，在纽约买下一大片土地，无偿赠送给联合国。同时也将这块土地四周的地面都买下来。消息一传开，各财团哗然。洛克菲勒不管他人议论，坚持将土地奉送。几年后，联合国大厦建起来了，联合国事务开展得红红火火，那块土地很快变成全球的一块热土，其四周的地价也连连升值，洛克菲勒财团所赢得的利润相当于所赠土地价款的数十倍、上百倍。正是创造性思维给了洛克菲勒超前的目光和非凡的胆略，因此，赢得丰厚的回报也在意料之中。

有一农妇种了几亩西瓜，丰收在望。可瓜尚未成熟，市场已饱和，瓜价受挫，销路也不畅。她想，好瓜好吃，要等吃完后才知道。而好瓜要好卖，还得让买瓜人在买瓜之前先有一个好印象。她想，商店里的商品包装得非常漂亮，目的就是吸引人。但是，西瓜能包装吗？常规包装显然不好

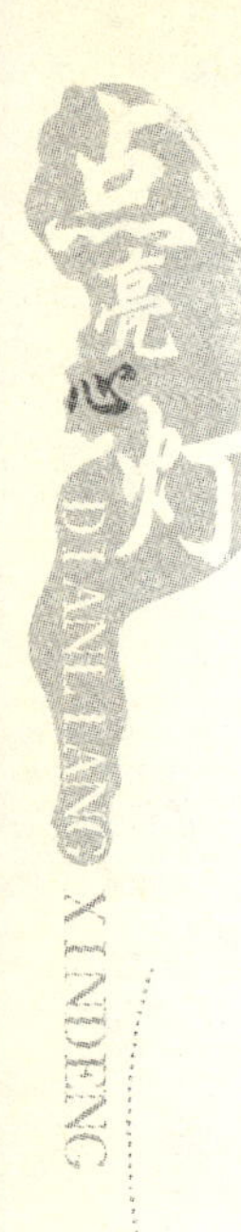

办，那就想办法搞特殊包装。苦思之下，农妇有了创意。她让人写了“吉祥如意”、“清凉解暑”、“祝您平安”等字样，用白纸剪下来，然后贴到瓜皮上。几天后，因阳光的照射受到阻隔，纸一撕下来，绿绿的西瓜上就留下了金黄色的文字。当西瓜熟了，农妇采瓜上市，这些与众不同的西瓜格外招人，结果瓜好卖了，价格也高了，农妇的收入也增多了。农妇的创意看似简单，实则独特奇异新颖别致。创新使一个农民的才华和智慧在一个合适的时空中得到了完美的释放。

三、创新不分古今中外

中华民族思想文化如一串串珍珠、一枚枚瑰宝，都渗透着一个个精美的创意，值得我们永远学习。古人和前人留下了无数经验和技巧，这是宝贵的财富，我们应当吸收应用。如：诸子百家的学说到处都有创新，而《孙子兵法》的奇妙至今仍令世人折服，连美国人都在学习；《三国演义》的妙计也一直让人们景仰，据说日本一些大学还开此课。所有这一切，都是我们中华民族不断前进的历史足迹，都是一代代中国人发挥创造性思维的结晶。比如《牙齿与舌头》的小故事，就是用思维创新来推动历史的前进，从而改变了历史的进程。

传说孔子带领弟子去向老子请教。老子年龄已经很大了，终日闭目养神，客人来了，也不多言语。孔子与弟子们敬过礼、请过安，便恭立一旁，正想提高请教，只见老子微微张开嘴，问：“你看，我的牙齿怎样？”孔子答：“全脱掉了。”又问：“舌头怎样？”孔子答：“还好。”老子听罢，又闭目养神，一言不发。告别老子后，孔子带着弟子往回走。弟子们不解地问：“我们是来求教的，怎么什么也没问就回头呢？”孔子答：“老子不是已经教导我们了吗？”见弟子们不解，孔子又说：“老子告诉我们，牙齿坚硬刚强，但没有了；舌头柔软有弹性，却还存在。这不正值得我们深思吗？”据说，孔子深受老子这一思想的影响，而因此创立了以“和为贵”和“中庸”为核心的儒家思想。“中庸”是“中和”，而中和之美就是和谐，和谐即是美。这种思想影响了我们中华民族几千年，成为我们民族文化的一个重要组成部分。

总之，创新来源于生活，来源于需求，来源于实践。创新无处不在，创新没有起点也没有终点。它永无止境。创新是一个循环往复、呈螺旋式上升的过程。可以说，此阶段的终点就是下阶段的起点与目标。创新要着眼于未来，时时更新自我。而创新能力不是一次、两次的灵光一现，只有坚持长期不解地创新，才能在工作中、学习中不断提高，超越别人，也超越自己。正如王安国在《把创新当成习惯》这本书中说道：“只要我们永远训练创造性思维，永远拥有独到的智慧，就能永远是自己利于竞争的潮头。竞争的实质是智力的竞争，智力的竞争是学习的竞争，学习的竞争使学习效率的竞争，而学习效率的提高则有赖于创造性思维的弘扬。”

我们祈愿，积极开发自己的潜力，养成创新的习惯，用先人一步的智慧，来获得一生的不断成功，抒写我们的人生。只有提高创造性思维能力，才能创造出光彩靓丽的人生，才能体验到生命的意义。有创新才有变化，路才越走越宽。

行游山水

登坝远眺，连绵青山重峦叠嶂，树木葱茏、碧绿茶园，湖水碧碧、微波荡漾，众多小岛点缀其中，青山、红土（因水位线下落）相映……好像一幅风景秀丽的中国山水画，让人流连忘返，叹为观止。就如歌曲《知音》中所唱“山青青，水碧碧，高山流水韵依依。”

——《西行漫记》（一）

金寨·梅山水库

东北纪行

因跟随中国行业记协参加“中国第六届信息港论坛”会议，平生第一次去了东北。第一站是黑龙江的省会哈尔滨。

异国风情——哈尔滨

哈尔滨是一座风光旖旎、独具特色的旅游城市。地处东北亚中心位置，坐落于我国东北部，地处富庶的松辽平原，松花江沿岸，被誉为欧亚大陆桥的明珠，是第一条欧亚大陆桥和空中走廊的重要枢纽。有哈大、滨绥、滨州、滨北、拉滨五条铁路连通国内外，松花江黄金水道可直达俄罗斯，美丽的松花江似彩带从市区蜿蜒而过，幽雅的太阳岛似闪亮的珍珠镶嵌在松花江北岸。哈尔滨素来有着“东方小巴黎”、“东方莫斯科”的美名，又有“冰城”之称。

哈尔滨历史悠久，是金、清两代王朝的发源地。“哈尔滨”源于女真语“哈尔温”，意为天鹅，又说“哈尔滨”由满族语“阿勒锦”转化而来，意为名誉、荣誉。公元1115年，完颜部女真人完颜阿骨打建立了区域性政权——金朝，国号大金，定都会宁（今哈尔滨阿城白城）。1616年，建州女真领袖努尔哈赤称汉，建立“后金”政权。1636年改国号为清，族名为满族，1644年入关。此后，哈尔滨地区属清王朝阿勒楚喀（阿城）副都统管辖，恢复了古地名，汉语俗称“哈拉滨”，后称“哈尔滨”。19世纪末，随着东清铁路的修筑，迅速形成了集工业、商埠为一体的新兴近代城市。居民以汉族为主，此外还居住着满、回、蒙古、朝鲜等40多个少数民族。哈尔滨市现辖8个区、11个县（市），总面积53068平方公里，人口970.23万人，是全国省辖市中面积最大的城市。

上世纪80年代初，《太阳岛上》与《浪花里飞出欢乐的歌》这两首脍炙人口的歌曲，一下子唱红了太阳岛、唱响了哈尔滨，从而蜚声海内外。哈尔滨用一个字来概括，那就是爽——仿佛一切都是透明的，赤裸裸地向人们展示冰城独特的魅力。无论庄严的索菲亚大教堂、江中游泳的人，还是大街上袒胸露背的女了，以及无处不在的啤酒屋、广场上的歌声、溜旱

冰的优美舞姿等等，都是哈尔滨有别于其他城市的独特之处。

哈尔滨又是以冰雪、避暑旅游为主要特色的旅游城市，兆麟公园的冰灯和太阳岛的雪雕及冰雪大世界驰名五洲。市郊的二龙山、松峰山风景区以及国内著名的滑雪胜地——亚布力滑雪场更是观光、旅游的好去处，冰雪节的国际冰雕雪塑吸引愈来愈多的中外游人。可惜这次是夏天去的，看不成冰灯雪雕，也没有冰雪大世界可玩。这里夏季气候昼夜温差大，凉爽宜人，说是避暑胜地，倒是名副其实。在这里过夏，几乎用不着吹电扇，即使七八月间晚上睡觉也必须盖上不薄的棉被。因没带长衣，早晚觉得冷，就专门去买了一套秋衣。晚上睡觉时空调只能打在通风位置，特别舒服。此地雨水较多，主要集中在6～9月，全市水资源人均占有量为1630立方米，可真多，这不，我们一下火车就被一场大雨堵在了站台上。由于纬度高，哈尔滨夏季，天亮得特别早，凌晨3点一过就大亮了。入住后的第一个早晨便被外面工地叮叮当当的声音吵醒了，其实才凌晨3点多钟。

次日，开会中途休息时，我与南京、贵阳的报社同仁一起进市区去参观圣·索菲亚教堂。索菲亚教堂以它恢宏气势矗立于街头，是哈尔滨的标志性建筑。远远地我们便被教堂的气势所镇住。教堂由红砖砌成，拱窗嵌着彩色石英玻璃。正中是大堂，大堂的前后左右各有一个附阁，一共5间。大堂顶上是个巨大的绿色拜占庭式球状尖顶，4个附阁的楼顶略矮，是俄罗斯特色的帐篷式尖顶。顶上是高耸的十字架。绿色的屋顶，红色的烙砖，让人想起《一千零一夜》里的故事。看着它，就像走进了童话世界，仿佛随时就有个嬷嬷走出来；又或在眨眼的刹那，西方神话里的巫婆已经骑着她的扫把，飞逝而去。在一个城市的闹市区近距离看见一座唯美主义的建筑，还真少见。我围着大教堂走了一圈。教堂外面是市民休闲的广场。广场上散养着成百上千的和平鸽，布满教堂外壁的每个落脚点上，也有不少正啄食人们手中的饲料，毫不害怕地与人相处。或蹒跚在游人的脚下，或齐齐的布在楼顶上做活动的雕花……广场的音响奏起美妙的弦乐，给人一种宁静安详的氛围。

该教堂是远东地区最大的东正教堂，始建于1907年3月，是沙俄东西伯利亚第四步兵师修建的随军教堂。同年，由俄国茶商伊·费·赤斯嘉科夫出资，在随军教堂基础上重新修建的一座全木结构教堂。4年以后，又在木墙外部砌一层砖墙，从而形成砖木结构式教堂。1923年9月27日，圣·索菲亚教堂第二次重建，历时9年，于1932年11月25日落成。建成后的教堂建筑平面呈希腊十字方式布置，整个教堂分成四层，高度53.35米，建筑面积721平方米，可容纳2000人。内部有精美的彩绘、雕刻，并收藏了大量的文物。1997年，市政府对教室按原设计进行了全面整修，辟建广场7000平方米。教堂深受拜占庭式建筑风格影响，主穹顶、钟楼又有俄罗斯传统的“帐篷顶”、“洋葱头”造型。富丽堂皇，典雅超俗，宏伟壮观，极度雍容华贵，气度颇为不凡。如今它作为建筑艺术博物馆，已成为哈尔滨一处独特的景观。据说，全世界类似的建筑只有2座了，确实让人叹为观止。

哈尔滨的最高点便是龙塔（黑龙江省广播电视塔），是一座集广播电视发射、旅游观光、餐饮娱乐、广告传播、无线通讯于一体的综合性多功能的塔。塔高336米，为目前亚洲第一、世界第二高钢塔。因时间仓促，车子也没办法停靠，就没上去，只坐在车上来回路过看了几次。据说，龙塔内部资源配置丰富，龙塔科技乐园被誉为“龙江第一乐园”，是全国青少年科普教育实践基地之一。而在其181米高度的观光层，有中国首家名人手型馆，收藏各界功成名就人士手型300余枚，可与好莱坞星光大道媲美。

傍晚又去了著名的中央大街观光。这条大街始建于1898年，初称“中国大街”。1925年被改称为“中央大街”，后发展成为全市最为繁华的商业街。1996年8月，市政府决定将其改造成步行街。中央大街是目前亚洲最长最大的步行街。这里环境优美，秩序井然。她以其独特的欧式建筑，鳞次栉比的精品商厦，花团锦簇的休闲小区以及异彩纷呈的文化生活，成为哈市一道亮丽的风景线。她北起松花江防洪纪念塔，南至经纬街，全长1450米，宽21.34米。其中车行方石路为10.8米宽。这种方石，形如俄式小面包，表面有明显的刻痕，密密匝匝，一块挨一块、一波连一波，推开、延伸，随着阳光或灯光的方向、强度、色彩的变化，演变成各种各样梦幻般构图，加上大街两侧翠绿的行道权和争奇斗艳的盆栽玫瑰为衬景，漫步其间，恍如遨游于微波细浪之间，令人飘然欲仙、心醉神迷。走访中国大街，便会发现临街两侧风格各异而又统一和谐的建筑，与小面包般方石铺成的大街，相映成趣，相得益彰，组成了中外城建史上独特的长街。全街建有欧式及仿欧式建筑71栋，并汇集了文艺复兴、巴洛克、折中主义及现代多种风格保护建筑13栋。一条小小的街道，含括了西方建筑史上最有影响的四大建筑流派，含括了欧洲最具魅力的近300年文化发展史，其含括历史的精深久远和展示建筑艺术的博大多姿，为世上少见。尤其是夜晚，在霓虹灯的照耀下，景色更令人叹为观止，还谋杀了我好几卷胶卷。梁实秋先生曾经说过：“一种美术品，要了解其中的奥妙，要参透其中的底蕴，必须澄心下气，默默相对，要远观，也要近视，方能心领神会。”

在哈尔滨，只要有人聚集的地方就有啤酒吧，大都露天敞开。例如著名的马迭尔啤酒广场、松花江防洪纪念塔露天啤酒吧、军工一带等。每当夜幕降临，便陆续坐满了享受啤酒的人们。啤酒的醇香味飘满城市的每一个角落，让人如痴如醉。那天恰逢哈尔滨啤酒节，只见街头到处都有人拿着啤酒喝，哈尔滨啤酒已有106年的历史了。

太阳岛风景区，以独特的北方自然风光和浪漫的欧陆风情著称。岛上古树参天，沼泽连片，绿阴遍布，鸟语花香，环境幽雅。夏季阳光明媚，游人如织；冬季瑞雪纷飞，成为一个银色世界。因时间关系，没去成。朋友说，留点遗憾，让我下次再去，只好如此了。

天然火山博物馆——五大连池

东北行的第二站是五大连池。当晚住下了，当地举办了一场篝火晚会，人们唱着、跳着，脸上洋溢着欢笑与热情，尤其纯正的东北二人转更把晚会推向了高潮……

看着从中学时代就知道的景观，感叹大自然的鬼斧神工。五大连池是第四纪火山活动给人类留下的一片珍贵遗产，是闻名全球的环太平洋火山群之一，拥有世界上保存最完整、分布最集中、品类最齐全、状貌最典型的新老期火山地质地貌，为我国火山景观的代表，被科学家称之为“天然火山博物馆”和“打开的火山教科书”。这里集中展示了新老期火山地质地貌，山秀、水幽、泉奇、石怪、洞异，是集生态旅游观光、度假健康疗养、地质科学考察为一体的高含量、多功能、综合型风景名胜区。特别是此地的环境磁疗、空气浴疗、矿泉饮疗、药泉浴疗，构成了世界上综合条件最完善的自然环境理疗基地。世界旅游组织专家考察五大连池时盛赞这里是“世界顶级旅游资源”，著名美籍华裔电视节目主持人靳羽西女士称，五大连池矿泉水带给她的是“神奇的无法比喻的惊奇”。

五大连池的古火山形成于203年、90万年、60万年及19万年历史时期，而新期火山则形成于康熙五十八年即公元1719年，喷发年代跨越200多万年。1719—1721年爆发的最新期的两座火山——黑龙山和火烧山，喷发出的巨量熔岩阻断了白河发源地及古河道，形成了五个汐水相连的串珠状湖泊，五大连池由此而得名。她是我国第二大火山堰塞湖，池岸曲线变化复杂，有收有放，五个池子颜色各异，形态不一，半圆状环抱着两座新期火山和广阔的石海，景观效应极佳。我们近距离地观看了二池与三池，并品尝了味道鲜美、做法繁多的全鱼宴。

顺着用火山石铺成的台阶，我们登上了14座火山中的最高山峰——海拔近500米的黑龙山。只见火山口是个巨大的坑，原来深达80米，并装满水，还生长着一种鱼，这种鱼是倒长着鱼鳞。可惜水前些年被百姓们作为灌溉水而用给放了，现在只是一个巨大的黑坑，有40、50米深。站在山顶远眺，蓝天、白云、绿色白桦林、黑色火山石以及碧波荡漾的池水，组成了一幅五彩斑斓的美景。

由于火山喷发，五大连池地区还形成了储量丰富的天然冷矿泉水。而五大连池矿泉水能饮能浴，低温无毒，对多种常见疾病具有显著疗效，民间应用已有200多年历史，享有“神泉”、“圣水”的美誉，和法国的维希矿泉、俄罗斯北高加索纳尔赞矿泉并称为“世界三大冷泉”。又因该地离中俄边境只有200多公里，因此，酷爱保健的俄罗斯人便来此度假，洗矿泉浴。景区内或见一人独自拎着水瓶或见三三两两的俄罗斯人端着盆去接矿泉水。当时便喝了两杯，水又凉又涩，里面有矿物质的味道，还伴有气体，于是就用随身带的矿泉水瓶装了满满一瓶，几个小时后，此水被氧化成黄色。听说喝过此水要等4个小时才能吃东西，否则牙齿会变黑。不知真假，反正归途中人们都不敢再吃东西。

到了二龙泉，听说此水可以明目并治疗眼疾，大家便争先恐后地洗眼。据说此水还具有治疗消化系统、秃发、美容等功效，但要经过几个疗程后方可见效。

豪爽耿直的东北人

再说说东北人。

哈尔滨前后有33个国家的16万人在这里居住。大量涌入的多国移民。带来了先进的生产技术和欧洲文明的同时，也把他们来自不同国家的生活习俗和方式传到了哈尔滨。当时的哈尔滨人，除少部分是满族后裔外，大部分是来自山东和河北等关内的移民。他们跋涉迁徙来到这富饶的黑土地上，与涌入的多国移民共同杂居，生活在洋火、洋酒、洋油的舶来品中。他们在当地游牧民族的生活基础上，保留了来自家乡的优良的品质和生活习俗，又吸取了来自多个国家的文明先进的精华。集移民的冒险、勇敢、乐观、豪爽与浪漫精神与一身，形成了刚直、豪爽、快乐、浪漫的哈尔滨人风格。

我有一个朋友，是当地报社的一名编辑兼记者。与他相识，缘于几年前北京的新闻培训班上。那次学习期间正好赶上了他的生日，我们几个人为他过生日，为他祝福，他很感动，竟然哭了。此后，我们就成了朋友。

虽未再见面，但常打电话或发短信联系。而这次开会他天天要忙接待、忙现场采访，晚上又要写稿，第二天还要排版，因此忙得焦头烂额。即使这样，他还抽空常来看我。在临走之前的当晚，他们单位宴请我们，他频频举杯，红、白、啤三种酒交叉着喝。即使与小孩喝酒，他也是满满一杯白酒，说是童叟无欺。最后醉了……可见东北人的豪爽与耿直。

过去人们常唱："东北人都是活雷锋"。一个当地司机便验证了这句话。那晚我们打车说是寻找俄罗斯风情，他以为我们要去买俄罗斯商品，就把我们带到了哈尔滨外贸商行，并一路上介绍哈尔滨概况。下车后，我们发现不是要去的地方。便猜测他可能等我们买完商品后而拿回扣。谁知待我们逛了一圈后，发现他还在等我们。他说要免费送我们去中央大街，从交谈中得知他是个山东移民的后代。到达后，他说因为刚才带错了地方走了弯路，这次就不收钱，我们坚持给他钱，他横竖就是不要。另外还听说一个女司机，在车上捡到客人所丢的一个装有10万元人民币现金及其他重要票据的皮包，她想客人一定万分着急，于是立即千方百计寻找失主。取得联系后，她马上把包交给有关人士，让其转交给客人。当客人打电话给她并要当要酬谢她时，她却婉言谢绝。为表扬她的拾金不昧的行为与全心全意为客户服务的精神，她的车被有关单位命名为"雷锋车"，相关单位号召全市司机向她学习……

这一次东北之行虽结束了，然而那些景、那些人却深深地印在我的心中。

南京，南京

因陪同女儿参加全国统考，到南京去小住了几日。原来虽多次去此地，但没有如这次住这么长时间的。

最早在儿时就去过南京，那时，父亲在镇江服役，母亲带我去部队探望父亲。几天后，父亲就带我去了南京。不过当时太小，印象模糊，只记得南京长江大桥很壮观，还见到了那高高的城墙，父亲告诉我说这是个古城。

南京，有着悠久的历史，中国著名的历史文化名城，也是世界历史文化名城。考古发现，大约30万年前南京就有了古人类的活动，6000年前南京就出现了原始村落，聚居着本地原始居民，时至今日，已经历了无数世代的生息繁衍。南京是中国七大古都之一，南京城是现存规模最大的古城，是明太祖朱元璋定都南京时开始修筑的，历时21年建成，有“江南佳丽地，金陵帝王都”的美誉。“南京”名称始于明代。历史上先后被称为冶城、越城、金陵、秣陵、石头城、建业、建康、白下、上元、升州、江宁、集庆、应天、天京等，公元229年东吴建都南京，名叫“建业”，东晋以及南朝宋、齐、梁、陈的都城，名叫“建康”，南唐时都城名叫“金陵”，明朝，朱元璋也在此建都，当时名叫“应天”，太平天国时建都叫“天京”……尽管几番更换城名，曾十次成为京都，依然以其悠久的历史、灿烂的文化、雄奇的风姿、绮丽的风光，盛名百世，在中华民族发展史上占有重要的地位。

南京，地处长江下游的宁镇丘陵山区，北连辽阔的江淮平原，东接富饶的长江三角洲。境内山地、河流、平原交错，城东有钟山屏障，城南有十里秦淮。地理优越，风景佳丽，南京山、水、城、林相映成趣，景色壮丽秀美，是中国著名的风景旅游城市；可春游“牛首烟岚”，夏赏“钟阜晴云”，秋登“栖霞胜境”，冬观“石城霁雪”，赢得了历代政治家、军事家和文化名人的赞誉。诸葛亮曾赞叹说：“钟山龙蟠，石头虎踞，真乃帝王之宅也”。孙中山在《建国方略》中赞美南京：“其位置乃在一美善之地区。其地有高山、有深水、有平原，此三种天工，钟毓一处，在世界中之

大都市，诚难觅此佳境也。”

岁月更替，时光荏苒。南京如今已成为江苏省的政治、文化中心。经济也较发达，影响力较大，在华东地区，乃至全国具有举足轻重的地位。今天的南京，是中国东部地区一座综合性工业基地、重要的交通枢纽和通讯中心，全国四大科研和教育中心城市之一，中国华东地区仅次于上海的大商埠。

这次去南京，白天孩子考试，我就上街浏览街景，准备仔细看看市容市貌，并拍一些照片。晚上为使孩子第二天轻松考试，也带她上街放松一下，或上书店、或品尝小吃，再顺便看看城市夜景。

首日送孩子考试后，因忘不了那高高的城墙，专门去拍“中华门”。中华门位于南京城正南，聚宝山北，秦淮河东西横贯，南临长干桥，北倚镇淮桥，明洪武二年至八年（1369—1375）于南唐都城和南宋建康府城南门旧址拓建而成，始称聚宝门，1931 年改称中华门，为全国重点文物保护单位。中华门布局严谨、构造独特，有三道瓮城、四道券门贯通。城堡分为三层，最上层的木结构“镝楼”毁于侵华日军炮火。门城堡有 27 个藏兵洞，可以藏兵 3000 余人。之所以叫聚宝门，还与朱元璋有一段渊源。当初朱元璋与沈万三斗富，一人修一段城墙。两个人表面上一同修城，背地里却在比赛——比谁修得快。当朱元璋修到一半时城墙突然倒塌。没办法，又从头修起，可修到一半还是塌，如此反复。真奇怪啊！朱元璋赶紧请人来算卦，说城下有怪兽，需要在城下埋一个宝物以镇住。朱元璋万般无奈，突然眉头一皱、计上心来，向沈万三借来聚宝盆，说“三更借，五更还”于是埋在城下。至此，奇迹出现了，城墙居然没有再塌，可是那宝物已埋在了城下又怎么还呢？朱元璋就下令，命令打更人只打四更、六更而不打五更，又命人把城中的鸡都杀掉，于是南京城就没了五更天，也听不到鸡鸣了。而既然没五更天，那自然不必还聚宝盆了。

在白天拍片过程中，还遇到一件难忘的事。当时，我刚下车准备拍“中华门”，哪知走过来一个时尚女孩，手里拿着几张纸，说是江苏电视台的人，正在采访市民，准备做一期关于“3·15”节目，让我配合他们。因为本身从事媒体工作，也不好拒绝。于是，为便于拍摄，便随着她到摄影记者身边，她问我对“消费与和谐的理解”、“怎么看待市民关心的热点、难点问题”以及“作为一个游人是如何看待南京及江苏的”等问题，我根据自己的理解予以解答，他们很满意。媒体也正是从市民所关注的民生问题来做文章的，这也从一个侧面看出了当地人的人文、思想风貌。

后来想去拜访一位朋友，南京一家省报的总编，谁知他出差在外，要我等他几天后回来，我没时间等啊，孩子考完后，我就要回去上班了。他是个很热情的人，思想很有深度，经常写一些针对当前社会热点问题的评论，是大手笔！此外，当地正在举办国际梅花节，原准备去梅花山观赏梅花，可惜因时间关系以及路途问题，没能成行。其他景点在上世纪90年代三八妇女节期间，单位组织女职工去南京游玩就去过的，当时去了明孝陵、中山陵、雨花台等景点，因此也不想再去。

孩子考试结束后，带她去玄武门游览。它虽没有西安的玄武门出名，可也是南京的一个重要城门。它在六朝以前称桑泊，晋朝时称北湖，是训练水军的场所。历史上除了训练水军之外，它一直是帝王大臣们的游乐地，1909年辟为公园，当时称元武湖公园，还曾称五洲公园、后湖等。改名为“玄武门”，还有个传说：宋文帝元嘉二十五年（448）五月，有人看见湖中有黑龙现身，于是，为了讨得吉祥，便改名为玄武湖。明朝朱元璋建都南京后，曾在玄武湖建黄册库，贮藏全国户口粮赋簿册。因时间关系，也来不及绕着湖游玩一遭，只在周围转转，看看湖水与岸边的风景，更谈不是等待看那黑龙出现啊。

十多年前，还与孩子父亲也去过南京的。参观景点之后，我们到夫子庙买些有文化品位的纪念品。因一直醉心于散文大师朱自清与俞平伯先生笔下的秦淮河，所以，我提议去看秦淮河……虽见识了白日里的景象，但仍然向往着“桨声灯影里的秦淮河”。

秦淮河，秦淮河古称淮水，本名“龙藏浦”，全长约110公里，流域面积2600多平方公里，是南京第一大河。秦淮河分内河和外河，内河在南京城中，是十里秦淮最繁华之地。相传秦始皇东巡时，望金陵上空紫气升腾，以为王气，于是凿方山，断长垅为渎，入于江，后人误认为此水是秦时所开，所以称为“秦淮”。东吴以来一直是繁华的商业区的居民地。六朝时成为名门望族聚居之地，商贾云集，文人荟萃，儒学鼎盛。隋唐以后，渐趋衰落，却引来无数文人骚客来此凭吊。唐代著名诗人杜牧的《泊秦淮》，就是其中脍炙人口的名篇。诗云：“烟笼寒水月笼沙，夜泊秦淮近酒家。商女不知亡国恨，隔江犹唱后庭花。”把对秦淮美景的抒写与对时局的深沉感慨结合了起来。到了宋代逐渐复苏为江南文化中心。明清两代，尤其是明代，是十里秦淮的鼎盛时期，明末清初，“秦淮八艳”的故事更是脍炙人口。尤其孔尚任《桃花扇》，更是极写秦淮河笙歌繁华的气象和国破家亡的惨景。因此人们神往秦淮河。

金粉楼台、鳞次栉比、画舫凌波、华灯映水与桨声灯影，构成秦淮河一幅如梦如幻的美景奇观。它那旖旎的风光，尤其是它那蕴含历代兴亡的

史迹，历来就是许多骚人墨客歌咏凭吊的场所。此时，脑子里联想起70多年的一个景象：1923年8月的一晚，朱自清先生和俞平伯同游秦淮河。俞先生是初泛，朱先生是重游。他们雇了一只“七板子”，在夕阳已去、皎月方来之时，他们下了船。于是桨声汩汩，他们开始领略那晃荡着蔷薇色的历史的秦淮河的滋味了。他们抱着少年情怀，来寻往日繁华，虽然六朝金粉，只剩衰草寒烟；不过《板桥杂记》、《秦淮画舫录》里所记明代末年的盛况，仿佛还在眼前。游玩回去后都以《桨声灯影里的秦淮河》为题，各作散文一篇，但风格不同、各有千秋，成为传世之作，成为现代文学史上的一段佳话。

去年五一期间，因女儿想去南京观看国画大师的画展，所以节前全家（孩子的爷爷奶奶同行）就商量好行程路线，先从合肥出发，再到孩子大伯所在的马鞍山，然后去南京看画展。

清晨6点多就起来了，7点准时出发，接了公公婆婆后直奔高速公路……中午11点到达马市，与孩子大伯一家团聚。吃完中饭，我就带着孩子与她大伯的女儿一起去南京，40分钟后就到达南京。这个画展是在瞻园展览，展出崔基旭、朱耕原、丁之贵、董皖农、赵军等5位国内享有盛誉的画家的多幅经典作品。

瞻园，是国家级文物保护单位，因乾隆皇帝以欧阳修诗“瞻望玉堂，如在天上”而命名，称为“金陵第一园”，位于南京城南瞻园路，属于南京夫子庙风景区。坐北朝南，纵深127米，东西宽123米，总面积15621平方米。至今已有600余年的历史。瞻园也是南京仅存的一组保存完好的明代古典园林建筑群，与无锡寄畅园、苏州拙政园、留园并称为“江南四大名园”。瞻园原系明朝开国元勋中山王徐达府邸之西圃，经徐氏七世、八世、九世三代人修缮与扩建，至万历年间已初具规模。清顺治二年（1645）该园成为江南行省左布政使署。乾隆帝巡视江南，曾驻跸此园，并御题“瞻园”匾额。太平天国时，瞻园先后为东王杨秀清府、夏官副丞相赖汉英衙署和幼西王萧友和府。园中东部以一组古建筑为主，西部为园林，园中以假山及水榭著称。山水布局既保留了明清园林风格，又汲取现代南北方造园艺术精华，形成兼容并蓄之特色。

多次到南京，竟然没有游览过这个园林，于是我们就顺便参观一下。抬头见大门上悬一大匾书“金陵第一园”，字系赵朴初所题。进入大门，首先被一扇巨大的龙图案的木屏风所吸引，上至顶檐，朱红色巨木上描绘龙飞凤舞一个金色的巨龙，金龙成祥，云送如意。高贵、威严，气式逼人，不同于往日所有的江南私家园林，显示出一种皇家的豪气与霸气。在全国独一无二。龙旁还绘有各种有着吉祥如意之类象征含义的物什。可谓极尽繁华渲染之能事，此园真不同凡响。王府中珍存着镇宅之宝——“虎”字碑，堪称“百年古碑，天下第一”，是朱元璋亲笔所书，此虎字乃一笔挥就而成，字是虎，形也似虎，一虎端立雄视生威，虎头，虎嘴，虎身，虎背，虎尾，清晰可辨仿佛仰天长啸，堪称“天下第一虎”。民间传说摸摸虎头，吃穿不愁；摸摸虎嘴，驱邪避鬼；摸摸虎身，步步高升；摸摸虎背，荣华富贵；摸摸虎尾，十全十美，虎谐音福，实威武镇邪之灵动物，摸虎即摸福啊！相传它是朱元璋称帝后御赐给功高盖世的虎将徐达的。徐家连续十八代荣华富贵。普通百姓传说摸到这虎字，都可以飞黄腾达！这个字的确实很有特色，一气呵成，笔力浑厚，遒劲有力，且构思巧妙，蕴藏了帝王之气，非常人所能。

从左手进入西园，参观了西假山、南假山、北假山、静妙堂等景点，然后到东园，有太平天国历史博物馆展区、水院、草坪区、古建筑区。在一览阁内，就开始观看5位画家的画展。我们看得十分仔细，每幅画都看，边看便发表自己的见解，遇到自己喜欢的画，还拍照留念（因没禁止拍摄）。作品风格迥异，各具特色，观后大受裨益。随后，来到太平天国历史博物馆，是我国唯一的太平天国史专业博物馆，重温了那次农民革命历史，接受了一次近代史教育和爱国主义教育。约莫下午5点，坐车往回赶，途径中华门，因不能下车，就在车上拍了几张中华门的图片，去年到南京时已拍很多。回程中，大家争相观看相机里的照片，深深陶醉其中……

今年，又去了南京，女儿与我去看那里的全国的3个美术展、设计展，一家三口开车去的……领教了南京的“火炉”感觉。南京年平均温度为15.6度，最高气温43度（1934年7月13日），南京是“中国四大火炉”之一。才是五月天，但分明感受到了那滚滚热浪……

南京，一个让人难以忘怀的城市，一个有着深厚文化积淀的城市。

浮光掠影话苏州

“上有天堂，下有苏杭”。

提起“苏州”，总让人想起小桥、流水、人家，想起园林、苏绣、昆曲、苏州评弹。到处浓阴蔽日、芳翠匝地，风姿绰约而又充满灵气。它被外国人称为“东方的威尼斯”。

苏州是中国园林建筑艺术南方风格的典范。中国四大古典园林中，南北各半，而南方的那两个就是拙政园和留园。联合国教科文组织世界文化遗产委员会给予了高度评价：“中国园林是世界造园之母，苏州园林是中国园林的杰出代表。”苏州园林已成为一个世界级的古文明品牌，它特别重视遵循大自然的自由多变的法则，同时又给以典型化的提炼加工，使之既源于自然又高于自然，达到了“虽由人作，宛自天开”的艺术境界，体现了中国人尊重自然并与自然相亲相近的观念。

那燕子呢喃般的、耳语一样的吴侬软语令人陶醉，有人就说“宁和苏州人吵架，不和宁波人讲话。”由此可知苏州话的魅力了。它的轻柔、幽婉，好似玉石落地，宛如杨柳轻摇。据说昆曲清丽流转的唱腔正是在此基础上形成的。“昆曲”又称“昆腔”，其曲调婉转，有“水磨腔”之称。它在表演上风格优美，舞蹈性强。它是对宋元以来戏曲遗产的总结，已被联合国教科文组织列为世界级中国文化遗产。苏绣为中国四大名绣之首，它有43种针法，表现力强，针脚细密，色调典雅，具有“平、齐、细、密、匀、顺、和、光”的特点。“双面绣”是苏绣中的极品，堪称一绝。苏州评弹是中国曲艺的一朵奇葩。

描写苏州的文章很多，但我还是最喜欢读余秋雨先生的《白发苏州》。他从苏州的历史与文化谈开去。他写到“海内美景多的是，唯苏州，能给我一种真正的休憩。柔宛的言语，姣好的面容，精雅的园林，幽深的街道，处处给人以感官上的宁静和慰藉。”是啊，古朴玲珑的小桥，潺潺碧绿的河水，还有前门沿街、后门靠着河或是前门临河而后门即街的人家……城中到处飘散着江南水乡特有的味道，似是到了桃源仙境。那份宁静、那份祥和、那份平淡、那份和谐……令人向往而又难以忘怀。

苏州，这个历史文化名城从阖闾开城之始，已有两千五百多年的历史，先后出现了范仲淹、范成大、唐寅、金圣叹、冯梦龙、李玉、尤侗、沈德潜、柳亚子、费孝通、陈逸飞、陆文夫等名人，自古山灵水秀而人杰地灵。

最早听说苏州是从有关伍子胥的故事中得知的，后来又从唐代诗人张继的诗中知道了姑苏城外的寒山寺以及枫桥。那是个让我向往的城市，直到上世纪90年代才能如愿。婆婆的娘家在苏州，我去了两次苏州，亲眼看见、亲耳听到、亲身感觉到了苏州的魅力所在。

第一次是在1991年春节，我们全家一起到苏州，游玩了网师园、拙政园、留园和狮子林等名园。我被那淡雅、清丽、纤巧的园林艺术所吸引和陶醉。其风格高雅清秀、构思景致细腻，富有书卷气。

网师园占地仅八亩，但其布局极其精巧、幽深。入门几经转折到达以小池为中心的主景区，含蓄而多趣。临池三座建筑都很小，与小池尺度相称，不致使水面显得过小而封闭。它们成品字形相望，样式不一，互相成景、得景。池岸砌以湖石，石底凹入，给人以水流不尽的感觉。体量较大的建筑则退离池岸，有的以树、石或小建筑与池相隔。园的东面住宅区山墙较高大，为减弱它的实体感，刷成了白色并以横檐和假漏窗加以划分。墙前有短廊、半亭、叠石和花树，组成了均衡得体丰富如画的构图。建筑色彩为黑瓦、栗色柱子和梁架，不装饰彩画，显得很高雅。中国园林有着特定的文化内涵，体现了中国人含蓄自然的审美情趣，也体现了中国人“大隐隐于市”的哲学思想。

第二次是在1997年7月。此次去，对苏州有了更深的了解，它的历史的长久以及它的文化的厚重无不显示在城市的各个角落。沿着长着青苔的石板路，看着两边高高的白粉墙，漫步在苏州狭长的小巷中，晃然回到了古代。那一排排鹅卵石，一级级台阶，一座座小桥，一条条小河、一座座门庭……或许都发生过一些故事。门庭的门都关闭着，任你去猜想，猜它以前甚至很早以前的主人是谁。想得再离奇再古怪也不要紧，两千五百多年的时间啊，什么故事不可以发生？但什么故事也可以不发生，一切都按部就班而平静地进行着。

任何一个民族、一个时代的建筑艺术都不是孤立自在之物，都是那个民族文化整体的一种艺术的物化表现。建筑是人类文化的纪念碑，被称之为“凝固的音乐”，雨果在《巴黎圣母院》中称“建筑是石头的史书”，而苏州正是以这样的文化底蕴呈现在人们面前。

醉在江南（一）

——芜湖掠影

江南好，风景旧曾谙。日出江花红胜火，春来江水绿如蓝。能不忆江南？　——题记

说起江南，人们脑中便浮现这样一个场景：一条悠长的雨巷，一把发黄的油纸伞，一个丁香般的姑娘，那个结着轻愁的江南女子，满含着幽怨，凄迷又彷徨……于是，江南，成了一段凄美的悲情故事发生地。

江南，犹如一袭白衣的轻愁女子；江南，仿佛清瘦傲慢的浪漫诗人；江南，是一字一读的行行诗词；江南，是半塘一一风荷举的田田荷叶；江南，是轻轻一碰便会滚落的露珠儿；江南，是幽怨女子眼底淡淡的那抹雾气……可惜，没在梅雨季节来江南，感受不到“一川烟草、满城飞絮、梅子黄时雨”的江南。烟雨江南，才是江南的魅力。喜欢江南，多想化作细雨中荷下听雨的鱼儿，多想化作一泓碧水中静静盛开的睡莲，多想化做那片环绕古典建筑清幽的竹林……

本次采访活动在江南，为提高记者的采访写作能力、组织沟通能力，带几个记者开展异地采访活动。这次采访行程是从合肥出发到芜湖、宣城两市及其下属3个县，前者一个芜湖县，后者是泾县与广德两个县。

芜湖，襟江带水，是我国重要的港口城市。历史上就是我国“四大米市”之首，春秋时为吴国的边陲要塞鸠兹邑，被誉为“江东首邑”。芜湖市，为省辖市，现下属三县（芜湖、繁昌、南陵），四区（镜湖、弋江、鸠江、三山）。位于安徽省东南部，地处长江下游南岸，南倚皖南山系，北望江淮平原，浩浩长江自城西南向东北缓缓流过，青弋江自东南向西北，穿城而过，汇入长江。她像一颗璀璨的明珠，镶嵌在皖江与青弋江的交汇口。芜湖，已有两千多年的历史，最早的故址名鸠兹，亦有“王敦城”之称。《左传》记载：“鲁襄公三年（公元前570年）楚子重伐吴，克鸠兹。至于衡山。”这个衡山是今属马鞍山市的当涂县东北面的横山。而鸠兹城址则位于今市东南约四十里的水阳江南岸一带侵蚀残丘向北延伸的尽头。由此往西地势低平，多为湖塘沼泽地区，因湖沼草丛，鸠鸟云集，而得名鸠兹，又称“勾兹”、“皋兹”、“祝兹”等。在鸠兹附近有一个长形湖泊因“蓄水不深而生芜藻”，故得名芜湖。此段水阳江时称中江，西连长江，东通太湖，为一条重要的东西交通水道。鸠兹是控制中江的一个渡口，位置相当重要。公元前109年即汉武帝元封二年，鸠兹已设县，易名芜湖，此乃早期的芜湖城。为适应军事上的需要，公元223年，孙权将芜湖县治由鸠兹西迁到青弋江口不远的今城东南隅的鸡毛山一带的高地上（古鸠兹旧治再未复用），成为今日芜湖市最老的城区。东晋安帝义熙九年（413年），省芜湖入襄垣县，芜湖县级行政建置被撤销。五代十国时，南唐升元（937—943年）年间复置芜湖县。从此，芜湖作为县一级行政建置直至1949年。芜湖市是建国后在原芜湖县城的基础上发展起来的。

安徽省最早的一批民族工业在芜湖建立。1876年，中英签订的“烟台条约”将芜湖与浙江的温州等4个城市辟为通商口岸。1883年芜湖架设了有线电报线路，为全省第一个使用电报的城市；1897年投产的益新（机磨）米面公司，规模居当时全国同类工厂首位；30年代还曾开通民航，飞上海和武汉两市。步入20世纪后，芜湖工商业发展到百余种，五六千家，成为安徽现代工业的发祥地，长江流域经济中心之一。

芜湖，与合肥只有100分钟的路程（高速）。原来，我也在江南的边上。每次来芜湖，我都要说，哦，我原来离江南这么近。

多次来过这个城市，也是大学母校所在地。学校位于风景区赭山之麓，赭山，位于市中心，土石殷红，故名。相传，干将在邻近铸剑，炉火将此山熏映成赭色而得名。赭山由大小两个山头构成。因山势较高，风景优美，是登高远眺、俯视江城的境地。宋代以后，赭麓寺庙庵堂林立，酒馆菜社群建，博得历代游人香客的喜爱。“赭塔晴岚”为芜湖八景之首。人文景点有：中山堂，刘希平先生墓，戴安澜烈士墓毛泽东纪念像。学校对面（一路相隔）即系古“芜湖八景”之一的“镜湖细柳”所在地，处于市中心，历来“为邑中风景最佳处”。有诗歌为证：“步月观岚已出神，满堤烟柳更迷人。游丝袅袅齐摇浪，飘絮盈盈竞逐尘。山欲飞来同入画，客当归去复回身。镜湖本是梳妆镜，装扮江南第一春。”镜湖是开放式风景区，亭台楼阁相望，曲桥长廊互通；细柳掩映下，芜湖籍文化名人萧云从塑像、阿英、洪镕藏书室、王步文纪念亭等点缀其间；各式现代化建筑群环湖矗立，使“镜湖细柳”这一著名历史景观又平添浓郁的都市情调与现代风光。

周 傍晚近6点钟，一行人到达芜湖市。吃过晚饭，便来到原市委招

待所就住。这个宾馆与母校相邻，依山而建，古朴幽静。进门一棵千年古树，大门左边是文化墙，朱红色的墙体刻上白色的古代传说浮雕。馆内秀木扶疏、修竹雅致，花草奇异、彩蝶翩翩，岗丘环拱、曲径通幽，粼粼碧波、莲花袭人，一派“采菊东篱下，悠然见南山”的田园风光。

当晚，我们就住在竹苑，正合了我的意。事先也不知道，等我到达，很欣喜。放下行李，就喊同伴夜游宾馆景区。这栋屋子周围环绕着青青翠竹，前面是一道蜿蜒的长廊深入竹林深处，通向另外几个园子。我们顺着长廊轻步走着，非常喜欢这样清幽的环境。我还一边拍着照片，可惜光线很暗，只好作罢。一边走我一边浮想联翩……

猛然在长廊边的草丛里发现几棵彼岸花，在微弱的灯光下看，却也惊心！

彼岸花，多开在江南。最早是10多年前在马鞍山太白楼公园游玩时发现的，当时，还不知道那就是彼岸花。只见大片血红没有叶的花，亭亭玉立开着，花萼单生，顶生伞形花序，花瓣反卷如龙爪样。当时，真很震撼！从没有见过如此血红、绚烂而耀眼的花。陪同我们的当地人也说不出是什么花。我还采摘了两枝，并拿着它留影，这张照片至今仍在。

彼岸花，本名摩诃曼陀罗华、曼珠沙华，意思是，开在天界之红花，又叫做彼岸花、天涯花、舍子花，为石蒜科多年生草本花卉。盛开在阴历七月，花语是“悲伤的回忆”。花香传说有魔力，能唤起死者生前的记忆。传说自愿投入地狱的花朵，被众魔遣回，但仍徘徊于黄泉路上，众魔不忍，遂同意让她开在此路上，给离开人界的魂们一个指引与安慰。一般认为是生长在三途河边、忘川彼岸的接引之花。相传此花只开于黄泉，在黄泉路上大批地开着这花，远远看上去就像是血所铺成的地毯，又因其红得似火而被喻为“火照之路”，也是这长长黄泉路上唯一的风景与色彩。当灵魂度过忘川便忘却生前的种种，曾经的一切都留在了彼岸，开成妖艳的花。花如血一样绚烂鲜红，铺满通向地狱的路，往生者就踏着这花的指引通向幽冥之狱。有花无叶，是冥界唯一的花。花开时看不到叶子，有叶子时看不到花，花叶两不相见，生生相错。永远相识相知却不能相恋。因此才有“彼岸花，开彼岸，只见花，不见叶”的说法。虽是同根生，但两者从不相遇，叶从没见过对方。相念相惜永相失，如此轮回而花叶永不相见，就有了永远无法相会的悲恋之意。

爱情，大概也如此，情不为因果，缘注定生死。只因彼此爱得不同，就要葬送很多，也要忘却很多。于是，彼岸花成了来自黑暗的爱情使者，因为它见证了一段黑色的死亡。花在彼岸，只见花，不见叶，一世错过，生生相错，相念相惜却不得相见，注定悲剧。

想到此，心中戚戚然……大约又走了半个多小时后，夜色渐浓，于是打道回住处。决定第二天早上起来，就去拍那令人震撼的彼岸花。

次日起来后，飞快洗漱好，立即拿起相机飞身出门。看清了房屋周围景色。从住处放眼望去，竹林前是一方池塘。满塘的叶子或碧绿或青翠欲滴，走近一看，原来是一池睡莲。那些叶子和红色、黄色、白色、紫色的花静静地浮在水面上。这“花中睡美人”夜卷昼舒，有的如刚出浴的美人，有的如刚睡醒的美人，有的如羞答答少女……千姿百态，看得人有些发呆。想到马上又要出发，赶紧按动快门……

上车后，脑子里还在想着芜湖的历史与文化。繁昌县“人字洞”，是古人类考古学上的重大发现，发现的远古人类制作的石器、骨器和品种多样的哺乳动物化石、时间断代约在距今200万至250万年之间，把人类在亚洲活动的历史上溯了四五十万年，引起世界瞩目。历史上，芜湖的农业、手工业、商业颇为发达。南唐时即“楼台森列”、“烟火万家”。南宋以后，尤其到了元朝，芜湖已是一个相当繁荣的市镇，从明代开始，逐渐成为长江下游地区的重要商埠。浆染等手工业已闻名遐迩，明代宋应星所著《天工开物》中就有“织造尚淞江（上海），浆染尚芜湖”之说。到了清代，芜湖形成了广大的米业市场，与无锡、长沙、九江并称为全国四大米市，是“四大米市”之首，品种十分齐全。今天，人们只要出差到此，便要去饭店品尝各色米饭。芜湖民间艺术——芜湖铁画始创于清代康熙年间，至今已有300多年历史，是中国工艺美术百花园中的一朵奇葩。铁画吸取了我国传统国画的构图法及金银首饰、剪纸、雕塑等工艺技法，以低碳钢做原料，艺人们以锤代笔，以炉为砚，以铁当墨，以钻为案，依据画稿取料入炉，经过锻打、焊接、钻锉、整形、防锈烘漆，然后衬以白底，装框成画。铁画既有国画的神韵，又有雕塑的立体美，形成了独特的艺术风格，被誉为“中华一绝”。陈列于北京人民大会堂的铁画珍品《迎客松》以及毛主席纪念堂的铁书法《长征诗》为芜湖铁画的传世经典之作。芜湖铁画锻制技艺以其独特的艺术魅力入选了我国首批非物质文化遗产名录。当地人每每遇到重要客人来临，都会赠送铁画与之。因种种原因，一直没能去厂家参观。

芜湖的小吃闻名已久，全长666米的凤凰美食街美名远播大洋彼岸。这里不仅可以品尝到正宗的芜湖本邦菜，还能吃到全国知名的其他菜系。当地的一些传统老字号也在美食街上落了户。采访次日早上，便与其他没来过此地的记者来到百年老字号“耿福兴”品尝虾子面、酥烧饼、鱼丝饼、小笼汤包等芜湖小吃。芜湖还被誉为“瓜子城”，最有名的“傻子”瓜子，种类繁多，制作工艺也因季节而不同，口味更是融大江南北众家之所长。每逢年节，人们都要买上几斤。

中餐结束，便去芜湖县。

醉在江南（二）

——宣城掠影

从芜湖县走时已经晚上8点，半个多小时就到了宣城市，当晚就住在此地。

第二天一早，就去市里采访，采访当地的经济发展、精神文明建设、企业文化建设以及先进单位与先进个人。

宣城，历史悠久，历代为郡、州、府城，相沿两千多年。宣州春秋时名爰陵，古越族聚落生息于斯。秦初正式置县。西汉改称宛陵，西汉元封二年（公元前109年），丹阳郡治就设在宛陵（今宣州区）。晋太康二年（281年）析丹阳郡置宣城郡。自此，宣城一直作为州、郡一级政区存在。宣州先后为西汉丹阳郡，西晋宣城郡，唐宋宣州，元代宁国路以及明清宁国府所在地。宣城，位于安徽省东南皖南山区与沿江平原结合地带，东北至东南与江苏、浙江两省毗邻，为安徽省的东南门户。东连天目，南倚黄山，西靠九华，域内襟山带水，风景绝佳。从古至今以地利之便，交通畅达，商品集散，成为江南通都大邑。现辖宣州、宁国、郎溪、广德、泾县、绩溪、旌德五县一市一区。绩溪、旌德两县，自1987年才从徽州地区划归宣城，因此以三雕艺术、徽墨、徽菜、明清古民居称誉海内外的绩溪与旌德县的相关情况，本篇不赘述。

这个城市文化底蕴深厚，自古就有很多文人骚客在此做官、赋诗作画。范晔、谢朓、沈括、文天祥等先后出守于此，李白、韩愈、白居易、杜牧等相继来此寓居，众多的人文遗迹，优美的自然风光，使得这座古城不仅赢得“上江人文之盛首”的赞辞，更因谢朓、李白、杜牧等人的大量歌咏，而享有“宣城自古诗人地”的美誉。宣城是宣纸原产地，加上绩溪是徽墨的原产地，2004年被授予“中国文房四宝之乡”称号。宣城人文胜迹遍布。临风怀古，谢朓楼与黄鹤楼、岳阳楼、滕王阁并称江南四大名楼；李白笔下“相看两不厌”的敬亭山；李白一曲“桃花潭水深千尺，不及汪伦送我情”，使桃花潭名扬海内外；敬亭山麓的国家级保护文物广教寺双塔，以其对唐塔风格的继承与革新，成为全国仅存；大文学家冯梦龙

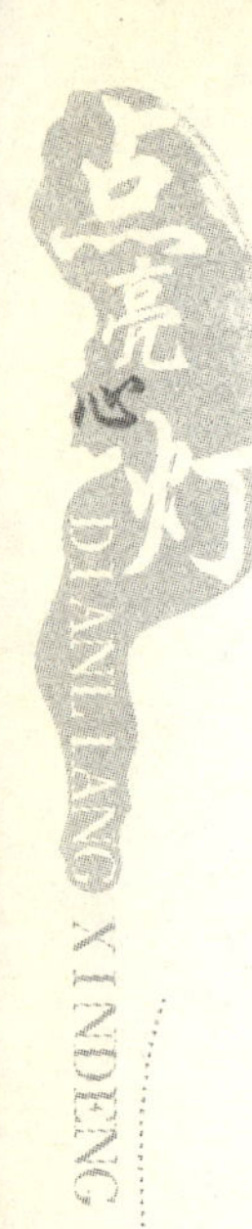

发现并称为“天下四绝”之一的太极洞……

这里要特别介绍敬亭山，这是位于城北的一座小山。有诗云“兹山亘百里，合沓与云齐”。据记载，自南齐谢朓以来，先后300多位诗人墨客登临此山赋诗作画，留下诗文600多篇，为名副其实的“江南诗山”。我虽多次去过宣城，但一次也没游览敬亭山。据说，山上只有一座庙、一座庵，再有一座太白独坐楼。附近还有一处公主墓，这位唐代的公主，生前颇与李白投缘。她非常喜欢他的诗歌，并极力推荐他。当不谙官场的李白遭谪贬时，公主又愤而上书，请求去掉公主的称号。后来公主在敬亭山出家，死后也葬于此山。历史上，李白曾七次到敬亭山，足见其“不厌”的情怀。当然，后世也说李白仰慕前朝诗人谢朓，此为“不厌”的另一种注脚。李白死后，又多有文人墨客追慕李白而登山，敬亭山遂成为一座“诗”山。其山的文化底蕴之深厚，为江浙一带任何一座山所望尘莫及。

下午去泾县采访，顺带采风。先去古村落——查济，调研当地的经济情况。后去桃花潭采访并采风。

作为著名的“中国宣纸之乡”，泾县是国宝宣纸的发祥地和正宗产地，所产宣纸宜书宜画、不蛀不腐，享有“纸中之王”、“千年寿纸”之美誉。宣纸，在唐代就是贡品。纸质致密、洁白、柔韧、吸附力强、润墨性能好。同时具有抗老化、防虫蛀、耐搓折等特点。宜于长期保存，被书画家视为“瑰宝”。郭沫若曾说：“中国的书法和绘画离开了它便无从表达艺术的妙味”。宣纸行销日本和东南亚，在国际市场上久享盛誉。宣纸的出现与中国古代“四大发明”之一造纸术的发明息息相关。宣纸，是由纸祖蔡伦发明的植物纤维造纸术发展演变而来的。

泾县又号称“中国木梳之乡”。说起梳子、香镜，人们脑海自然萦绕着《红楼梦》中那一个美人手持桃木梳子，颦笑间相映于玉檀香镜的典雅画面。而那一把会是无数美人心头爱的梳子，渊源于汉代。美人梳理着缕缕青丝，盘起千姿百态的发髻，一圈圈的故事，如盘旋的发髻，就这样世代流传。古往今来，无论是声名显赫的高贵名流，还是日出而作的平民布衣，都与梳子朝夕不离，古诗《木兰诗》中就有“脱帽著头”、“当窗理云鬓”等诗句。它不仅可以用来梳理头发，更是人们不可或缺的保健器具，经常使用，对养生、健体和美肤都有益处。泾县木梳采用上等黄杨木、檀木、桃木、梨木、沉香木、枣木等天然名贵材料，传承了传统的手工制梳工艺，采用高温高压等独特工艺处理，结合现代磨齿抛光等独特手工工艺精制而成。木梳产品最大优点就是无静电，能有效刺激穴位，促进头部皮层血液循环，可畅通经脉，清脑提神，调整血气，对增强记忆，失眠，眩晕，脱发均有明显功效，实现了实用型与保健型的完美统一。下午采访完，大家便在当地买了木梳与圆镜带回去。

泾县又是革命老区，具有光荣的革命传统。1938—1941 年，中共中央东南局和新四军军部驻扎泾县云岭，周恩来、陈毅、叶挺、项英、曾山等老一辈无产阶级革命家曾在这里指挥铁军驰骋大江南北，抗日救国。泾县茂林是震惊中外的“皖南事变”发生地，7000 多名新四军将士为了民族的解放事业长眠在东流山下。泾县还是无产阶级革命家和外交家王稼祥同志的诞生地。

那年在宣城举办了全省记者、通讯员培训班时，为对学员们进行爱国主义教育，还专门带他们参观了云岭新四军军部旧址、“皖南事变”烈士陵园。这里是后人凭吊先烈追忆往事的地方。“皖南事变”主战场标记物，由纪念广场、立体字样和背墙等组成，占地近 4000 平方米，建筑面积 300 平方米。标记物主体工程为大理石砌铸而成的立体形“41. 1. 7”字样，苍然雄浑，庄严肃穆，表示“皖南事变”发生的时间。标记物后边是大理石砌成的由左向右逐渐增高的背墙，象征着一面红旗，墙体记载“皖南事变”的经过，整个纪念广场拾梯而上。广场背景是巍峨的东流群山、庄严的魁山飞雄塔和烈士墓。西侧是红七军团长寻淮州烈士纪念亭，远近景物交融，颇为壮观。

汽车经过一个多小时的行驶，到达明清民居古建筑群查济村。

该村位于城西 60 公里处，整个村子呈长条形，绵延十里。村落青山环抱，绿树成荫，古建成群，3 条小河潺潺穿村而过。查济是查村、济阳两个村子的合称。钟秀门是东边进入村子的必经之路，另外 3 面分别有平岭门、石门、巴山门，与村中的巴山塔、青山塔、如松塔合称“四门三塔”，构成了独具特色的村落建筑。据《查氏宗谱》记载：南宋到元朝时，查济形成一定的规模，明朝时发展到鼎盛时期，清朝时基本保持了原来的兴旺发达。查济人“以商贾起家，而以诗书传后”，且查济文风极盛，为我们留下了大批古建筑。1988 年，安徽省电视台在这里拍摄了专题片《一个幸存的村落》，在日本、东南亚国家广为播映。2001 年 6 月，被公布为第五批全国重点文物保护单位。查济村，也是皖南地区目前保存较为完整的古建筑群。

查济村民，十之八九为查姓人氏。查姓是一个古老的姓氏，它起源于黄帝的姬姓后人，是一个以封地名为姓的姓氏。查济村村名的来历和查姓的来历有着十分密切的联系。唐朝之前，这里本无村庄可言，唐初，当时任宣州刺史兼池州刺史的查文熙，在这两个地区之往返，感觉到这个地方山川秀丽、风景优美，气候宜人，晚年退休以后，就在这里定居了。查姓人氏也随之到这美丽诱人的地方来安家落户，繁衍生息，至今已有1300余年。明末清初的时候。这里的查姓人氏最多有7万多人，依山傍水而建的徽派民居，绵延数公里，已成为皖南一带具有相当规模的村庄。

村中尚存元代建筑，就为这个元代建筑，当地人说，不走回头路，我说管不了那么多。因当时人多而不便拍照，待众人散去，于是我便飞快地折回头去拍摄那元代的门楼。另有明代建筑80处，清代建筑109处。这些建筑布局之工、结构之巧，装饰之美、营造之精为世所罕见。走在铺满鹅卵石与青石板的小路上，边走边看。几乎所有的明清建筑都雕梁画栋，翘角飞檐，其中德公厅屋、诵清堂、爱日堂等住宅更是高大宏伟、结构精致。石雕、砖雕、木雕随处可见。门窗扇格的木雕、厅堂柱础的石雕、门楼门汇的砖雕，均繁刻精镂，玲珑剔透、画面各异，或花鸟、或禽兽、或人物，无一不栩栩如生。古宅的门框均为花岗石，屋内进深和开间都很大，房屋结构为多进式，或三进、或四进，进间有“四水到堂”式的天井，或“一”字形或“四”字形天井，沿天井二楼门廊置有“美人靠”；条石砌就墙基，柱基为圆形雕石，墙体青砖、屋上黑瓦；墙上开空花漏窗，采光通风良好。屋底台基较高，开暗沟与屋外明沟相接，排水通畅。古宅的门坊、石额、墙裙、柱础上、梁柱间的斜撑、斗拱、额坊以及屏风、房门上的栏板、窗棂和门楣上，都有精美的雕饰。栩栩如生的人物、鸟兽，雅致的山水、花卉和钩连纹，尤其是各种书体的文字，或遒劲洒脱，或妍秀多姿，富有文人士大夫书卷气息。皖南文化尤以徽文化为典型代表，房屋都是白墙青瓦的徽派建筑，高墙深宅，马头墙。查济的木雕、石雕、砖雕、楹联、匾额、牌坊、天井、明堂、马头墙等绝大多数地域文化特征与徽派建筑一脉相承，将徽派的细腻与北方的粗犷融为一体，形成了这种由山区向丘陵过渡、以徽派特征为主的古民居建筑群。可谓“三水村中流，三塔拱四门，石桥跨河溪，两岸古建群。”悠远独特的建筑文化，钟灵毓秀的山水意境，我们不禁赞叹祖先创建这辉煌灿烂的古代文明的勤劳与智慧。

我们还参观了当地农民的迎奥运书画展，纷纷感叹着。皖南人都喜欢舞文弄墨，即使农民的书画也是如此生动，极具感染力。在这里，还看到我国独存的花砖，只可惜这种工艺与技术已经失传。听导游如此说，大家便上前仔细查看那花砖的颜色与质地。看到古代婚嫁所要求的“门当”与“户对”。“门当”是悬挂在大门上方的两个圆柱形镂空木雕，“户对”是像石鼓一样底下有石架，竖放在大门的两侧，上面有精美的雕刻。一行文人从此对“门当户对”有了深刻的感性认识。

站在高处看查济村，黝黑的屋瓦、浅灰的马头墙连成一片。传统的双披屋顶半掩半露，躲在重重叠叠的山墙后面。高出屋顶的山墙既可阻止火势蔓延，又具防盗作用。虽然住宅是统一的青砖黑瓦，但聪明的查济人巧妙布局，“依山造屋，傍水结村”，民居的分布格局巧妙地运用中国古典园林艺术的借景、对景等手法，形成“门外青山如屋里，东家流水入西邻”的“天人合一”的格局。查济最大的特色就是：桥多，巷多，老房子多。房屋间有街巷相通，岑河、许河、石河三水合一的查济河逶迤穿村而流，石渠绕每家每户而过。因落差较大，清澈的河水迭瀑式地流淌，沿河错落有致地建有多道拱石桥、板石桥、洞石桥，将两岸民居相连。饱经沧桑的石桥，藤萝缠绕，远望犹如碧玉横架水上，与两岸青砖黑瓦遥相呼应。桥者，短者尺许，长者数丈，矮的刚脱水面，高的十米有余。与两岸的马头墙一样错落有致，与每座桥下通向河中的水坎一起构成极具徽州特色的“小桥，流水，人家。”这些数百年的古桥，陪伴查济人过着古朴恬静的田园生活。巷子，联通村里村外，为人们提供进出的便利。这里的巷道少有死胡同，七弯八拐终有出口。清一色的石板路被踩磨得溜光铮亮，展示着查济久远的建筑格局，记载着古村曾经的繁荣历史。现在，这里的人悠闲地生活着，过着日出而作、日落而息的生活。

之后，我们走近桃花潭，面潭怀古，去凭吊“谪仙”的遗踪……桃花潭，位于青弋江上游的泾县陈村镇境内，在泾县县城西40公里处，是桃花潭镇政府所在地。南临黄山、西接九华山，与太平湖紧紧相连，自然景观和人文景观融为一体。

那天我们到达桃花潭已是傍晚4点多了，快步走进桃花潭镇那条曲折又幽深的老街，街上静悄悄的。举目望去，悠长的巷子里，一色的古朴、陈旧房檐，矮矮的平房，古物扑面而来，弥漫一种淡远的古意。尽管行程紧，还是按捺不住迈进一家店铺，突然看到一架古琴。因极喜爱中国传统文化，自己也弹奏古筝，于是，请店家弹奏，他说，也不会弹，只是用手指在琴弦上依次划过，顿时一阵流水般的琴声涓涓流出，如同天籁……

在悦耳的琴声里进入一个两层楼阁的徽派建筑过道。进去后才发现上书四个大字——踏歌古岸，原来已到桃花潭古渡口。此阁始建于明朝，清乾隆时重建，是桃花潭景区的标志性建筑，因时间来不及，也没上去，赶紧去看望那朝思暮想的桃花潭。一汪静幽的水躺在面前，潭面水光潋滟，碧波涵空，潭岸怪石耸立，古树苍翠，飞阁亭台隐约其中，犹如蓬莱仙境，又疑武陵人家。想起“千尺潭光九里烟，桃花如雨柳如绵”的古诗，可惜来得不是春季，看不到桃花盛开的样子。坐船到对岸。看潭水晶莹至极，小石累累，丽如宝玉，还有水草丝丝。因平生最爱水，就弯腰伸手在水里拨拉着，一股沁凉浸入肌肤。耳旁却在听着船家说着桃花潭那过去的故事：桃花潭是一座古镇，被青弋江一分为二，东岸以翟姓为主的翟村，古称南阳镇；西岸以万姓为主的万村，就是“万家酒店”所在地。汪伦既是一位豪士，也曾当过县令，但县志中没有记载。但无论他是否当过，最主要的是他当年干了一件了不起的事情，他也随着这件了不起的事顺理成章地进了史册。是啊！当年邀请李白来此，同样具有诗人豪情的汪伦将赤诚、真情送给了李白，诗人投桃报李，无以为赠，临别一曲《赠汪伦》送给了汪伦，送给了桃花潭，这寥寥二三十字化作一份厚礼送给了后人，成了后人享用不尽的精神财富，汪伦就此随着李白进入名垂千古的灿烂的唐诗一直流传到今天。我一边拍照一边上山。这个小山名为“仙墩”，上筑“怀仙阁”，取名寓意想必是怀念诗仙李白吧。登高望远，青弋江穿潭而过，好似长长琴弦上的一个音符。潭很大，形似莲瓣，东西岸有近二百米，南北长近乎一倍。潭水澄碧，水面平滑如镜，西岸的石壁和画亭倒映水面，东岸平缓，水草芦苇，细沙成滩，高大的黑色花岗岩上刻着三个遒劲而飘逸的大字“桃花潭”……

刚下山，老天就不作美，突然下起了小雨，我们赶紧从山下跑到船上，雨点打在桃花潭清幽幽的水面上，一圈一圈散发开去……时间很快，尽管眼眸还在贪婪摄取景色，脚步还想淹留，惊叹还在继续，但不得不返程了。中华第一祠、文昌阁、古桥义门、万村老街、翟村老街，都是值得一看的景点；还有不远处的王稼祥故居，可惜没时间去游览了。

宣城，文化底蕴深厚；宣城风光，说不尽、道不完……

西行漫记（一）

——六安、金寨掠影

这次讲课、采访活动，时间短、行程长，老天也不作美，因台风“凤凰”的影响，天天都下雨，坐了3天车，头也昏沉沉，几天都没休息好，每天只睡4个多小时。应了那句歌词“来也匆匆，去也匆匆，就这样风雨兼程……”

前天一早就坐车去了宿州，看望因病住院的省作协领导。下午回来简单处理几个事情后，又立即拿起资料赶往六安，到达时已是晚上8点了。

晚饭后，去看夜景。六安有个叫“水上人间”的休闲场所，因时间关系，我们没进去。外景很美。夜幕下，霓虹灯照映着，绿色的射灯照的树木葱茏柔美，蓝色的灯带晶莹剔透，耀眼的“满天星”闪烁不停，河水波光粼粼……好似银河落九天。路边，三三两两的行人，或并肩或牵手或相拥，这里是情侣们的好去处。

六安，也是一座古城，位于安徽西部，大别山北麓，俗称“皖西”，是大别山区域中心城市。现辖金安、裕安两区和寿县、霍邱、金寨、霍山、舒城等5个县，以及省级六安经济技术开发区和叶集改革发展试验区。总面积17976平方公里，总人口664.9万人，有29个民族。远在新石器时代，六安就有人类活动。上古时，这里是偃姓皋陶部族活动和聚居地。“皋陶卒，葬之于六（音lù）。禹封其少子于六，以奉其祀”。故六安又称“皋城”。至西周，境内形成英、六、蓼、群舒诸方国。春秋、战国时期属楚。秦属九江郡。公元前121年，汉武帝取“六地平安，永不反叛”之意，置六安目，“六安”之名沿袭至今。

昨天早上8点30分开始讲课，内容还是新闻写作与新闻摄影知识，分成6个部分，与在淮北讲课内容差不多。中餐结束，主办单位秘书陪同我去金寨采访。路上虽遇阵雨，也没影响心情。由于是山区，路两旁，绿树成荫，间或还有几支开得花团锦簇的紫槿花，不过，由于车速较快，也没看得仔细。在车上还是拍了一些照片。途中，还遇到一处公路因雨水而中断，为了赶路，车子还是从上面小心翼翼地过去（汽车底盘不低）。

一路上，我就浮想联翩，这是我坐车的习惯，也可称为胡思乱想吧。呵呵。平日里，只要一坐上车或者静下来，我的意识流就开始作用……

金寨县，位于皖西边陲、大别山北麓，地处三省七县二区结合部，是安徽省面积最大、人口最多的山区县和库区县。全国著名的治淮骨干工程——梅山、响洪甸两大水库，始建于50年代。金寨，也是著名的革命老区。1929年，先后爆发了著名的立夏节起义和六霍起义，成为鄂豫皖革命根据地的核心区，《八月桂花遍地开》就是从这里开始唱遍全国。第四次反围剿后，国民党从鄂豫皖三省结合部划出土地，设立立煌县（以嘉奖国民党高级将领卫立煌）。1947年，刘邓大军千里挺进大别山，解放全境，更名为金寨县。新民主主义革命时期，境内组建了11支成建制的红军队伍，是红四方面军的主要发源地；抗日战争时期，是中共安徽省工委和鄂豫皖边区党委领导抗日救亡运动的中心；解放战争时期，是刘邓大军建立的重要后方基地。该县还是全国著名的将军县（全国第二大）。上个世纪五六十年代，被授予少将以上军衔的有59人，其中上将1人、中将8人、少将50人。

遥想英雄们的丰功伟绩，正是无数先烈抛头颅、洒热血，才换来今天我们这些后辈们的幸福生活，多么来之不易啊！每当想到这些，都会激动万分……

雨后，天很亮，空气清新。打开车窗，我一边看着路旁的风景，一边贪婪地吸着清新的空气。看到合肥至武汉的高速公路，宏伟壮观，好似“一桥飞架南北”的感觉。山区修桥建路，成本很高，很麻烦，但为了带动沿途经济的发展，必须那样做。路上，还看见为防止大面积的塌方，路政部门用尼龙、钢丝网固定着路旁悬崖似的山体……突然，看到一处如画风景，四面环山，一条小桥横跨水面，连接着两旁的道路。平静的水面倒映着远处青色山峦、红色的房屋（红砖建造），原来这里是著名的淠史杭工程史河的上游。

经过这片水域，很快就到达金寨县城——梅山镇。这是个处在两山之间平地而建的城镇。中间，史河穿成而过。除此外，这个县到处都是山。

我去采访的单位在一个山坡上，车子进去还要爬一个较大的坡。与该单位两位领导以及相关部门负责人进行了1个多小时的采访交流，之后，就随同他们去参观被称为亚洲第二大的水库——梅山水库。太震惊了！从来没有见过这么壮观的水库大坝。那年虽然去过亚洲第一大水库——佛子岭水库，但当时因在加固大坝而没有多少水，加上脚手架与一些机器设备，因此水库大坝并没显得多么宏伟壮观。

梅山水库，坐落在史河上游梅山城区，是淮河流域重点工程，是由我国自行设计自行施工的当时世界上最高的连拱坝，由15个连拱和16个垛组成，坝高88.24米，大坝全长443.5米，连拱坝全长311.5米。1954年6月开始动工，1956年4月建成。大坝雄伟壮观，气势磅礴，犹如一道长虹卧波横跨在高峡平湖之中。

尽管又下起了小雨，我还是迫不及待地拿出相机不停地拍照。登坝远眺，连绵青山重峦叠嶂，树木葱茏、碧绿茶园，湖水碧碧、微波荡漾，众多小岛点缀其中，青山、红土（因水位线下落）相映……好像一幅风景秀丽的中国山水画，让人流连忘返，叹为观止。就如歌曲《知音》中所唱"山青青，水碧碧，高山流水韵依依。"……

岸边芦苇丛生，我非常喜欢这种植物，另一个网名就叫"孤独蒹葭"。蒹葭，就是芦苇。有位伊人，在水一方。她，没有花的美丽与馨香，没有树的伟岸与茂盛。然，我独喜欢这种寂寥的意境，不是落寞的凄美，而是一种静美。芦苇，不是高大却也挺立着，似玉树临风。千百年来，她静静地站成一道风景，看日出日落，观云卷云舒，赏平湖秋月，经受着风吹浪打……

记得法国著名画家拉库瓦说过："好的风景，应该是一部字典，而不是一本书。"梅山水库也应该是一部字典，应该让人们用眼睛去观察，用心灵去体会。

突然，看到一条小船行驶在库区水面，原来是打鱼人。我兴奋地拍着，猛然发现镜头库里有个人在游泳，他水性真好！太佩服他了。引用一句去年春晚的流行语："你太有才了"。竟然在水库里游。如果没有如此好的水性，谁人敢在水库里游泳啊？

库区的另一端，属于浅水区。这里是休闲码头，有游船、汽艇、茶座等，很多游泳的人畅快地游着，也是炎炎夏日里人们纳凉的好地方。

山区气候变化快，一会儿乌云密布，一会儿阵阵细雨，一会儿艳阳高照……太阳从云缝里射出来……气压低，不时有鸟与蜻蜓飞入镜头中，我一直不停地拍着、拍着……

回首从坝上遥望县城，很美。山围着城，城依着水，青色的山，绿色的树木，红色、白色的房屋，因气温较高且下雨，史河水面远处雾气缭绕，近处河水潺潺……一条史河把山城分成东西两半，河东是工业区和学校所在地，原有多家丝绸工业企业，省重点高中——金寨一中坐落在河东，全国闻名的希望之星——"大眼睛"苏明娟曾在金寨一中的高中部就读；河西是山城的政治中心和商贸区，整个山城的建筑依山傍水，别有一

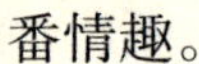

番情趣。

下坝子，是要步行的。虽然穿着高跟鞋，我还是步履轻盈。穿高跟鞋走路，还是我的强项，连上九寨沟、黄龙风景区，还有九华山，我都是脚蹬高跟鞋上下的。同伴调侃地说，看你上山下山好似在跳舞。我开心一笑，说道，这叫适应。是啊！任何事情，只要适应，就好办了。伴随着阵阵毛毛细雨，我的心也在欢快地跳动着……

返回六安，已是晚上 7 点。

西行漫记（二）

——寿县掠影

早上8点30分，我们冒雨向寿县进发，去采访该县一个单位。一路上，雨水不断……

寿县位于安徽省中部、淮河中游南岸，依八公山，傍淮、淠河，同省会合肥市接壤，与国家能源城淮南市毗邻。寿县历史悠久。古称寿春、寿阳、寿州，屡为州、府、道、郡等治所，是楚国第4个都城，也是最后一个都城。公元前241年，楚考烈王迁都寿春，寿春成为当时政治、经济、文化的中心。它古属淮夷部落，夏为扬州域，商周为州来国地，春秋属楚。三国是为魏地，已是十余万人的重镇。自晋以后到唐、宋，寿县继续以繁华著称于世，所谓“扬（州）寿（州）皆为重镇。”它是一座历史悠久、人文璀璨的古城。自古以来物华天宝、人杰地灵，有国家级文物保护单位3处。寿县，中国豆腐发祥地，淝水之战的古战场，素有“地下博物馆”之称，是国务院1986年颁布的中国历史文化名城之一，也是省政府确定的全省7个重点旅游城市之一。作为安徽省4座国家级历史文化名城之一，寿县正以其独特的文化魅力，吸引着海内外宾客的热情关注。

车子2个多小时后到达寿县县城。虽然来过寿县，但县城还是第一次来。2003年淮河暴发特大洪水，我在城外的正阳关大坝以及迎河镇采访报道当地人民如何与洪水搏斗、与自然灾害争分夺秒保家园。那段时间，当我从报纸上、电视上、广播中、互联网上，或从别人口中得知广大党员干部以及普通百姓在抗洪抢险中的表现出来的舍小家保大局的奉献精神时，我被深深地感动了。情感一次次被触发，心灵一次次被撞击，于是我分别于当年的7月18—20日和7月25—27日两次深入一线采访，连续采访了淮河流域的好几个地方（蚌埠、怀远、阜南、蒙城、寿县）。虽然很累、很辛苦，但我的心是感动的、充实的……

记忆犹新的就是在寿县采访。午后，站在太阳直射下的正阳关淮河大坝上，身体被晒得疼痛难忍。那天坐在船上，头顶烈日，由于在水面上，倒也不觉得热，但橡皮船却烫得要命，我的心情很沉重。四周是茫茫洪

水。水面上零落的露出被洪水淹没的房屋三角形顶部和大树的树冠，水深近4米，有的地方超过4米。橡皮船经过了一个个村庄、一棵棵大树、一个个电线杆……由于村庄仍然被洪水所围，只有脱下鞋才能进入，我赤脚趟着夹杂着烂泥和牛粪、猪粪的水，小心翼翼地深一脚、浅一脚地走着，一不小心脚下一滑，吓出一身冷汗……2个半小时后终于到达了目的地。一直到下午3：00才吃午饭，但和抗洪一线的人们相比，又算得了什么呢？抗洪紧张时，他们一天才吃一顿饭，有时连一顿饭顾不上啊。这就是我们的人民，他们在无私奉献着。采访时，当我问到一位大爷每天政府供应的粮食够吃吗？大爷说："够的。政府也难啊！你看，这么一个大的国家，就好比一个大的家庭，那么多的人要吃饭啊，都能吃上饭，不容易啊！"听得我潸然泪下，感动万分……这就是我们的百姓，多么的淳朴善良，善解人意啊！

一方土地一方人。今天，我再次来到这里采访，仍然感动于当年的情怀。上午在这家单位采访了一个小时，然后参观寿县博物馆。谁知博物馆中午下班，我们就没有进去，准备下午再来。

随后就到博物馆对面的俗称"黉学"的孔庙参观。孔庙，是祭祀孔子的地方。此建筑始建于唐，元代由城东南隅移建于此。第一进院前是牌楼式的"泮宫"、"快睹"、"仰高"三坊，斗拱飞檐，古色古香。第二进院正是半月形的"泮池"，常被人称之为"状元桥"。池北中轴线上为"戟门"，东耳房为名宦祠，西耳房为乡贤祠。由戟门进入第三进院，即来到孔庙的正殿——大成殿，殿面阔五间，深三间，是黉学主体建筑，气势磅礴，雄伟壮观。

殿前高耸着两棵参天的千年古银杏，映衬着大殿更加肃穆。银杏树又名白果树，古又称鸭脚树或公孙树。它是世界上十分珍贵的树种之一，是古代银杏类植物在地球上存活的唯一品种，因此植物学家们把它看做是植物界的"活化石"，并与雪松、南洋杉、金钱松一起，被称为世界四大园林树木。我国园艺学家们也常常把银杏与牡丹、兰花相提并论，誉为"园林三宝"，并把它尊崇为国树。真的惊叹于造物主的创举。经过了千年的风雨，古老的银杏树竟然枝繁叶茂，呈现给游人的是满脸的青春。

殿后是明伦堂居，是赵朴初题写的匾额。最里面就是碑林。看到各种字体的碑林，但我最喜欢篆字与隶书的古朴与典雅。小时候，经常看着春节时父亲写隶书对联，也曾跟着学过几天，但是没有坚持下来。一行人在每个碑林前瞩目细看并给予点评。几年前，曾在西安碑林参观过，还买了王羲之书写的兰亭序的拓片以及一些字帖回来。但是最震惊的就是看到张旭与怀素大师的狂草，好一个龙飞凤舞、行云流水般模样。据说，毛泽东主席就是根据这两人的字独创了“毛体字”。而寿县碑林也有大师的足迹，比如启功大师，前交通部部长、地质矿产部部长孙大光的字。

中餐后，我们来到著名的寿县古城墙参观。寿县古城墙始建于宋代，是棋盘式布局的一座宋城。明清以来，按照防御战争和防洪的需要，又不断进行整修。它是目前国内保存较完善的七大古城墙之一，比山西平遥古城还早100年。寿县城墙则以其特殊的形制构造与功能，被许多专家和学者叹为国内之珍，现已被列为全国重点文物保护单位。城墙周长7147米，城墙为砖壁石基，城平面略呈方形，四门均设城楼和瓮城。与国内其他古城墙相比，寿县城墙的形制构造特点主要表现在三个部位上：创建石堤、改变城门走向、修筑月坝。据说，古城墙是由糯米加上石灰拌浆汁粘合而成，也经受了时间与洪水的考验。1991年，古城抵御了百年未遇的特大洪水的围困，保护了城内十多万人的生命财产，再次显示了它的特殊功能，发挥着巨大的作用，使该城固若金汤，洪水也无能为力。据报道，飞机从空中看到寿县县城宛如一个巨大的澡盆漂在万顷洪水之上，保护着一方百姓的平安。

登上古城墙，极目望去，视野开阔，一望无边……站在高高的古城墙上，思绪跨越了千年，仿佛看到了那场著名战役“淝水之战”。只见，远处硝烟弥漫、战车奔驰，满耳都是战马嘶鸣、人声鼎沸……

公元383年8月，前秦王苻坚带领100万大军来到寿州，在强敌压境、面临生死存亡的危急关头，以丞相谢安为首的东晋王朝主战派决意奋起抵御。经谢安举荐，晋帝任命谢安之弟谢石为征讨大都督，谢安之侄谢玄为先锋，率领经过7年训练，有较强战斗力的“北府兵”8万沿淮河西上，迎击秦军主力。派胡彬率领水军5千增援战略要地寿阳。最后，东晋以8万多兵力击败号称百万的企图灭亡东晋的前秦军，取得了整个战争的胜利。前秦不仅在此战中遭受挫败，也因此导致了政权的解体。这场战争的胜利，稳定了东晋在南方的统治，形成了南北对峙的历史局面。淝水之战为中国历史上著名的以少胜多的战例。留下很多国人家喻户晓的“投鞭断流”、“风声鹤唳”、“草木皆兵”等脍炙人口的历史掌故。

淝水，又作肥水，源出肥西、寿县之间的将军岭。同源而异归：向西北流者，经200里，出寿县而入淮河；向东南流者，注入巢湖。如今的淝水两岸，树木葱葱，绿荫成片，已成为人们垂钓、休闲的好地方。

我们顺着古城墙，将四大城门（东门曰“宾阳”、南门曰“通淝”、西门曰“定湖”、北门曰“靖淮”）都参观了一遍，并拍了很多照片。我们进城就是从南门——通淝门进去的。

之后，我们再次来到寿县博物馆。县博物馆珍藏国家一级文物160多件，二、三级文物2000多件。楚汉文化宛若一部皇皇巨著，人们可从这个寿春楚文化博物馆中可窥见楚汉文化瑰丽辉煌的一页。我到一个城市都要去当地的博物馆参观的。

寿县文化灿烂。如果说楚文化是寿春古老文明的一座高峰，那么《淮南子》就是另一座举世瞩目的巅峰之作。淮南王刘安及其门人编著的鸿篇巨著《淮南子》，集自然科学、哲学、史学、文学价值于一体，博大精深，在亚洲和世界上都广有影响，现今许多国家和地区都有专门研究《淮南子》的学术团体。汉文化以《淮南子》为开山之作。这部书“牢笼天地，博极古今”，集众家之说而归之于道，是我国思想史上划时代的学术巨著。《淮南子》写下了许多对宇宙、事物的认识，保存了很多中国古代哲学和科学的知识，对天文、地理、物理、仪学等自然科学，以及哲学和文学诸领域都作出了重大贡献。许多历史故事、神话传说和成语典故，出自它或经由它而广为流传，影响着后世文学。所收录的历史故事和神话传说，有些被改编成戏剧、小说、电影，如《嫦娥奔月》、《女娲补天》、《伯乐相马》、《西门豹治邺》、《卧薪尝胆》等。

寿县，是中国豆腐的发祥地。被人们誉为“营养珍品”的豆腐就诞生在该县八公山境内。据明代著名医学家李时珍《本草纲目》记载：豆腐之法，始于汉淮南王刘安。相传西汉时期，淮南王刘安都寿春，他喜爱神仙黄白之术，与苏飞、李尚、左吴、田由、雷被、伍被、毛被、晋昌八公在北山论道炼丹，以求长生不老，结果不经意间发明了豆腐。唐朝时鉴真和尚东渡日本，将豆腐之法传到日本，被称为“唐传豆腐淮南堂制”，以示正宗。翻开文学史，诗词歌赋还有大量歌咏豆腐的篇章，或以物抒情，或借物咏史，值得细细品味。而民间关于豆腐的歇后语、俚语也是豆腐文化不可或缺的一部分。如“小葱拌豆腐——一清二白”，比喻做人清白；“豆腐掉进青灰里——打不得，拍不得”，道出了对某些人和事的无奈；“看别人吃豆腐，自己牙快”，是一种跃跃欲试的心理；“鸡刨豆腐”，喻办事马虎；“刀子嘴，豆腐心”，喻心地善良，心直口快；“白菜豆腐保平安”，是一种随遇而安，恬淡闲适生活的写照……

这里是“天下第一塘”安丰塘所在地，古称芍陂，位于城南30公里处。春秋时，楚国令尹孙叔敖修的安丰塘，与都江堰、郑国渠，漳河渠并称我国古代四大水利工程，比都江堰还早300多年。安丰塘工程布局合理，上引龙穴山、淠河水源，下控1300多平方公里的淠东平原。对于楚国徙都寿春后经济、文化的发展起了重要作用。时至今日，安丰塘仍为淠史杭灌区著名的反调节水库，蓄水1亿立方米，灌溉面积63万亩，发挥着灌溉、旅游、运输等方面的重要作用。那年还专门去参观，好一处烟波浩渺之地啊！还拍了一些照片，可惜现在找不到了。这次因时间关系，没去。下次，再找时间。

寿县这片土地上，也是洒满仁人志士革命先烈鲜血的红色热土。在历次重大的革命活动中，都有许多志士和英烈的名讳，成为后世永远的缅怀和纪念。陈独秀和寿县人柏文蔚、常恒芳等发起的，从事反清秘密活动；1921年1月，曾经留学日本和德国的高语罕编写的《白话书信》出版，是安徽最早最系统传播马克思主义的课本；还有香港特别行政区首任政务司长陈方安生的祖父方振武烈士，他召集其他抗日武装，成立抗日救国军，自任总指挥，北上抗日，沉重打击了日本侵略者。1941年12月28日，在广东中山县境内，不幸遭到国民党特务暗害……

寿县，厚实凝重，古朴肃穆，一个值得人细看耐看的地方。望着那高耸的城楼，绵延的城垣，人们觉得这古城仿佛就是一部沉甸甸的历史巨著，它的博大和精深，会令你痴醉流连……

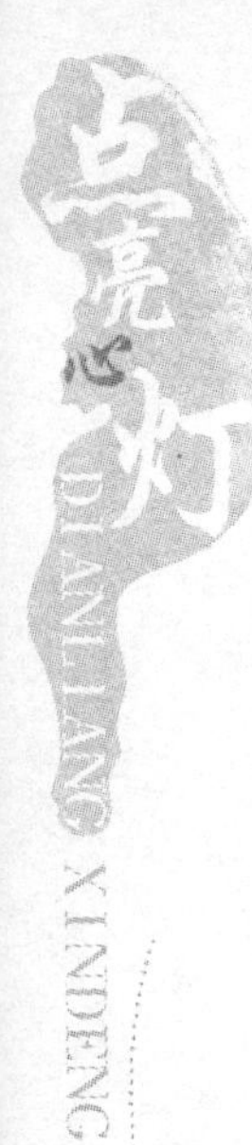

北行散记

昨天去淮北讲授新闻写作与新闻摄影课程。大半年没有出去了，还是去年10月份在巢湖、宣城讲课，之后就天天在家“猫”着，编辑修改稿件、采写新闻、拍摄新闻图片，有时还进行文学创作，今年4月份主要在做自己的书稿整理工作，现在已经在二审阶段。

从省城出发时还是晴空万里、烈日炎炎，但到宿州境内就遇到很久未见的特大暴雨，真是倾盆而下。天上电闪雷鸣，地上高速公路积满了雨水，前面车溅起的水花有一米多高，车窗上的雨水如瀑布一样，雨刮器一点也不管用，车前一片迷茫……一路上经历了晴天、阴天、暴雨、丝丝小雨等天气，就如俗话所言，“六月的天，孩子的脸，说变就变。”

从阳光灿烂到暴风雨来之前的黑云压城，再到暴雨如注，我的心也随着天气的变化而变化，思绪飞扬着……

近18点，终于到达淮北市区。

来过这个城市多次，大约有六七次之多，为省辖市，地处苏鲁豫皖四省交界、淮海经济区腹心，市辖一县三区。该城历史悠久。相传公元前21世纪，商王朝的创立者商汤的11世祖相土向东部开拓疆土，建城于相山南麓，相山、相城由此得名。位于该市杜集区楼顶山的古岩画群和濉溪县城东南7公里处的石山孜古文化遗存是悠久历史与灿烂文明的见证。《诗经》之《商颂》就留有“相土烈烈，海外有载”的文字。此后历代王朝在此设郡置县。也是一座资源丰集的城市，以煤为最。城市不大但景观不错，有很多开采煤炭之后留下的塌陷区，政府变废为宝，造就一些湖泊，让人们在碧水、青山、新城之间，领略着一份诗情画意的和谐。小城很干净，可以说是皖北最干净的城市。先后荣获全国卫生城市、国家园林城市、创建全国文明城市工作先进城市和安徽省首届文明城市称号。

小城人民热情好客，昨晚聚会时我调侃地说，淮北人民的热情都化作倾盆的大雨，让人满怀感受着……

今天一觉醒来，已是7点，因昨天中午没休息晚上又在凌晨才睡的。

培训从早上8：00开始，先是主办单位的分管领导讲话，然后我就开始讲解新闻写作与新闻摄影相关知识，分7个部分讲予以解。从新闻定义讲起，由浅入深，还结合一些具体稿件详细讲解，力求理论与实践相结合；讲解了新闻图片拍摄的相关知识与自己的拍摄经验；还讲了自己的写作体会，最后还提出几点希望。学员们很满意这样的培训。

吃过午饭，回途顺道看看淮北辖区濉溪县老街——石板街，得名于全是青石板铺砌而成。在三十年之前的漫长岁月里，老街一直是这个县的繁华地。

午后的老街，安宁祥和。人们安逸地生活着，悠闲地打着小牌、拉着家常。大爷眯着眼喝着小酒，大妈轻轻地搓着衣服，狗儿也安稳地摇着尾巴，仿佛在欢迎着远方的客人。老街随处可见历史的印记，展现着岁月的沧桑。街道上空布满着蜘蛛网一样的电线，墙上写着“文革”时的标语，没人住的房屋结满了蜘蛛网，院内草儿疯长着……繁华过后的荒芜，令人痛心与落寞……一辆摩托车呼啸而来，衬托了老街的宁静，让我回到现实。老街深处的一个院落还成为电视剧《大姐》的拍摄基地。

岁月悠悠，时间是只看不见的手，任何伟大与繁华在它无形的手掌中，都会变成渺小与虚无。

想起张爱玲在《金锁记》所写：“三十年前的月亮早已沉了下去，三十年前的人也早已死了，然而三十年前的故事还没完——完不了。”是啊！三十年前的月亮依旧照耀着苍生大地，但三十年后看月亮的人依旧吗？感觉依旧吗？我不敢说。三十年，或深或浅，或多或少，都会留下一些历史的印记，反映时代的变迁。

濉溪县，还是著名的酒乡，出产“口子”酒。前些年，一直很盛行，还在央视经常做广告，属于浓香型白酒。口子酒已有两千多年悠久历史。据传，战国时期，宋国迁都相山，就大量酿造。据说，宋侯血盟会诸侯，所饮之酒就是口子酒，元代、明末清初，濉溪更加繁荣，酒坊已增加到三十余家。素有“名驰冀北三千里，味占江南第一家”之誉。口子酒入口味道甘美，酒后心悦神怡，明末隐士任柔节曾以“隔壁千家醉，开坛十里香”的诗句赞美口子酒。

时间如白驹过隙，下午3点多，到达宿州境内的五柳风景区。为省级风景名胜区，是皖北平原上一个有山有水的地方。原先是个水库，总面积35平方公里，位于宿州市区北约30公里的夹沟镇，处于徐州、淮北、宿州三市中心。这里以“山青、水秀、洞奇、泉灵、稻香”而闻名，景区南、西、北三面环山，植物种类繁多，气候宜人。除优美的自然景色外，还有龙泉寺、大方寺、闵祠、殷商文化遗址及古汉墓群等众多名胜古迹和人文景观。此地真是皖北地区少有的旅游佳境。

今年3月9日，“永乐大帝雕像”落成在此。永乐大帝，明成祖朱棣，明太祖朱元璋四子，11岁封燕王，21岁就藩北平，43岁登基，在位22年，年号永乐。朱棣是明朝一代英明帝王，亲征漠北，迁都北京，修固长城，通浚运河，拓疆土，兴贸易；命解缙编大典，遣郑和使西洋，文韬武略，四方宾服。朱棣数经宿州，并在五柳屯兵壮马，勤政恤民，兴修水利，留下壮马山、皇垫湖、皇垫路、二郎神木、官道御桥等遗迹。永乐大帝起兵马，得天下，戎马一生，被称为“胸襟海岳、志甲天下的马上天子”。

多次听朋友说过此地，也一直很神往。因时间关系，来不及进去观光，就下车在外围远处拍照。湖区三面环着山，一泓碧水清澈，静静地倒映着绿树，巨大的垂柳从树干以下部分都淹在水里，树冠是浅绿，湖水因了树的倒影而呈现出碧色，那是怎样的一个醉人的绿呀！远山、近水、红亭、拱桥，柳树依依，白杨傲然挺立着……太美了！似乎远离了城市的喧嚣，人与自然相通了。

我想，退休后在这样的环境中安然离去，也是一件很美的事情。管他世间如何繁华，我自独处一隅，独守着一份恬静、一份超脱，独守着自己的心灵家园的纯净与完美，与他一起悠闲地过着读书吟诗、弹琴作画的生活。我独喜爱水。一汪醉人的水，一泓令人心静的水……

水，万事万物离不开它，城市、山峦因它而活而灵动。水，是生命之源。水所具有的秉性也是他物所不能及的啊。老子曰：“天下莫柔弱于水，而攻坚强者莫之能也，以其无以易之也。柔之胜刚，弱之胜强，天下莫弗知也，而莫能行也。”天下没有什么比水更柔弱了，而攻坚没有什么能胜过水的，因为没有什么能改变它。水柔胜刚，弱能胜强，天下没有不知道的，然而却没有实行的。老子又曰：“上善若水。水善利万物而不争，处众人之所恶，故几于道。”善的人好像水一样。水善于滋润万物而不与万物相争，停留在众人都不喜欢的地方，所以最接近于“道”。大道常行啊！

继续南归，经过水的洗礼，心很纯净。突然被窗外路旁的景色吸引，仿佛到了新疆天山脚下的牧场。去年在新疆时就迷恋于这样的景色中。山坡上，牛儿一边慢悠悠地吃着草，一边摇着尾巴拍打着苍蝇，小牛犊紧随着着妈妈身后，牧羊犬懒散地躺在草上……远处散落着高大的松树与白杨树，山坡上很多不知名的野花茂盛地开着，我兴奋极了，连忙跑去采花，同伴后来告诉我，我那时真像一个十二三岁的少女。是啊，多想回到那时，无忧无虑……

从宿州北环路又上了高速公路，这个城市也来过多次，这几年发展较快，原来真是比较“脏乱差”。回来路上，又下雨了……

两天活动就这样结束了，虽时间紧凑，但留给人的回味是久远的……

桃花潭，一幅水墨画

去皖南文化名城宣城旅行，一行人兴致勃勃。

这些文人雅士当然最朝思暮想的还是看那牵引千古豪情的桃花潭，想去看看李白和汪伦饮酒和互相唱和的地方，尤其是男人们。

发源于黄山的青弋江，自南而北，在流入泾县境内后，好像闪了一下腰，然后就向西绕了一个S形的弯，又转向北一路奔去，再扑进长江的怀抱。青弋江在这里一个划时代的闪腰，带出了一个碧波荡漾、幽深莫测的水潭，还引出了一段千古流传、优美动人的佳话。

这个水潭，就是桃花潭。它位于青弋江上游的泾县陈村镇境内，蜗居泾县县城西南角40公里的位置，是桃花潭镇政府所在地。南临黄山、西接九华山，与太平湖紧紧相连，自然景观和人文景观融为一体。既有清新秀丽、苍峦叠翠的皖南风光，可观山川之灵气；又有保存完整、风格独特的古代建筑，可发思古之幽情。所在陈村镇，古称南阳镇，镇内有保存较好的皖南古民居群，计有明清建筑700余处。翟氏大宗祠，被誉为“中华第一祠”；建于清乾隆年间的文昌阁，共三层、八角，高悬“盛世文明”匾额，昔为文人兴会之所，游人登临极目之处。潭面水光潋滟，碧波涵空，潭岸怪石耸立，古树苍翠，飞阁亭台隐约其中，犹如蓬莱仙境，又疑武陵人家。驾一叶扁舟泛游其上，一篙新绿，微波涟漪，足见“千尺潭光九里烟，桃花如雨柳如绵”。这段佳话，就是李白的《赠汪伦》。而桃花潭之所以著名，因有了一千二百五十年前那次诗仙李白的光临，从此而名扬天下。这座皖南古镇和这片小小的水潭便成了人们争向光顾、流连忘返的旅游胜地与人文胜景。

李白斗酒诗百篇，一生好入名山游。据袁枚《随园诗话补遗》记载，唐天宝十四年（公元755年），家居桃花潭畔的泾县风流豪士汪伦听说大诗人李白下旅居宣城叔父李冰阳家，欣喜万分。因久慕李白诗名，遂修书一封，邀他去泾县旅游，信上热情洋溢地写道：“先生好游乎？此地有十里桃花；先生好酒乎？此地有万家酒店。”李白见信大喜，立马欣然赶到桃花潭来。见汪伦乃豪士，为人热情好客，倜傥不羁。遂问桃园与酒家在何处？汪伦便据实以告之：“桃花者，潭水名也，并无桃花；万家者，店主人姓万也，并无万家酒店。”李白听后大笑不止，并不以为忤，因为他毕竟是大气磅礴、名扬四海的诗仙，所以不仅没有计较什么，反而为汪伦的真情、盛情所感动。在桃花潭畔做客的日子里，汪伦热情款待，适逢春风桃李花开日，群山无处不飞红，加之潭水深碧，清澈晶莹，翠峦倒映，李白与汪伦诗酒唱合，饮酒作诗，逍遥自在，好不快哉。李白留数日离去时，竟有些依依不舍，流连忘返。汪伦及村人也都到江边欢送，一边击掌踏歌，一边挥手道别。时值五月，潭水盈盈，站在船头的李白触景生情，心潮涌动，临行时，在踏歌古岸，写下这首诗赠别《赠汪伦》这首脍炙人口的千古绝唱：“李白乘舟将欲行，忽闻岸上踏歌声。桃花潭水深千尺，不及汪伦送我情。”如今，诗仙、豪士逝者如斯，但桃花潭却因之流芳千古。李白虽没见十里桃花万家酒店，但桃花潭水清澈晶莹、钱山（桃花潭旁的一座山名）翠峦倒映也能留得住诗人的脚步。同样具有诗人一般豪情的汪伦在当年的春风中提前将夏日的赤诚送给了李白，诗人投桃报李，无以为赠，临别一曲《赠汪伦》送给了汪伦，送给了桃花潭，这寥寥二三十字化作一份厚礼送给了后人，成了后人享用不尽的精神财富，人们带着这财富来到桃花潭寻梦。同时，桃花潭的后人们怎么也想不到当年的李白将这普通的二十八字组成的四句话竟然会引来四方的人来追寻诗人当年的仙踪；怎么也想不到这四句话竟然将原本宁静的桃花潭带来了热闹、甚至喧嚣。就此，汪伦的投其所好也成就了汪伦自己，他就此随着李白一起进入史册，更是就此随着李白大名一起进入名垂千古的灿烂的唐诗里，并一直流传到今天，于是，这首表达友情的抒怀从古唱到今。在这千年的吟唱中，就有了后来的踏歌岸阁、谪仙楼，桃花潭旁的彩虹岗上就此记载了这美丽的传说。李白是快乐的。他在桃花潭畔度过了也许是他一生最后的一段快乐时光。因为就在这年的秋天，“安史之乱”爆发，不久，李白便因投靠永王李璘而下狱，差点掉了脑袋。继而，遭流放，后被赦免，但也活得极不舒心。7 年后，一生壮志未酬的李白，在距桃花潭不过百里之遥的安徽当涂县落水身亡，享年 62 岁。

当天，我们到达桃花潭已是傍晚 4 点了。因此，加快步伐，走进桃花潭镇那条曲折又幽深的老街，街上静悄悄的，鲜见行人，只有我们几个外来者。举目望去，悠长的巷子里，一色的古朴、陈旧房檐，矮矮的平房，古物扑面而来，各种字画、铜狮、雕龙画凤的桌椅诱惑着人的眼球，弥漫一种淡远的古意。轻快的脚步踏响了老街上的石子路，大的鹅卵石铺路，虽然硌脚但也舒坦，真想弯下腰去抚摸一下那石头。蓦然驻足，因为看到一块石头，如温润的古玉一般色彩。用手拂去尘埃，细看，还有花纹，宛如字，又似人。目光匆匆掠过老街上斑驳的门窗，一家家居屋，就是一个个古物展示厅，倚在巷道两侧，让人目不暇给。当人们丢下繁忙的工作远离喧嚣的城市，走进桃花潭镇那条悠长弯曲的老街上，仿佛有一种恍惚的感觉……街路两旁的屋宇，墙体斑驳，昭示着其见证了无数风雨的沧桑经历；墙脚下，浓重的青苔，细细地述说着历经的艰辛岁月……纷扰的心境也总是感到了一份温暖和宁静。

尽管行程紧，还是按捺不住迈进一家店铺，看到宝剑、铜钱等古物，后来到隔壁门面，突然看到一架古琴。因极喜爱中国传统文化，自己也弹奏古筝，于是，请店老板弹奏，他说也不会弹，只是用手指在琴弦上依次划过，顿时一阵流水般的琴声涓涓流出，悦耳如同天籁，众人皆惊诧。真的，声音如洗过一样，清纯、干净、如冬日明丽的阳光。老板给我们介绍起古琴，灵璧石做的，声音很好听。他喊来一个女孩，她弹起了曲子给大家听。高低音依次鸣响起来，声音很奇妙，时而清亮如鸟掠过眼前，时而厚重如敲磬石，时而如撞击钟鼎之声，余音袅绕不绝。其实，在中国乐器中，古琴的声音是特别的。它不似二胡如泣如诉，却比二胡委婉缠绵，那种回旋往复的缠绵让人心痛；不如古筝响亮欢快，演奏效果立竿见影，而却平和沉稳，直入心灵；也不像琵琶那么锋芒毕露，大珠小珠落玉盘中。古琴是细腻含蓄的，注、猱、揉、吟的指法不动声色地控制着轻重缓急。这样的声音决定了它不宜作合奏乐器，而适合独奏。能与古琴相和的，唯有箫了。箫的幽怨迷离和古琴的古雅通脱糅成了林下之风、虚幻之境，这也正是古琴为传统文人所偏好的原因。古琴的声音是让人迷恋的，泛音的轻灵清越、散音的沉着浑厚、按音的或舒缓或激越或凝重，让人真正体验到余韵袅袅、象外之致的味道。好像一炷香慢慢地在空中腾跃，且实且虚，缭绕而去，仿佛有了中国画中的那种水墨烟云意境。耳边，宛如响起了那首著名的古琴曲《广陵散》。

突然，思绪被打断了，带路人说就到了桃花潭，抬头看到一个拱形门。时间已到16：48，本来不给进去游览了，听说我们是外地客人，便放我们进去。进入一个上部拱形的徽派建筑过道，实为两层砖木结构的楼阁。阁的平面布局既简单又奇特，底层为对直的通道，为便于路人休息候船，两侧砌有通长的卵石条凳。进去后才发现楼檐下方高悬着“踏歌古岸”四个大字的横匾，为一古时渡口建筑。这是临潭的一面。此阁始建于明朝，清乾隆时重建，为桃花潭景区的标志性建筑。因时间来不及，也没上去。它的位置正好选择在出阁将上船过渡，入阁即进南阳古镇的正街，进出南阳镇都十分方便的位置。同时，出阁正好面对桃花潭，潭水清冷镜洁，黛蓄涟漪，奇石“象鼻子”伸进潭中。一汪静幽的水躺在面前，潭面水光潋滟，碧波涵空，潭岸怪石耸立，古树苍翠，飞阁亭台隐约其中，犹如蓬莱仙境，又疑武陵人家；真想驾一叶扁舟泛游其上，一篙新绿，微波涟漪。又好似一个没有睡醒的美人，还沉睡在李白的诗情中，沉醉在汪伦的踏岸歌声里。心情立刻一片舒爽——因为这里静远，世间的烦嚣真正远离；因为这里树木葱翠，隔岸青山不断。没有其他景区的人来人往，水上舟艇争流，水面一片空阔。想起“千尺潭光九里烟，桃花如雨柳如绵”的古诗，可惜来得不是季节，看不到桃花盛开的样子。

坐在船上，看着桃花潭水晶莹至极，通透见底。潭底小石累累，如卵似珠，有黑、白、青、绿多种颜色，如宝玉一般。透过水面，不时可看见水底几缕水草飘飘，甚至能看清一条条河虾的触须，真想饮一口这清澈的河水。因平生最再爱水，就弯腰伸手在水里拨拉着，触水的瞬间，一股沁凉浸入肌肤。船老大说，不要长时间玩这个水，桃花潭的水很凉。我问为何？他说这是陈村大坝的下游，坝底的水涌聚于此，当然凉意浸骨啊！抽回手静坐于船头，耳畔忽急忽慢地传来阵阵鸟鸣，越发显得此地之幽，松风、水流、鸟鸣，交相入耳。心也随着风而摇，随着水而荡，随着鸟而醉，真有一种宛如隔世的感觉。对岸高高的垒玉墩和石墩上的怀仙阁倒映在水面上，几只白鹭在浅水的草地上彳亍而行，此情此景，使人仿佛走进了蓬莱仙境。旁边是万村，在丛山茂林中，宛若一幅水墨画。就想把自己摆渡到对岸，摆渡到春花秋月里，摆渡到踏歌声声的唐朝……我问询船家关于桃花潭的那些传说与典故：桃花潭只是一座古镇，一座普通的与所有江南的有些年头的古镇差不多。镇上自古以翟姓、万姓、汪姓者居多。桃花潭镇被青弋江一分为二，东岸以翟姓为主的翟村，古称南阳镇；西岸以万姓为主的万村，就是“万家酒店”的所在地。汪伦本是桃花潭一位高人，既是一位豪士，也曾当过县令，但据县志记载说汪伦从未当过县太爷。但无论他是否当过，最主要的是他当年干了一件了不起的事情，他也随着这件了不起的事顺理成章地进了当地史册。来的路上听人说那里的山歌很好听，便请船家教我们唱，他唱一句我们学一句。歌声抑扬顿挫，起伏有致，或急、或缓，在桃花潭的上空流动，四周的大山好像也在一起呼应——回音缭绕，不绝于耳……

下船后，我拍了几张岸边的垂柳、小舟与翠竹的图片，然后一边上山一边拍照。又看见了那血红的彼岸花，萋萋碧草中，那花儿在风的吹拂下摇曳不已，更增添了凄凉的调子。据说，江南有很多这种花。

见到了在古渡口就看到的那个高高的亭阁，带路人介绍说是“怀仙阁”，取名寓意想必是怀念诗仙李白的吧。此阁坐落在小山的岩石上，地势高，临潭岩石悬崖陡峭。登阁四望，桃花潭上下尽收眼底。面潭怀古，凭吊“谪仙”的遗踪。潭很大，像个小湖，形似莲瓣，东西岸有近二百米，南北长少说也有三四百米。青弋江穿潭而过，好似长长琴弦上的一个音符。对岸，青山如黛，渐次而去；白色的房子黛色的瓦，围绕在青山绿水间，典型的皖南风貌；潭水澄碧，水面平滑如镜，西岸的石壁和画亭倒映水面，东岸平缓，水草芦苇，细沙成滩，高大的黑色花岗岩上刻着三个遒劲而飘逸的大字“桃花潭”……带路人说，两岸住家平时都喜欢踩着石头到河中去洗涤。河中的绿洲草木葱葱，每年都有大批的候鸟在此处小栖。天上鸟声低鸣，岛上白鹭高歌。此处又是太平湖的泄洪所在，因此，每年夏季时上游太平湖放水发电时，河上薄雾好似白练，在桃花潭的上空数米处穿梭缭绕，经久不散，与河上的大山、民居一起，构成了一幅绝妙的山水画。

天色渐晚，光线渐暗，便打道回府。刚下山，老天就不作美，突然下起了小雨，我们赶紧从山下跑到船上。

小山、山上的怀仙阁以及稍远处那个有名的万家村，与天空的灰色形成了剪影般的图案，安详、静谧，似乎凝固在了那一刻；而小山下的“潭”，在雨点的“打击”下，那清幽的水面上微波粼粼，涟漪一圈一圈散发开去，釉亮闪动，充满动感……

黄山，我心中的最美

黄山，秦时称“黟山”，唐代改为“黄山”，之后这一名字就代代相传下来。她雄踞皖南中部，为花岗岩造型山体，海拔多在800米至1000米。黄山，峰峦叠嶂、奇峰怪石、云雾缭绕，都为别处所少见。再配上枝繁叶茂郁郁葱葱的黄山松，构成了奇险深幽的奇景。黄山拥有世界文化遗产与自然遗产两大桂冠，也是中国十大风景名胜中唯一的山岳风景区。它以奇松、怪石、云海、温泉、冬雪“五绝”著称于世，与埃及金字塔、百慕大三角洲同处于神秘的北纬30度线上。黄山集中国山川之美的大成，集天下名山之长：泰山之雄伟，华山之险峻，衡山之烟云，庐山之瀑，雁荡之巧石，峨嵋之秀丽，黄山无不兼而有之。人间仙境般的黄山，自古就有“登黄山天下无山”的美誉。明代地理学家徐霞客就写下了“五岳归来不看山，黄山归来不看岳”的千古名句。此后，黄山便立在了人们的心中，成为令人梦魂牵绕的美景。

我一贯认为自己是山上下来（指曾在山区工作），故对山是无所谓，只因是安徽人，此生如果不去一次黄山，也枉为安徽人。那年利用年休假，便到黄山去游览了一番，亲眼目睹了她的卓越风姿。

3月30日，阳光温暖春风和煦。我们一行人清晨4点半便坐汽车出发。一路上我被皖南旖旎的风光所陶醉，并不觉得很累。随着车窗外风景的变换，便想起所经之处的风土民情。芜湖是江南著名的“米市”。宣城有李白所钟情的敬亭山；泾县是宣纸的故乡，有李白与汪伦情意千古的桃花潭，也是“皖南事变”的发生地；池州有杜牧当年任知县的杏花村，李白游历过的秋浦河；歙县是古徽州府所在地，又出产徽墨歙砚；屯溪是黄山市的原名，屯溪老街被誉为中国当代“宋城”。黄山毛峰、太平猴魁、屯溪绿茶、祁门红茶是黄山的特产。文房四宝中有两宝（徽墨宣纸）出自皖南等等。皖南自古山灵水秀人杰地灵。有程朱理学之祖——朱熹、十八世纪中国最杰出的思想家——戴震、举世公认的文化巨星——胡适、《资本论》中提到的唯一的中国人——王茂荫，一代珠算大师——程大位、新安画派代表人物——黄宾虹、人民教育家——陶行知等著名人物。他们是安徽的骄傲和自豪，也是安徽的光荣，他们对中国社会及文化产生了较大、较深远的影响……一路上，我就这样浮想联翩。

傍晚到达黄山脚下的温泉景区。该景区的桃花、竹林、古树、小溪映衬着白墙黑瓦的徽派建筑，恰似晋朝陶渊明笔下的桃花源。当晚便在此留宿。

31日一早，乘车盘旋而上到以清幽为特色的云谷寺景区。坐登山索道至白鹅岭。这时就开始了真正的爬山——步行。走了一段路达始信峰。这里是北海景区，北海是黄山的精华所在，始信峰是黄山松的世界。当地人称“不到始信峰，不见黄山松”。如著名的卧龙松、龙爪松、黑虎松、连理松等。然后在北海前的观景台上，背靠“梦笔生花”留影，希望自己有朝一日真能梦笔生花；再爬上狮子峰上清凉台，揣摩代表黄山文化的摩岩石刻；一阵雾过后有幸遇见“猴子观海”……这夜住在西海边的小客店里。

4月1日清晨，去光明顶看日出。早已看过徐志摩的《泰山日出》，但我想黄山日出自有它的独特之处吧。终于看到了那光芒灿烂的黄山日出，真惊叹于黄山的日出了。那滔天的云海似絮如雪，顷刻间变幻无常，时而像天马行空，时而如绵羊嬉戏，时而又似蛟龙入海，白浪翻腾不息，惊涛拍岸，这哪儿是云层？分明就是那波澜壮阔的大海呀！站在光明顶的最高点，还能看见美丽的北海、西海景区及神奇的飞来石。“光明顶”名称有个来历。传说有个和尚在这里修行。有一次，观音、普贤、文殊菩萨一起腾云驾雾来到这个建在光明顶上的小寺庙，顿时金光万丈，于是这个小山顶，就改名为光明顶。下了光明顶，还边走边沉浸在刚才的壮美之中。猛然间，发现了海心亭。特别兴奋，因为它与我的笔名同名啊。真是巧得很！原来我并不知黄山上面有叫“海心”的亭子。我立即停下来要求留影纪念。海心亭是供过往游客休息的地方，有一些石凳与几幅对联。具体内容我已记不清了，我光顾着与亭子合影了……飞来石，是一块巨石，孤单的伫立在悬崖边，经历着风吹雨打。因时间关系没去成，只好远望。在电视剧《红楼梦》的片头见过。经海心亭后就是鳌鱼洞、百步云梯。从鳌鱼洞到百步云梯有两条路可走，一条是“升官发财”路，意即路漫长；另一条是“桃花运路”，是一条十分艰险的路，要经过梯度极陡的“一线天”。百步云梯，为三百级的台阶，是人工在坚硬的陡峭山崖上凿成的，必须要手脚并用才能爬上去。据说当年拍电影《小花》，刘晓庆就是这样爬的。当时为拍好这部影片，她的膝盖都磨破了，台阶上还留下了血迹斑斑。在鳌鱼峰峭壁上，镌有邹鲁先生1937年夏游览黄山时所题的“大块文章”

四个遒劲大字。站在那块巨石前，背靠四个大字，极目四望，群峰奇伟，绝壁深壑，摄人心魄。梦想着自己能写出大块文章来。经百步云梯又一路连续上坡。穿“一线天”与莲花峰侧身而过。莲花峰是黄山最高峰，海拔1860米。因为封山维修，故未能一睹莲花之风采，只能远眺，终于看到“江山如此多娇”的黄山真面目。过了百步云梯，沿着幸福大道前行半小时就到了玉屏楼。

玉屏楼，位于天都、莲花两峰之间，是集黄山奇景之大成的佳绝处。著名的迎客松就在玉屏楼的左侧。玉屏楼的后面即是玉屏峰，著名的“玉屏卧佛”就在峰顶，头左脚右，惟妙惟肖。玉屏峰顶似一座巨大的石佛，面带慈祥仰卧在蓝天之下，栩栩如生。这是大自然的鬼斧神工。峰石上刻有毛泽东主席苍劲雄浑的草书“江山如此多娇”。毛老人家的字可说是集几大书法家之大成，自成一家。四下环顾，奇峰错列，众壑纵横。有“童子拜观音”、蓬莱三岛、狮象二石、孔雀戏莲花、五老上天都、金鸡叫天门。亭亭玉立的迎客松宛如好客的黄山少女，热情地伸手招呼大家留影。迎客松可是大家非常熟悉的，人民代表大会堂内就有迎客松的巨幅画。而在迎客松边的陡岩上刻有朱德总司令的手笔“风景如画”，这几个苍劲有力的大字，独显他的军人风采。从迎客松后面可以清楚地看见天都峰。近处的送客松和陪客松也以独特的身姿默默陪伴着游人……继续拾级而行，忽上忽下迂回曲折。山路就是这样。循着天都古道往上爬，必须紧握锁链、躬腰蛇形而上，否则，一不小心就会掉下万丈深渊，后悔都来不及呀。过了“鲫鱼背”就快到天都峰顶。人们说“不到天都峰，黄山一场空”。登上峰顶，万峰无不低伏在下，只有“莲花”与之抗衡。这时才真正领略到“一览众山小”的涵义。众峰时出为碧峤，时没为银海。这是自然的千年绝笔，描绘出了“薄海内外，无如徽之黄山，登黄山天下无山，观止焉”的美景。游人便“疑是琼楼玉宇，天上人间，不知今夕是何年”了。自天都峰下经立马桥过从客亭到慈光阁，再到人字瀑，踱竹林幽径，最后回到温泉。整个游程基本结束。

黄山奇险幽深。但往往绝盛绝美的风景都在奇险之处。王安石在《游褒禅山记》中写到“而世之奇伟、瑰怪、非常之观，常在于险远”。这也是此次黄山行的亲身体验。

次游览黄山最有意义的是看黄山日出。那天清晨4点便起床，只因头天晚上很兴奋大家都未睡实，即使头晕也全然顾不得那么多。游黄山如果不看日出，那才遗憾哩。也是天公作美，因来的路上也是雾雨蒙蒙的，谁知凌晨夜空中竟然出现了星星。急忙收拾好，踏上看日出的路途……大约

走了一小时左右，到达光明顶。等待看日出的人已是黑压压一大片，心里顿时感动众人的执著。所有的眸子、所有的心都向着东方。这时人群开始骚动……待灰白转为亮白之后，山也黛青了……众人仿佛更不敢再眨眼，嘈杂声也没了，生怕惊走了那个神圣的物体，人人都如老僧入定般虔诚。那种亮白于瞬间变换为嫩黄色，而又变换成浅红色，连天边的几抹云翳也被染得娇妍无比。继而又在呈现出浅红色后刹那间又变成深红色，真是“变幻莫测”。忽见一点丽日“掀起”了彩霞的盖头，万般娇媚又羞答答地渐次露面……黄山众峰顶上一时亮丽极了，美得让人叹息。而半山以上仍然云遮雾障，充满了神秘感……一会儿那轮红日便“腾”地跳了出来，露出了令人心醉的红，在万马奔腾似的云海的衬托下，显示出无与伦比的美，这日头仿佛已知道自身的非凡魅力，便尽力地展示着绚丽的光彩……人群沸腾了，照相机咔嚓、咔嚓地响着不停。抓拍这一瞬间的精彩，对于有的人来说，一生也许只有这么一次。我忽然明白，这是黄山日出点燃了生命的激情啊!

啊！黄山，你是我心中的最美，是神圣的山之精灵。我永远都不会忘记这次黄山之行，她带回了令我一生难忘的美好回忆。

合肥，渐渐爱上你

小时候，常听人说，合肥啊，就是“两个胖子睡一起——合着肥嘛”。还有就是关于合肥的顺口溜“从肥东到肥西，买个老母鸡（音 Zi）……”上学后才知道合肥市是因东淝河与南淝河在此汇合而得名，素以“江南唇齿、淮右襟喉，江淮首郡、吴楚要冲”闻名于世，更是“三国旧地、包拯故里”，历为军事重镇和兵家必争之地。合肥之名，最早出现在司马迁的《史记·货殖列传》中。秦汉之交，合肥建县，属九江郡；东汉刘秀升合肥为侯国，三国时为扬州治所，明清时为庐州府治，故又别称为“庐州”。今日合肥，是沿海之腹地、内地之前沿、“泛长三角”经济区天然成员。

每次出差或旅游，当别人问起合肥时，我便如数家珍：名人有，五代十国的吴王杨行密、宋代清官包拯、晚清洋务派首领李鸿章、首任台湾巡抚刘铭传、世界著名科学家杨振宁等等。名胜有包公祠、逍遥津、李府等等。三国时魏将张辽大败孙权十万大军的逍遥津战役，这是历史上以少胜多的战例。《三国演义》第 67 回对当时的战况和情景作了生动的记述。而“我家曾住赤阑桥……西风门巷柳萧萧”、“合肥巷陌皆种柳，秋风夕起骚骚然”。这是 800 多年前的南宋词人姜夔吟诵合肥的著名诗句。姜夔是宋代唯一多次在词中吟咏过合肥的大词人，他一生有 10 年的时间住在合肥，所写的 80 多首诗词中，约有 50 首与合肥有关。合肥这座城既吸纳了北方文化的粗犷与豪放，又蕴含着南方文化的秀媚与细腻，彰显着独特的魅力。淝水穿城而过，环城公园似翡翠项链；逍遥古津、教弩梵钟、包河秀色、蜀山春晓，徜徉其间，吊古论今，令人流连忘返。

合肥这个城市之于我，是由神秘陌生、熟悉亲切到渐渐喜欢的，有个渐变过程。

我爷爷在合肥刚解放时就从老家三河来到此地，在逍遥津东面的“四合轩”餐馆做红案师傅（如今称为“大厨”），爷爷擅长做家乡菜——三河菜。三河菜取南北之长，集徽、川、淮扬菜系之大成，形成其独具特色的菜肴风味，味道甘美醇厚。如今，三河菜馆在合肥大街小巷比比皆是。

而外婆与大姨妈、我母亲、是上世纪 50 年代从老家桐城就来到合肥，

可后来，外婆不想在城里住着，就把自己户口迁回老家，然后一人回去。为时不长，在外婆的一再要求下，母亲也在60年代，从一家工厂的打字员位置下放回老家。那时工厂打字员还是很不错的职位，母亲至今说起此事，仍然有些激动。

由于父亲在部队，母亲工作忙，我与妹妹都是外婆带大的。记得小时候，外婆经常带着我与妹妹从桐城、舒城（母亲重新工作的地方）、合肥（大姨妈一直在此）三地之间不停地往返，目的是让我们获得更多的亲情。

大姨妈家在靠近中菜市的淮河路边，一家6口住在一栋旧式房屋里，一楼一间与二楼一间，面积小，加上外婆带我与妹妹去，就更拥挤了。当时淮河路很狭窄，只有两个车道，夜晚路上行人稀少，自行车也少。儿时，印象最深的就是：夜晚，微风吹拂着茂密的梧桐树叶，昏黄的灯光从树叶的间隙中洒在路面……我与表姐表哥或在路边跳皮筋、或在梧桐树的阴影里藏猫猫、或是靠着树干玩“盘花”的游戏（用毛线在手指上互相接着翻花样）……至今，每当走到鼓楼或步行街附近，我仿佛听到了儿时打闹的嬉笑声……

至今还记得最有趣的一件事，那就是半夜起来找二表姐。有天晚上吃稀饭与山芋干，二表姐喝了几碗稀饭。夜里，大姨妈喊二表姐起来上厕所，二表姐迷迷糊糊地去了，可是半天没回来，大姨妈就去一楼探望，突然，大姨妈一声大叫把我们从梦中惊醒，原来二表姐不见了！于是，全家分头去寻……最后，竟然在一棵大树边发现了二表姐。二表姐不知怎么回事：上完厕所，居然跑到街上，而且靠着树睡着了。太好玩了！

儿时，还有一件印象深的事情。有一次，爸爸来他单位总部出差，我缠着爸爸要来合肥，经过一上午的软磨硬泡，他答应了，我欣喜若狂。我们住在“淮上酒家”宾馆，这个宾馆可是当时合肥最著名、最好的了，有三层楼，很多人从来也没住过的。当晚，有个客人呼噜声震天响，在楼下都能听到。开始大家都不知道是人打呼噜的声音，以为是远处火车的轰鸣声，仔细一听发现不是。于是，大家顺着声音寻上去……在三楼找到声音的来源。推开门，只见一个中年胖男人仰天躺着，一会儿打着呼噜、一会儿哼哼唧唧……大家进来他都不知道。宾馆管理员赶忙推醒他，他虽惺忪着双眼却连忙找鞋子，他以为到点要起床了（因为次日要赶早班车），大家笑成一团……

80年代，分到合肥工作，之后在此成家，住在庙后街（今天的淮河西路）。老公家，可是地道的合肥人，老宅位于安庆路上（今天长江饭店旁边的四姑巷内），与杨振宁老宅毗邻。当时，我在安庆路上了几个月班后

就调动到大蜀山通讯站工作，

转眼来到合肥20多年了，城市发生了翻天覆地的变化。城市交通、通讯到城市规模今非昔比。那时合肥主要的路，东西向只有长江路、芜湖路、濉溪路、屯溪路，以及后来修的寿春路，南北向只有金寨路。长江路真窄，只有两个车道，但两旁的法梧树长得可谓枝繁叶茂。再看，今天的长江路是多么的宽阔啊；城墙上修建的环城路，今天已变成内环线了；一环线、二环线顺通无比，宽大的路面，呈现出现代化都市的模样，城市更是比原来翻倍扩大。还有那些新区，如高新区、经开区、政务区，更有正在快速建设的滨湖新区，高层建筑则是高耸入云，鳞次栉比。现在星级酒店遍地开花，一个比一个高。那时的商店，只有百货大楼与百货公司，如今，新增了好多大商场，商之都、鼓楼、瑞景、古井赛特……

历史的脚步跨入了21世纪，旧貌换了新颜，古老的庐州焕发了青春。看！宽敞的高速公路奔向远方，听！开山的号角正在吹响，城市高楼鳞次栉比，乡村飘满了丰收的稻香……如今，合肥是一座绿色城市、生态城市，为国家首批命名的四个“全国园林城市”之一，全国“四大科教基地”之一。这得益于合肥拥有院士云集的科学岛（中科院合肥分院）和国际知名学府——中国科技大学。

合肥从大接访、大拆违、大招商到大发展、大建设、大环境，实现了一系列“新政”，合肥市大规模集中拆除违法建设的成功做法，引起省内外许多大中城市的关注，宁波、上海、北京、南京、镇江等城市先后派员来肥，专门学习合肥的做法。

来合肥的20多年里，我搬了4次家，房子是越来越大，从最初的50平方米到如今的150多平方米，这也从一个侧面反映了合肥的发展。

最早是住在城隍庙附近的淮河西路，“大通道式”的房子，实用面积只有30平米，一室一厅，是老公家的拆迁房。因在路边，每天机车喇叭声、各种吆喝声不绝于耳，中午根本不能午休，实在是头痛不已。

90年代，搬到了位于二里街的单位宿舍区。虽只有50多平方米，却是两室一厅。房屋面积虽不大，但因是单位宿舍区，居住环境发生了变化，最主要的是离环城公园很近。每当周末或是接孩子傍晚归来，我都要带孩子去那里游玩。环城公园，终年鸟语花香、绿意缭绕，可是这个城市的天然氧吧啊！园内护城河雨天烟雨濛濛，呈现出别样的柔美；晴天时，静静地卧于蓝天白云之下。公园怀抱旧城，连接新城。城中有园，园中有城，绿树碧水宛如丝带，镶嵌于新城旧市之间，被誉为“翡翠项链”。尤其是西山公园一带，立起好多动物雕塑：狮子、大象、鸵鸟、猴子、老

虎、长颈鹿、北极熊等，还有孩子们极喜爱的恐龙。女儿每次去都流连忘返，久久不愿离开……

10年前，又搬到了五里墩，这是最后一批福利房，达到86平方米了。在当时还颇为得意，说是三室一厅，其实只能叫“两室半一厅”。因书房只有6个平方米。在进行了较为繁琐的装修后，过新年时搬家了。大房间让给女儿住，以便她学习。我们夫妇住在带阳台的房子，但西晒，夏天温度要比其他房间高出近10度，电费惊人。最主要的，这个房子周围太吵，有饭店、澡堂、汽修厂等。加上年纪逐渐增长，爬五楼也挺累的，一口气上到四楼就气喘吁吁了……于是决定咬牙也要买套环境好的房子。

2004年9月，在房价疯长时咬牙买了七里塘附近一个小区的商品房，面积154平方米。尽其家底，加上15年的公积金贷款，又贷了住房商贷，加上亲戚朋友东凑西凑，终于交齐了房费。现在每月2000元的月供，日子虽过得紧巴巴的，但为着自己永久的家园也心甘情愿，并觉得很充实自在，尽管我现在是“负婆”（存款为负数），但我满足了。经过精心装修，2007年元月，搬进了新家。这个小区绿树成荫，翠竹环绕，一年四季鸟语花香，号称本市人均绿化面积最大的小区，最主要的是有几棵百年香樟。

现在，我是爱上了这座城市。每当清晨，坐着私家车上班，看着路旁绿荫缭绕、车水马龙的盛景，心情舒畅；夜晚，悠然漫步于长江路上，或欣赏闪烁着霓虹灯的街景、或徜徉在绿荫环绕的环城公园湖边、或坐在花园式的小区木椅上遥望夜空……思绪流淌着，连绵不绝。因极爱水，平生的愿望就是生活在水之湄，所以，退休后一定要在滨湖新区买一处依水的院落，靠水而居。院中种满翠竹花草，便可在竹林中弹琴、在明月下吟诗……

随着大建设步伐的加快，我们相信：要不了多久，合肥就会大路通衢，古老的城市将旧貌换新颜，一个崭新的现代都市定会出现在中国大地上。

通江达海，让梦想接入现实

——合肥滨湖新区建设四周年走访记

滨湖新区，承载着省会合肥人通江达海的梦想，承启的更是合肥市腾飞发展的未来。从合肥市的角度看，滨湖新区是合肥建设现代化滨湖大城市“141”组团重要的增长极；从全省的角度看，滨湖是合肥经济圈乃至全省新的中心；从全国的角度看，滨湖是皖江城市带承接现代服务业转移最重要的载体。滨湖新区南依巢湖，北靠二环南路，西接沪蓉高速公路，东临南淝河。可以说是合肥通过巢湖、走入长江、融入长三角地区的水上门户，是合肥实现通江达海的必然选择。滨湖新区堪称新中国成立以来，合肥新区建设的经典，上海、北京等数十多个城市来此考察学习。去年7月，吴邦国到委员长滨湖新区视察，看着林木葱郁、铺彩叠翠、生机盎然的滨湖新区，欣然题词：“生态滨湖，造福于民。”参加第十六届全国城市外宣工作协作会暨“潮起中部看合肥百家媒体集中行”采访团成员，在观看了滨湖新区的未来规划宣传片后，乘车浏览了该区。一路上就围绕滨湖建设仔细询问，对滨湖新区给予了极高评价。

自从2006年11月15日开工建设以来，方圆196平方公里的滨湖新区，一直吸引了众多关注的目光。四年前，这里还是一片“岗冲起伏、人迹罕至”的土地。如今一座现代化滨湖城市正在以令人吃惊的速度崛起，高层建筑高耸入云，鳞次栉比，树木成林，绿草如茵，变化可谓日新月异。这是又一个深圳速度——合肥滨湖速度。滨湖，每日都在改变着模样。如果“城”建在森林，“家”依水而居，与树木花草为伴，与大自然无限亲密。那会是怎样的生活？世代合肥人从未如此奢望过，但如今，这种奢望已变得不再遥远。八百里烟波浩渺的巢湖开启了合肥人“生态城市”的梦想——“通江达海”。千吨大轮将从南淝河启航，通过南淝河、巢湖、裕溪河进入长江。不久的将来，滨湖将成为“安徽浦东”。

迄今为止，已去过滨湖四次。2008年去过一次，今年内竟然去过三次。每一次去，感受都不一样。面对满眼绿树与繁花，觉得滨湖像一幅画；耳畔传来涓涓水声，又觉得像一首歌；置身于多元文化的交融碰撞中，又会觉得她像一本厚重的书；了解一项项节能创新的奇思妙想时，又仿佛游览在科技馆里……这是一个用心建造的家园。

第一次是在2008年春天，从外围看，好似一个大工地，只见一排排高楼拔地而起。在滨湖建设指挥部参观了新区规划模型与沙盘，而后深入街道游览。清新的空气扑鼻而来，平整干净的马路，耸入云霄的高楼，大都市的气息让人为之倾倒。绿树成荫，香樟、法梧热情地伸开欢迎的臂膀，连地上的小花也向路人露出笑脸。

第二次是在今年大年初三，与父母一起来看老人的新房子。2007年，考虑到滨湖空气好、环境好，就给老人买房子在那里安度晚年。大年初三，雪后初晴，那一幢幢高耸入云的大楼在蓝天白云的映衬下分外雄伟，雪松、翠竹、香樟“列队”站在风中，皑皑白雪压着灌木，这里的绿化很有“层次感”。雪地里，孩子们嬉戏着，有的在滚着雪球，有的在打雪仗，欢叫声、吵闹声不绝于耳。冬天里的滨湖新区并没有显得很寂寥，相反，从家家户户传出的欢声笑语中，感觉到了滨湖人的幸福生活。

第三次参观是应邀参加了《合肥日报》与滨湖功能区举办的作家采风团活动。首先是在室内听取滨湖功能区有关领导介绍滨湖发展情况，然后观看宣传片。参观者无不被滨湖新区四年来的发展成就和未来宏伟的蓝图所深深吸引，被远大恢弘的气势所震慑不已。

之后，在细雨蒙蒙中向巢湖疾车而去。到滨湖新区采风，自然少不了感受巢湖。一边看路旁的景色，一边浮想联翩：在地理或文化上，一个城市有气韵，才能令人着迷。杭州有西湖、武汉有东湖、昆明有滇池……对于合肥来说，一直没有真正意义上的湖，这是个缺憾。回顾历史，合肥之名缘于“淝水”，水是一座城市的灵魂。而如今合肥是中国仅有的几座没有濒临大江大河的省会城市之一，这成为合肥人心中永远的痛。连结巢湖，直通长江，融入长三角，这是省委省政府“东向”战略的重要组成部分，也是世代合肥人的滨湖通江的梦想。假如古老的传说“陷巢湖，长庐州”确有其事，那么今天的滨湖，又一次成为宜居之地，则是一个千古的轮回了。对于从小就喜欢水的我来说，骨子里潜伏着水的情结，依水而居，是我的梦想。看芦苇、荷叶、垂柳、波涛跌宕，观水上日出、渔舟唱晚、月出银波、门泊渔船、帆樯如画……那就是现实中的古典意象啊！

在这样充满诗情画意的细雨中品味巢湖，自是别样的美。于是感慨道：雨朦胧、水朦胧、人朦胧，心也朦胧。朋友们调侃道，没到湖边你就诗兴大发了啊。来到巢湖岸边，看到一些外地游客在参观。因极爱水，看到水自然欣喜的很。也顾不上害怕，雨天路滑，且已拆除桥面木板的栈桥架子很窄，但即使穿着高跟鞋，仍然一手打伞一手平举着如杂技演员踩钢丝一般，极力保持着平衡，一个人战战兢兢地顺着栈桥架子走入了湖中，第一次做了敢“吃螃蟹”的人。站在深入湖中的栈桥架子上极目远眺，800 里巢湖望不到尽头，烟波浩渺，湖天一色，水汽氤氲，烟雨中的巢湖展现出如水墨画般的别样意境。扑面而来的是巢湖水温润清新的微风，做一下深呼吸，发现空气里有一丝儿甜味。近处，粉白的水在细雨里微波荡漾着，一圈一圈翻着涟漪……同行的报界朋友帮我拍了雨中游巢湖的照片。有人打趣道：真的是雨江江濛濛，水濛濛，美人俏立烟水中。

途径塘西河，大家下车游览。这条河与十五里河都是滨湖的母亲河。那淡绿的河水，静静地流淌。岸边，植被铺成而去，绿树在水边伫立，浅绿色的草坪，深绿色的灌木丛，洋气的别墅群……令人宛如置身于公园里。新区工作人员介绍说，治理后的塘西河，除具有防洪、蓄水、生态等功能外，还将依托河道的自然特征，分为防护林带、滨湖新天地、城市公共绿地、城市中央公园、湿地公园五个景观带，营造出一个极具亲水性的城市滨河景观生态走廊。通过建闸设站、河道清淤、污水截流、岸线整治、蓄水调控等方式的治理，未来的塘西河、十五里河将是一项集防洪和亲水、生态、景观等功能于一体的河湖生态修复工程综合体系，从而实现“水宁、水活、水清、水美”的综合治理目标，一个“湖宁、河动、水清、岸绿、景美”的塘西河呈现在人们的眼前。

随后，来到一家超五星级宾馆——世纪金源大饭店参观。它坐落于滨湖世纪城四区临滨苑的西南角，一个地标性的建筑，是一家集客房、餐饮、康乐、会议、写字楼、公寓于一体的豪华五星级标准饭店。据说，设施完备，饭店设有中餐、西餐、扒房、咖啡厅、日本料理、酒廊、茶艺居等各类餐饮设施，那个大宴会厅具备多语种语言同声传译系统，是举办各种国际会议的理想场所。一进门就极为震撼！那些“富丽堂皇”、“流光溢彩”之类的词一股脑地涌入脑中。最惊奇的是大厅里那个如瀑布一般的吊灯，分为内外两层，里面由几个白色圆锥形灯组成，外围是一圈琉璃色的流苏小灯，如满天星一般，从高处倾泻而下。那个宴会厅真大啊，据说能摆下 100 多桌、容纳 1000 多人。

来到和园社区，还在门外就听见了室内传来音乐声。走进去一看，原来是老年人活动之家，名为“老树根乐乐团”的老人们在吹拉弹唱，一会儿是“北京的金山上”，一会是“浏阳河”……另有一些人，有的坐着认真聆听，有的人和着音乐用脚打着拍子，有的人随着节奏点着头……从人们喜悦的表情上看到：老人们在这里过着幸福美满的晚年生活。走廊上贴着“老有所养、老有所学、老有所乐、老有所为”几个红色大字。还遇见一位在此社区工作的研究生，经过招考进来参与社区管理。楼上还建有“读书郎俱乐部”，是为孩子们而设的。墙上除宣传栏贴着孩子们的画子外，还贴着一个巨大的心愿树，孩子们把自己的理想与心愿写在上面。滨湖新区的文化生活丰富多彩，还上了电视。2009 年端午节，央视一套《新闻30 分》还播出了由200 名民间文艺工作者组成的舞狮队、旱船队在滨湖新区进行巡回踩街。憨态可掬的旱船跑驴、滑稽幽默的乌龟、龙虾，活泼可爱的大头娃娃和河蚌龙虾等表演吸引了上万市民争先观望。

临走前，我采访了两位老人。老大妈说，过去这里是地地道道的农村，窄窄的土路、低矮的房子，现在有这么多的高楼大厦，笔直的大马路，我家祖祖辈辈都是农民，现在过上城里人的生活，做梦都没想过的事情，真是翻天覆地的大变化啊！这要感谢共产党，感谢改革开放。我们感到很开心、很快乐！老人的笑脸，灿若桃花。听着老人发自肺腑的话，我也很受感染，激动着。是啊！改革开放给中国带来了巨大的变化。另一位老大爷说，为我照一张相吧，我从来没去照过相，看你在拍照，我想在这美好的家园中留个影，做个纪念。我欣然答应。

听说下一站去地铁工地参观，人们兴致勃勃地不自觉地加快了步伐，快速前行。因为这是咱们合肥自己的第一条地铁啊！

相关资料表明，轨道交通的出现已有 140 多年历史。城市轨道交通是指通常以电能为动力，采取轨道运转方式的快速大运量公共交通之总称。常见的城市轨道交通种类有地铁、轻轨、单轨和有轨电车，也包括磁悬浮列车。人们习惯将线路在地下的轨道交通叫地铁。其实，城市轨道交通从运行上来说，可以是地下，也可以是地面。世界上最早建设的城市轨道交通是1863 年建成的全长 21 公里的伦敦地铁。在随后的 100 多年时间里，世界上有 30 个国家和地区的 60 多座城市建设地铁。中国的城市轨道交通始于1908 年上海的第一条有轨电车。1969 年10 月1 日，全长23. 6 公里的北京地铁一号建成通车。这是中国第一条城市轨道交通系统，它的建成通车结束了中国没有地铁的历史。此时，距伦敦地铁建成通车 106 年。25 年后，上海地铁 1 号线一期建成通车。2009 年 8 月，合肥轨道交通试验段工程开工。合肥 20 个月走完了国内城轨建设规划从立项申报到项目批准一般所需 5 年的历程。20 个月 =5 年。这是合肥创造的“等式”。《合肥城轨规划》由远景、远期和近期规划组成。远景规划线路 12 条，线网总长 322. 5 公里。远期规划方案由 6 条城市轨道交通线路组成，全长 181. 1 公里，共设置了 15 座轨道交通枢纽。近期规划方案，建设 1 号线、2 号线，总长

55.95 公里。1 号线是一条南北方向的骨干线，北起新蚌埠路与汤池路交叉口北侧，终点至滨湖新区广西路与遵义路交叉路口东侧，快速联系合肥老城区与滨湖新区，全线长 28.75 公里，全部为地下线，共设置车站 23 座。2 号线是东西方向的骨干线，西起长江西路与长宁大道交叉口东侧，终点至长江东路与大众路交叉口西侧处，东西向贯通中心城区，引导和促进高新区和科学城的发展，全线长 27.20 公里，其中地下线 17.95 公里，设置 23 座车站。

外围防护栏上扎着一块块宣传安全生产、鼓舞干劲的口号的展板，工地上彩旗飘扬，材料堆积如山，各种大型机械都在不停地忙碌着，施工人员正在进行着满堂脚手架搭设、梁板模板及钢筋绑扎安装等施工，身穿工作服、头戴安全帽的工程监理人员以及技术主管均在忙碌地指挥着。人们纷纷围着栏杆看，我则在栏杆外拍着地铁车站的雄姿，耳边仿佛传来火车轰隆隆的汽笛声，眼前人流如潮，渐次融入车厢……猛然间听到话语，打断了我的意识流。抬头一看，原来是苏北老师与我说话。他说，合肥地铁马上就要建好了，沈阳地铁建成的那天，邀请了两批人来体验：建设者与普通市民，那真是一个很好的举措，合肥也可学习沈阳的做法。我说，是啊，那是多么有意义的活动啊！

最后一站是到明珠社区，这里是党建精品社区，是个标准化的社区示范区。大门入口处，一条横幅“百日整治行动靠大家，美好和谐家园你我他”映入眼帘。步入二楼，转角处上有几个大字“服务社会、服务发展、服务党员、服务群众”。顶上拉着绿色的塑料葡萄叶，左侧墙上有一个各级领导视察滨湖的照片宣传栏，正前方是巨大的“滨湖明珠社区欢迎您”牌子。从右边穿过服务台进入各个房间，有党员远教中心、会议室、图书馆、健身房等，房间里、走道上的墙面都贴了很多字画。还举办红色电影展播，还经常性举办活动，如绘画、书法展示，乒乓球比赛。

路上还途径合肥一中、四十六中、师范附小等学校，这些相继进驻滨湖，把合肥市最优质的教育资源带到了滨湖新区，从此，滨湖区内书香弥漫，青春焕发。从这代孩子开始，这里实现城镇化中的真正转型，让孩子受到良好的教育。因为孩子是未来，再穷不能穷孩子！自从三所好学校迁入滨湖以后，数千家长争购滨湖学区房。古有孟母三迁，而今年轻的父母为让孩子日后得以入名校就读，豪掷数十万家财购买一套学区房没有丝毫的犹豫。据说今年夏天位于滨湖新区的一家楼盘开盘，因该楼盘数百米范围内汇聚着那 3 所省内名校，引得数千名学生家长无惧炎炎夏日前往现场抢购，场面之火爆不免让人感叹“可怜天下父母心”。

第四次去滨湖，是在本月28日下午参加“诗画合肥”诗会的滨湖采风活动。去巢湖观光路上，看到了以黑、白、灰三色为主色调的徽派建筑群。导游介绍说：滨湖新区承载旧时记忆符号与现代住房理念，融徽州古典与都市时尚于一体，奏响内敛与张扬和谐的韵律。滨湖明珠工程的设计者们致力于打造具有良好城市形象和具有引领示范作用的现代化居住社区，寻求徽派建筑与现代居住社区的契合点，重塑徽州古典，营造新型都市住房。徽州建筑无论是单体建筑空间还是整体群落形态，都讲究因地制宜、顺应山水地势起承转合，注重与大自然的对话。阳光、风、雨水等自然元素的巧妙引借，生成了诸如灵活洗练的单体形态、精巧玄妙的天井等经典建筑空间，充分体现了古徽州人追求天人合一的深厚文化底蕴和卓越智慧。设计者对徽州建筑的特质空间和符号进行了选择提取，经过简化与演变，在满足现代居住空间的功能与精神诉求的同时，以现代建筑设计的语境表述具有徽州人文因素、在本质上与徽州建筑相关联的徽质空间。

这次是有幸领略了晴天阳光下的巢湖。湖水在风的吹拂下跌宕起伏，湖面波光粼粼，湖光水色，交相辉映。我拿着相机不停地选取角度，想拍一些最美的巢湖画面。转至左侧方，突然看到了一个塔与战舰形状的建筑。哦！终于看到了滨湖新区又一标志性建筑——合肥市渡江战役纪念馆。该馆由两部分巨型战舰与胜利之塔组成，主体建筑面积规划场地成半岛状突进湖中，犹如一艘乘风破浪的巨型战舰。

随后赶回指挥部，坐在大巴上远远看到一个鸟巢一样的建筑。对了！从新闻报道中看过的，那是合肥的鸟巢——合肥国际创新展示馆。“艺术气息”十足，因新颖奇特的外观，被称为“合肥版鸟巢”。导游说，“合肥版鸟巢”建造难度不小，堪比央视新址（俗称“大裤衩”），创新展示馆非常有可能成为一个美术展馆，让本身就已非常“艺术”的“合肥版鸟巢”不仅“秀外”而且“慧中”。金色阳光下，“鸟巢”如同镀上了一层金边。太美了！车子继续走而我还在回头看……

回途中，发现指挥部后面有个明黄色的福建土楼一样的建筑——客家围屋。导游连忙介绍，这是咱们合肥的土楼。合肥土楼虽为传统民居形式，但设计者对内部空间进行改造，以满足现代使用功能。这个土楼是滨湖水街核心建筑。目前，滨湖新区正在打造一个集酒店、购物、餐饮、演艺、酒吧、休闲娱乐等功能于一体的现代化服务设施——滨湖城市天地。水街正是这项目中的一部分，将依托塘西河水系，引入全国各地具有传统特色的民居、院落，如，徽派古居、客家围屋、江南水苑、山西民居、北京四合院等，融入多元文化，打造独具特色的文化街区——塘西河水街。

几次去滨湖，都想去看看巢湖周围的湿地，因时间关系加上交通不便，可惜没看成。合肥市环巢湖地区散布着三汊河、北涝圩、等诸多湿地。湿地号称“地球之肾”，是地球上具有多种独特功能的生态系统，它不仅为人类提供大量食物、原料和水资源，而且在维持生态平衡、保持生物多样性和珍稀物种资源以及涵养水源、蓄洪防旱、降解污染调节气候、补充地下水、控制土壤侵蚀等方面均起到重要作用。今年9月，去了杭州著名的湿地——西溪湿地游览，深深震撼！那是怎样的一个美字了得啊！那里是电影《非诚勿扰》的拍摄基地。河湾星罗棋布，绿茵缭绕，芦苇丛生，是植物、水鸟的天堂。不知咱们合肥的湿地如何？从图片上看很美。我想，只要对湿地进行保护与整治，涵养水源，恢复生态，一定不比西溪湿地差的。据介绍，尽管滨湖新区不断向湖岸建设，但湿地不仅不会消失，反而会增加，未来几年滨湖新区还将增加十多平方公里的绿地和湿地。未来，这里一定是白鹭翔集、鱼虾成群，水天一色，到处是清淡雅致的绿色。牛群、鹅鸭在湿地吃草、泡澡，白鹭们在牛背上玩耍鸣叫，草地上、芦苇丛中，各种水鸟或憩息或嬉戏或觅食或展翅高飞；微波荡漾的水面上一群群悠然自得的渔民在快乐的捕鱼——好一派和谐美满的生态景致啊！正如宋代著名诗人陆游诗云：“何曾蓄笔砚，景物自成诗。”

闭上眼睛，脑海里的滨湖，再也挥之不去。听！巢湖的水清波荡漾、轻拍堤岸。看！一条条大路通南北、西东，纵横交错。地铁一号线的开工，启动着引湖入城的路线，合肥将成为全国唯一的滨湖省会，以水为脉，以绿为魂，构建滨湖新区生态格局，创造“城”“水”交融的生态环境。城中有湖，湖中有城，湖光叠影，水岸交融。湖光水色中，流淌着安逸、宁静、温暖、幸福……平生的愿望就是生活在水之湄，心中许诺：一定要在滨湖买一处依水的院落，靠水而居。院中种满翠竹花草，便可在竹林中弹琴、在明月下吟诗……

滨湖，通江、达海，不再是缠绕在合肥人心中的梦想与期待，湖予城灵气，城予湖生机，合肥人将梦想接入现实，一个城湖共生的“生态家园”将成为合肥人的骄傲。相信，不久的将来，就会有一座繁荣兴旺、城湖辉映、独具魅力、合肥人引以为豪的滨湖新城崛起于巢湖之滨。

非常时刻

这一刻，我们等待了100年；这个梦想，我们魂牵梦绕了100年；为这一刻，我们准备了100年……100年的情感在这一刻爆发，人们欢欣鼓舞，热泪盈眶……圣火在燃烧，激情在燃烧。举国上下，歌声与微笑，鲜花与掌声，一片欢乐的海洋。

——《百年奥运 今朝梦圆》

北京·鸟巢

几度风雨　几度春秋

——纪念建国五十周年

秋风送爽，金桂飘香，共和国迎来了五十岁的生日。走过了五十年的风风雨雨，走过了五十个春夏秋冬。

如果，把国家比作一个人，那么，五十岁的祖国正值中年。中年，正是创业时期，象征着成熟和完美。中年的祖国蒸蒸日上，正在蓬勃向前发展。

虽然，我们也曾落后、也曾贫穷，但是我们不气馁，至少十二亿人的温饱基本得到解决，这是多么了不起的事实，世界上还有谁能比得上？连发达国家的领导人也不得不佩服。

虽然，我们也曾困惑、也曾彷徨，但是，最终我们还是走过来了。祖国正如日中天，百业兴起。哪朝哪代出现过今天这个繁荣昌盛的局面？白天，车水马龙、人潮滚滚。夜晚，万家灯火、温馨迷人。

历史告诉我们，贫穷就要落后，落后就要挨打受欺。它留给人们的教训是沉痛而深刻的。唐太宗李世民曾告诫世人：“人以铜为镜，可以正衣冠；以古为镜，可以见兴替；以人为镜，可以知得失。”闭关自守必然导致贫穷落后。穷则变，变则通。因此，就要改革，就要开放。西方发达国家科技的确先进，我们就要承认，就要学习人家先进的科学技术，学习一切对我们有用的东西，洋为中用，古为今用。

历史总在不断前进。五十年过去了，祖国走过多少艰难岁月，跨过多少急流险滩，又迎接过多少次挑战，终于迎来了坦途。从建国初期国民经济的恢复到社会主义改造的完成；从社会主义建设道路的初步探索到十年内乱；从十一届三中全会完成历史性的转变，到十二大建设有中国特色的社会主义理论的提出，全面改革和对外开放；从十三大对中国社会主义初级阶段理论的论述并确立了党在这个阶段的基本路线，到十四大提出我国经济体制改革的目标是建立社会主义市场经济体制，再到十五大确立邓小平理论为党的指导思想......

现在的中国正处于前不见古人的非常时期，国民经济突飞猛进地发展。共和国展现出从未有过的美丽风采，华夏民族显示出无穷的创造力，我们正沿着宏伟蓝图的总设计师邓小平指引的方向，在以江泽民同志为核心的第三代领导人带领下正大刀阔斧地向前进发。我们有自强不息的民族精神，有顽强的拼搏精神，有非凡的自信力和强大的凝聚力。只要我们坚持不懈全方位多层面地改革开放，只要我们始终不渝地坚持以邓小平同志建设有中国特色的社会主义的理论和党的基本路线为指导，解放思想、脚踏实地、大刀阔斧、稳步前进。我们的愿望就能实现，我们的目标一定能达到。21 世纪将属于开放的中国。

六十年，一甲子

——新中国成立六十周年杂记

今天，是新中国成立六十周年的日子，也是全中国人的重大节日！我们自豪！我们骄傲！我们心潮激荡、豪情满怀！

秋风送爽，金桂飘香，共和国迎来了六十岁的生日。走过了六十年的风风雨雨，走过了六十个春夏秋冬。

今天，是收获的季节。满载着沉甸甸的果实，一路歌声，一路欢笑；成熟得犹如涨开的石榴，金光下流彩欲滴，香气扑鼻……

今天，是歌唱的日子。我们歌唱共和国的生日赞歌，演奏着贝多芬的《英雄交响曲》，赞叹着五千年里的瑰丽，感慨百十年间的命运。这是仁人志士播种后的收获，是烈士鲜血染成的红色大地上的盛宴。

六十年，历史的车轮滚滚向前！六十年，意味着一个甲子的结束；六十年，又是一个甲子的开始。六十年，中华儿女孜孜不倦；六十年，中华大地天翻地覆；六十年，祖国日新月异；六十年，人民幸福安康；六十年，身负着礼仪之邦的美誉；六十年，创造着举世瞩目的惊奇；六十年的故事说不完，六十年的成就数不尽……

为了记住今天这个特别的日子，早上7点就打开了电视机，一边做事，一边看电视里介绍国庆盛典的相关情况……

9点以后准备去孩子爷爷家，计划早点帮老人做事，以便及时收看国庆盛典。中午时分，在孩子爷爷家，孩子爷爷奶奶、我们一家三口，加上孩子小姑奶奶一家人，一大家子十几口人围着圆桌边看庆典活动边吃午餐，其乐融融，欢声笑语不断。大家感慨国家的繁荣富强，感怀家的温暖，感受人生的幸福快乐，感叹时间的流转……我一边观看电视一边拍摄画面，想用镜头留住每一个精彩瞬间。

午餐后，原准备去参加新华书店的新书签售活动。昨天也受到相关单位的邀请，可是因身体不适最后还是没去成。今天签售的新书之一《阅读

合肥》，是由文化艺术出版社出版发行、本省60位作者写就的60篇文章，结集出版。作者们饱含深情的赞美家乡、祝福祖国！在新中国成立周年之际，在这个神圣的时刻签售，是具有特别的意义。本人也有幸受到邀请，写一篇小文《合肥，渐渐爱上你》收入其中。只是没去签售现场，留下一点遗憾，但样书早就拿到了，也在即将签售的书中签过自己的名字。

下午去单位拿相机的充电器，因为晚上我还想再拍些焰火晚会的照片。本来，电是满的，没曾想，一上午就把电池拍到“熄火”。走在路上，突然身后传来“海心”、“海心”的叫喊声。我回头，没见人，以为听错了，于是继续向单位走去，可是那声音再次响起，我转头一看：一个才认识不久的文化人，据说是在合肥的香港文人，拿着书跑来说，你的文章也在里面啊！我说，哦，只是应邀写了一篇，没什么的。其实，我也不是本市的什么大人物，只是一个小报的编辑而已。始终本着“我手写我心”的原则，只是一个纯粹的女子用自己的母语——纯粹的汉语在写作。这种写作是一种自然、从容、非功利的状态，没有尘世间的俗利、恩怨……

傍晚，在带孩子去CBD广场买完衣服之后，飞快赶回家，就是不想耽误国庆60周年的焰火联欢晚会。到家19点55分，家人都很兴奋，一边看电视，一边随着电视中所唱的耳熟能详的歌曲不停地唱着。近年来，只要电视上播放“红歌赛”，我家都要切换频道来分享，边看边唱。

岁月悠悠，时光流转。几度风雨，几度春秋。六十年，在历史的长河中只是短短一瞬，六十年里，我们的国家与人民又承载着每一个具体的日子。六十年，光荣、梦想、辉煌、庄严、感动……都铭刻在中国人民的心里，写进了共和国的历史画卷……

又逢记者节

——庆祝第十届记者节

今天又是一年一度的记者节，为第十届，是新中国成立以来的第十个记者节，这是中国记者的节日。这是我国仅有的三个行业性节日之一。据悉，各省市区自治区、各新闻单位都举行了各种庆祝与纪念活动。有的省份还举行大型广场活动，和读者、观众、听众零距离交流。记者节是一个不放假的工作节日，但今天是周日，例外。

这既是中国新闻记者的节日，也是社会格外关注这一特殊群体的时刻。作为信息的传播者和社会的守望者，记者“话语的力量”在社会生活中日益凸显。今年，中国领导人在世界媒体面前郑重表态，鼓励支持媒体在舆论监督方面发挥作用，保障民众知情权；同时，官方亦不断出台措施规范新闻采访秩序，加强记者的权益保护。今年10月9日，世界媒体峰会在北京开幕，来自70多个国家和地区的约300位最具影响力的传媒机构领袖与会。胡锦涛总书记在开幕式上强调，中国政府始终高度重视媒体发展，鼓励和支持中国媒体在搞好舆论监督等方面发挥重要作用。

从事新闻工作有16年了。从最初的记者做起到现在的编辑，有时需要采访时也兼职做记者的。回想起来，感想颇多啊……

这些年，我一路走来，有成功，也有失败；有幸福，也有辛酸；有收获，也有失误……从最初的记者到今天的编辑，我是以热诚谦虚的态度、认真细致的方法、兢兢业业的精神做好每一样工作。洪水中，我孤身一人深入一线采访抗洪事迹；非典时，我独自外出采访全国五一劳动奖章获得者；大雪纷飞，我只身一人前往深山，采访先进人物；炎炎盛夏，我因深入一线采访而导致皮肤被晒得脱皮……平时，除了做好自己本身工作外，还不定期到各地给记者、通讯员讲解关于新闻写作与新闻摄影方面的课程……有太多的感慨啊……

有几次经历非常深刻：一次是2003年淮河全流域爆发特大洪水期间我

去采访，另一次是非典肆意时，我去皖南一个城市采访当年本行业唯一一个全国五一劳动奖章获得者。

2003 年淮河暴发特大洪水，那段时间，当我从各种媒体上或从别人口中得知广大党员干部以及普通百姓在抗洪抢险中的表现出来的舍小家保大局的奉献精神时，我被深深地感动。情感一次次被触发，心灵一次次被撞击，于是我分别于当年的 7 月 18—20 日和 7 月 25—27 日两次深入一线采访，连续采访了淮河流域的好几个地方（蚌埠、怀远、阜南、蒙城、寿县）。虽然又累又苦，但我的心是感动的、充实的……坐在船上，头顶烈日，由于在水面上，倒也不觉得热，但橡皮船却烫得要命，心情很沉重。四周是茫茫洪水，水面上零落的露出被洪水淹没的房屋三角形顶部和大树的树冠，水深近 4 米，有的地方超过 4 米。橡皮船经过了一个个村庄、一棵棵大树、一个个电线杆……由于村庄仍然被洪水所围，只有脱下鞋才能进入，我赤脚趟着夹杂着烂泥和牛粪、猪粪的水，小心翼翼地深一脚、浅一脚地走着，一不小心脚下一滑，吓出一身冷汗……2 个半小时后终于到达了目的地。一直到下午 3：00 才吃午饭，但和抗洪一线的人们相比，又算得了什么呢？抗洪紧张时，他们一天才吃一顿饭，有时连一顿饭顾不上啊。这就是我们的人民，他们在无私奉献着。采访时，当我问到一位大爷每天政府供应的粮食够吃吗？大爷说：“够的。政府也难啊！你看，这么一个大的国家，就好比一个大的家庭，那么多的人要吃饭啊，都能吃上饭，不容易啊！”听得我潸然泪下，感动万分……这就是我们的百姓，多么的淳朴善良，善解人意啊！

而非典期间，人们“谈非色变”，可我要完成上级交给的任务，冒着危险，既担心害怕，但也想甘愿冒险，顺便检测一下自身的身体素质。于是全副武装起来，穿着几层衣服，戴着口罩、手套，随身装着药物、晾衣架、拖鞋、香皂、浴帽，毛巾、牙刷、牙膏等洗漱用品更不在话下，哪敢用宾馆里的啊！出城检测体温，进城检测尤为严格了。汽车刚到达城外，即被拦下，检测人员身着白大褂、头戴白帽子、带着大口罩、手拿检测仪，对着每个旅客额头测量体温。据说有人一旦超过，体温测试仪就会报警，那人就会立即被带走进行隔离的。乘客们个个心里七上八下，但如果有体温高的疑似患者，即被送去隔离。被隔离，无论对自己还是对他人都是一种好方法，对防治疾病流传都是必需的举措。好歹，那天，我们乘坐的汽车里还没有高温人群。于是，顺利到达市区。经过两天的采访，回来又用两天时间写了一个4000多字的长篇通讯，圆满完成了任务。

当新闻工作者，并不是我最初的理想。我原来最大的理想，就想成为一个诗人。于是，就天天练笔，在校园的竹林里、在寝室的灯光下……不停地写呀写。还坚持写日记，写了满满八大本日记，这也是我一生当中的一笔财富。由于刚参加工作就分在山区，所以，每逢春秋两季的傍晚，我都要拿着笔和纸，漫步在山间小道，顺着春风追赶太阳，寻找思绪，捕捉灵感。上世纪90年代初，开始在省内外报刊上发表“豆腐块”。随后，就被单位选为宣传人员，给一些报社做特约记者与专栏作者，那时，写下了很多的蕴含哲理的散文。随后，做了3年的志书编辑，为单位撰写了18万字的志书，同时，还坚持写纯文学性的文章。做志书编辑，培养了我严谨朴实的文风。2000年，由于改革而上级主管单位报社改制，招考编辑。因本身就是该报的特约记者，对行业新闻也比较熟悉，加上所学是中文专业，于是，就顺利考入了该报社做版面责任编辑，编辑“综合新闻”、“企业文化”、“文艺副刊”3个版面。10年来，做新闻编辑，锻炼了我理性思辨的叙述笔调，而做文艺副刊编辑，使我依然追求纯文学的唯美与浪漫。于是，我博采众长地写着不同风格的文章，或平铺直叙地说事、或清丽婉约地抒情、或有理有据地议论。此外，在2004—2006年期间，又背起书包，走入校园，学习中国现当代文学专业的在职研究生课程，接受着最新的中国现当代文学的理念，系统学习了自1919年以后中国现当代的相关文学课程，并写了很多专业研究论文。同时，还创建了2个博客，几年来，一直坚持写网络日志，至今已有300多篇文稿、7万多次的高点击率。

其实，记者的日子不是那么自由自在、风光无限，是又一个“靠头脑吃饭”的群体。记得曾经选择新闻工作，怀抱“指点江山，激扬文字，粪土当年万户侯”的理想；希望针砭时弊，弘扬正气；可是，在理想与现实之间永远横着一座桥。实际上，记者外表潇洒、内心苦涩。这是很多记者的真实感受和切身体会。但是，尽管有诸多的无奈和悲哀，依然有很多记者为了理想与正义，执著于自己的新闻理想，坚守着自己的岗位。

我亲爱的媒体行业的朋友们，在记者节到来之际，谨以最真诚的祝愿，向你们表达最真挚的问候！

百年奥运　今朝梦圆

时间已到2008年8月8日，国人盼望已久、万众瞩目的北京奥运会盛大开幕。这是十三亿中国人梦寐以求的荣耀啊！

当时钟指向20点08分那一刻，来自世界各地的运动员、100多个国家的贵宾代表、几十位国家元首、王室成员、政府首脑都集中在中国国家体育馆——鸟巢，全北京、全中国、全世界的几十亿人的眼睛都聚焦着北京；当上千名鼓手在敲打着激动人心的奥运战鼓，用银光拼出数字10、9、8、7、6、5、4、3、2、1的倒计时击缶声响彻北京上空，参加开幕式的10万人一同呐喊；当寓意非凡、象征奥运历史印记的29个巨大的烟火脚印一步步奔向鸟巢，敲响了奥运会的大门；当五光十色的烟火在“鸟巢”上空升起绚丽璀璨的烟花；当巨大的银色奥运五环从地面立起来了；当胡锦涛主席举着话筒，庄重地宣布“2008年第29届北京奥运会开幕式现在正式开幕”的时候，全世界华人都为这一庄严而神圣的时刻到来而激动不已。

奥运来了，奥运终于来了！中国人等啊等、盼啊盼，2008奥运会终于来了！百年奥运，一朝梦圆；百年期盼、百年等待。这是中国人的百年圆梦。早在1908年《天津青年》中的奥运三问，就阐述了在中国举办奥运的宏愿：即什么时候能看到自己的健儿参加奥运，什么时候中国队能在奥运会上夺得奖牌，什么时候中国能举办一场奥运会？这三问发人深省，催人奋进。半个世纪以前，当奥运会向中国发出请柬时，只有刘长春一个人孤零零的飘过大洋参加比赛，这是多么令人心酸又屈辱的一页。2008年，29届奥林匹克运动会将在北京拉开大幕，多么令人惊讶的巨变！从1942年刘长春第一次参加奥运会到1984年许海峰夺得第一枚金牌到体操王子李宁，再到邓亚萍、占旭刚、高敏、刘翔等等一个个奥运冠军，转眼间，薄弱的中国已变成了强大的体育强国。

奥运来了，回想起7年前的7月13日，这是个特别重要的日子，当国际奥委会主席萨马兰奇宣布申办第29届奥运会的城市是北京时，所有的中国人都在为北京举办第29届奥运会而欢呼。人们挥舞着五星红旗，欢呼雀跃、激情澎湃、无比自豪、万分激动……此后就一直盼望着、盼望着……“福娃”出现了！这五个生动可爱的吉祥物，“北京欢迎您”中的“鱼、鸟、火、鹿”等的含义，标示着他们深刻的内涵。“鱼形福娃”贝贝传递繁荣，“大熊猫福娃”晶晶带来欢乐，“火炬福娃”欢欢象征圣火，“藏羚羊福娃”迎迎展示绿色奥运，“燕子福娃”妮妮带来喜悦。又过几个月，奥运火炬“祥云”诞生了，中国古代的书卷样式，上面飞舞的云朵，都代表着中华民族伟大的民族文化。而“鸟巢”、“水立方”等一系列体育馆的建成，时刻提醒着北京奥运会的到来与希望之火的燃烧。人文奥运，环保奥运，更是让人们认识到了奥运的新创举。古老的中国焕发着青春，正以我们的热情、我们的怀抱，真诚地欢迎着各国朋友、欢迎着一切热爱和平的人们。我们将秉承着“更高、更强、更快”的奥运体育精神，把体育精神发扬光大，致力于体育事业的发展，把北京奥运做成“绿色奥运、科技奥运、人文奥运”的体育盛事，为着世界、为着体育、为着和平，做出中国人的贡献！这次奥运会的举办，不仅仅是一次体育的盛会，它代表的是中华民族的崛起！奥运会的举办将推进国家的繁荣，中华民族将再次给世界一次震撼。奥运会的举办是国人的骄傲，是中华民族的骄傲！让我们为奥运喝彩！为中国加油！

全家人早早吃过晚饭，坐在电视机前，等待那一刻的到来……当看到电视里击缶画面的银光数字倒计时，也跟着喊了起来。尤其是孩子。我则拿出两个相机不停地拍着电视画面，为的是做个永久的纪念。升国旗、奏国歌时，全家也是忍不住站起来高唱国歌了，太激动了！太振奋人心了！太自豪了！特别是听到了“中国——加油！中国——加油！”我的心跟着一起跳动、一起激动。这是10万人的呐喊，不！这是13亿人民的呐喊。开幕式文艺晚会以美丽的横幅画卷作为主线，那长长的画卷在厚重的古琴中呈现并徐徐打开，《论语》“太古遗音”、四大发明、文房四宝、汉字、丝绸之路、飞天、武术太极、京剧锣鼓、昆曲唱腔、《簪花仕女图》、《清明上河图》、《本草纲目》等五千年灿烂而博大精深的中国文化，在写意和浪漫的交融中，以独特而唯一的中国语言诠释着，以最现代、最人文、最科技的方式淋漓尽致地展示着，充分地体现了中国人民用热情和纯朴来赞颂奥林匹克的伟大。一段段文明古迹在人们眼前闪现，一幅浪漫而抒情的

历史画卷，让我们重温了我国五千年厚重的文明史。不仅展现了我国悠久的历史文明，而且利用现代的声、光、电以及多媒体的多种现代高科技技术手段，表现了从历史的长河到梦幻的五环，达到了古老的东方艺术和现代科技的完美结合，达到了历史与现代的完美结合，古老的文明被注入了创新精神，焕发着蓬勃朝气，显示出了无限生机，彰显了中华民族的气魄，让全世界40亿人领略了中华民族的璀璨文明和文化精髓。美到极致，让人落泪。感动于如此精美绝伦的盛世华章，感动于古老中国的灿烂文化，感动于中国人的聪明才智，感受到了前所未有的泱泱大国风范、气势和内涵。以孔子的“三千弟子”吟诵“四海之内，皆兄弟也”的《论语》名句，以及“活字印刷”的“和”字的演变，都向世人表达了我们中华民族的人文理念，也就是我们奥运口号“同一个世界，同一个梦想”的历史诠释。“和”字是表达了中国是个和谐社会、中国热爱和平、国人与世界和睦相处、家和万事兴等理念。中国文化和为贵、和谐天下，中国文化在东方美学形式的展现中，宣示于天下的就是从古至今的和平，体现出和谐文明、和平发展的主题。情感被点燃，心灵被震撼，想象被激发，这是国人向世界展现实力的一次盛会，征服了国人更是征服了世界，各个国内媒体、民众以及国外媒体、民众无不给予高度评价和赞扬。

开幕式文艺节目太精彩和震撼人心了！开幕式以上古神话“夸父逐日”开篇，新奇的构思、绚丽的色彩、天籁般的音乐，展开了一幅壮丽、恢弘的画卷。那精彩绝伦、充满激情、豪华灿烂的演出，气势磅礴、盛大恢宏、四海惊艳的场面，美轮美奂、浪漫梦幻、瑰丽多姿的气息，呈现出天人合一的和谐之美，给人以最大的视觉听觉震撼，难有人望其项背，让人叹为观止。本次开幕式也创造了许多奇迹，有很多意想不到的创意和亮点。比如，开场的击缶场面，非常震撼人心！随着全场不计其数的参演人员变换的闪亮数字“六十、五十……十、九……三、二、一！”现场的气氛一下子被带到了高潮。同样震撼人心的就是表现活字印刷术的表演，那无数方块汉字跳得那么快、那么整齐，谁能想象到那仿如机器般的刻印，竟然是由演员来控制的！要知道，哪怕只有一个演员有所疏忽，都会造成整体效果的偏差！可是，我们的演员竟然一丝不苟地做到了，而且竟然表现得那么神奇！开始还以为是电脑制作的影像，但表演结束时，数千个小伙子探出头来欢呼！大家才明白了奥妙所在，全场立刻引发了炸雷般的喝彩。由数千人同时参加的团体太极拳表演场面蔚为壮观，2008 个队员一起表演太极，柔中带刚，刚柔并济。由我国著名歌手刘欢和英国出生的美国著名歌手莎拉·布莱曼在开幕式上演唱的主一首准备了5年的题歌《我和你》响彻夜空，宁静、空灵、飘渺、柔美、浪漫，仿佛天籁之音——如圣人之音啊，仿佛到了忘我的境界里。世界需要和平，世界需要发展，愿我们的社会更加和谐、安宁和繁荣。在3分多钟的时间里，两人用中文和英文合唱，配合得天衣无缝，获得了观众的喜爱。

运动员入场了。首先是现代奥运会起源之希腊代表团入场。然后，按照英文字母顺序，各国代表团依次进场。每当一个国家的运动员入场时，全场都报以热烈的掌声，向运动员们致敬。不同肤色、不同种族、不同国家的运动员都是满含微笑，手举本国国旗或者挥舞着奥运旗，他们拍照、挥手、给亲人打手机，甚至有两个男运动员把一个女运动员举了起来。他们很开心，因为参加奥运会是每一个运动员的梦想。205个国家运动员进场，花了很长的一段时间，有些国家阵容强大，有些国家只有3~5个人。最后一个国家运动员入场——本次奥运会主办国中国代表团入场时，整个鸟巢沸腾了，我们的国家主席胡锦涛站起来了，其他中央领导也站起来了，在场的所有华人站起来了，全场爆发了雷鸣般的掌声，经久不息，表达了对中国队的良好祝愿，观众拼命挥舞着手里的小红旗，闪光灯不停闪烁着，如银河落九天……每个中国人的脸上都洋溢着幸福、自豪的笑容……走在中国代表队最前面的旗手姚明和小小少年林浩引起了全场的轰动。一个是大名鼎鼎的美国休斯敦NBA篮球队的中锋，他成了构筑中美人民友谊的桥梁，一个是5月12日汶川地震发生时爬出废墟后又返回废墟将两名同学拉了出来的抗震救灾小英雄，他的先进事迹反映了灾区人民不屈不挠抗震救灾重建家园的精神和决心。本届运动会中国运动员阵容庞大，人数为历届之最，他们将参加所有竞赛项目的角逐。祝愿我国运动员在各项比赛勇夺金牌，创造辉煌。

无论身在现场、广场、家中、商店的人们都在电视机前翘首以盼，屏住呼吸，静静等待着那神圣的时刻到来——点燃奥运火炬……

人们一直在猜测点燃火炬的人是谁？当前国家队女排队长孙晋芳点燃最后一名火炬手手中的火炬时，我们全家人的眼睛都瞪得好大，怎么看也看不清楚是谁？当听完主持人解说时才恍然大悟，原来点燃主火炬的人选就是“体操王子”——李宁。李宁在1984年的美国洛杉矶奥运会上获得3金2银1铜的佳绩；1987年，李宁成为亚洲区第一位也是唯一的国际奥委

会运动员委员会委员；1999 年，李宁被国际体育记者协会评为“本世纪最佳运动员”。采集于奥林匹克运动发源地的古希腊奥林匹亚并融入了来自世界屋脊珠穆朗玛峰的圣火，经过海内外许多人的手手相传交到了他的手里。在圣歌般的音乐中，只见李宁接到圣火以后腾空而起，围绕着鸟巢的边延，凌空跑过渐次展开的“祥云书卷”，如“夸父追日”一般。他在空中“飞翔”一圈后，停住了几秒，想必在调整心跳，此时，万籁俱寂。稍后只见他，高举手臂，坚定有力地点燃了奥运圣火，刹那间，圣火熊熊燃烧，全场的观众沸腾了，掌声、欢呼声交织在一起，谱写出最新最欢快的乐章。李宁将二十九届奥运开幕式推向了最高潮。熊熊燃烧的圣火照亮了宏伟的国家体育场“鸟巢”，也点燃了全世界人民对奥运的梦想和期盼，照亮了亿万人民的心。这届奥运会开幕式用在空中行走的模式来完成这次的点火炬形式，别出心裁的想法和李宁不畏风险的精神，为这场视听盛宴画下了完美的句号。李宁这个已 45 岁、已是亿万富翁的男人，还如此奋发图强，经过艰苦努力，完美地完成了在空中“奔跑”、点火的高难动作，再一次登上事业的顶峰，舍身逐日，也是一种伟大精神的象征啊，“夸父追日”的古老神话是对奥林匹克精神的最好的诠释。

这一刻，我们等待了 100 年；这个梦想，我们魂牵梦绕了 100 年；为这一刻，我们准备了 100 年。李宁举着火把在鸟巢上空绕场一周奔跑，所到之处，观众的呼喊声、掌声响成一片，100 年的情感在这一刻爆发，人们欢欣鼓舞，热泪盈眶。奥运圣火点燃起来了，人们的心沸腾起来了，孩子们跳跃着、欢呼着……圣火在燃烧，激情在燃烧。举国上下，歌声与微笑，鲜花与掌声，一片欢乐的海洋。窗外响起了鞭炮声，焰火在黑夜里闪烁不停，绽放着七彩光芒，绚烂、璀璨之极，大江南北、长城内外……大街小巷、家家户户传出的欢声笑语……

2008 年 8 月 8 日晚 8 时，历史将永远铭记这个时刻。这是奥林匹克历史上的伟大时刻，也是中国历史上的辉煌时刻。2008 年的今天，我们以千年画卷向世界展示着中国 5000 多年的悠久历史，中国四大发明推动了世界文明史的发展，而中国的明天，要靠我们用更多的智慧、更多的汗水去打造！我们的祖国已经从东亚病夫发展到屹立于世界民族之林，我为祖国骄傲与自豪。回首中国百年追求奥运的历程，一个羸弱的民族、一个四分五裂的民族、一个千疮百孔的民族，今晚孔雀开屏般地展示了他的英俊、他的潇洒、他的健壮、他的善意、他的智慧，同时鲜明地预示着他明天的辉煌。每一个炎黄子孙此刻都会感到无比自豪，无比的历史责任感以及酣畅淋漓的扬眉吐气。北京奥运会开幕式的成功，让世界见识了东方文化的神韵，开幕式的成功，使中国首先得到了一块大大的金牌。这是一台完美绝伦的开幕式。

百年奥运，今朝梦圆！看完了奥运会开幕式，时间已经是 8 月 9 日凌晨了，而心情久久不能平静……

飞翔吧，刘翔！

从8月27日起，我就一直没睡觉，等着看刘翔决赛，等啊等，一直等到8月28日凌晨2：30……

那一刻，所有的中国人都在关注着刘翔。第一次站在古老的奥林匹克体育场110米栏跑道上，刘翔没有紧张，只有坚毅。全场一片寂静，似乎只听见人心脏的跳动声。人们翘首以盼，选手像箭绷在弦上，一触即发。"啪"地一声发令枪响后，8名选手飞出起跑线，这是世界顶尖高手之间的巅峰对话。刘翔像闪电掠过赛场，又像子弹出膛一般。当跨过第一个栏架时，他就取得了明显的领先优势。每前进一步、每跨过一个栏，其优势都在不断扩大。跨过最后一个栏架，刘翔暴风骤雨般以不可撼动的绝对优势第一个冲过终点线，成绩停留在了12秒91这个时间。这个成绩追平了英国人科林·杰克逊在1993年8月20日在德国斯图加特创造的12秒91的世界纪录，还刷新了由美国人阿兰·约翰逊在1996年亚特兰大奥运会中创造的12秒95的奥运会纪录。

当看到刘翔跨过最后一个栏后，当解说员声音颤抖地连说几个"刘翔"时，我的心跳加速，似乎要跳出来了……

啊！刘翔飞起来了！在2004年希腊的天空飞起来了。他横空出世、一飞冲天。他创造了中国乃至亚洲的历史，成为第一个获得奥运田径直道短跑项目世界冠军的黄种人，获得了亚洲人在男子跨栏项目的第一块金牌，并打破了100多年来欧美人的霸主地位。他创造了新时代的希腊神话。他是我们的奥运英雄。袁伟民说这是含金量最高的一块金牌，实现了中国田径队在奥运短跑项目金牌零的突破。国际奥委会主席罗格在闭幕日举行的新闻发布会上说："本届奥运会是标志着亚洲觉醒的奥运会。"刘翔为中国乃至亚洲赢得了荣誉，赢得了全世界的高度赞誉。媒体用"中国奇迹"、"亚洲飞龙"、"跨栏王子"、"追风少年"来形容刘翔，路透社更是称他为"国家英雄"。

12 秒 91，自有人类历史以来最快的 110 米跨栏成绩。时间仿佛凝固，定格在这一刻。这是一个值得所有中国人铭记的时刻。纵观百年奥运，黄种人从未进入直道短距离比赛，更谈不上获胜。曾被称为“东亚病夫”的中国人今天终于扬眉吐气了。刘翔的成功是个宣言，是中国真正走向体育强国的宣言。他刮起了红色旋风，他像一道红色的闪电划过天空。中国、亚洲沸腾了。人人都在谈论刘翔。就像主持人所说：“刘翔的眼里没有别的，但我们的眼里只有刘翔”。这个生于中国申奥成功日的人，注定要在奥运历史上成就一番事业，做着前无古人的事。

身披鲜艳五星红旗的刘翔兴奋地在奥林匹克体育场围绕一周，享受着来自 7 万名现场观众对他的掌声鼓励。历史会永远记住这一天。看他手举国旗在赛场上挥舞、狂飙……我热血沸腾、热泪盈眶，心里一下子涌出了那首《红旗飘飘》，嘴里不自觉地唱起了“五星红旗，你是我的骄傲，五星红旗，我为你自豪，为你欢呼，我为你祝福，你的名字比我生命更重要……”此情此景怎能不让人激动万分、欣喜若狂？无数的中国人在欢呼雀跃、为之振奋。

记者采访时刘翔激动地说：“谁说黄种人不能进前 8 名，今天我就要证明给他们看看！”在新闻发布会现场，他对外国记者说：我想改变你们一个观念，不要以为中国人或者亚洲人在短距离项目上不如欧美；我会告诉全世界：亚洲有我，中国有我。是的，他是中国、亚洲、是黄种人的骄傲。颁奖仪式上，当广播宣布他是 2004 年雅典奥运会男子 110 米跨栏冠军时，他高举国旗威风凛凛地一下子跳到了领奖台上，一个黄皮肤、黑头发的亚洲人登上了世界最高领奖台，12 秒 91，一个新的刘翔时代即将开始……

我的心久久不能平静，已是凌晨 4 点多钟我仍然睡不着。记得半决赛后记者问刘翔即将决赛有何想法时，他说：“明天不管了，拼了”！这就是运动员的拼搏精神和视死如归、超然物外、舍我其谁的英雄气概。我想，每个优异成绩的背后，无不是经历了种种艰难险阻、经过千辛万苦的磨炼。这个天才少年、神奇少年有着非凡的经历：13 岁进体校，16 岁从跳高改练跨栏；1999 年 3 月入选上海市田径队；2000 年 8 月入选国家青年队；2003 年第九届世界田径锦标赛首次确立了他在世界跨栏项目的地位。从此，田径赛场上升起了一颗闪亮的星星——在世界室内田径大奖赛、世界青年锦标赛、世界大学生运动会及亚运会等各种大赛中多次名列前茅并

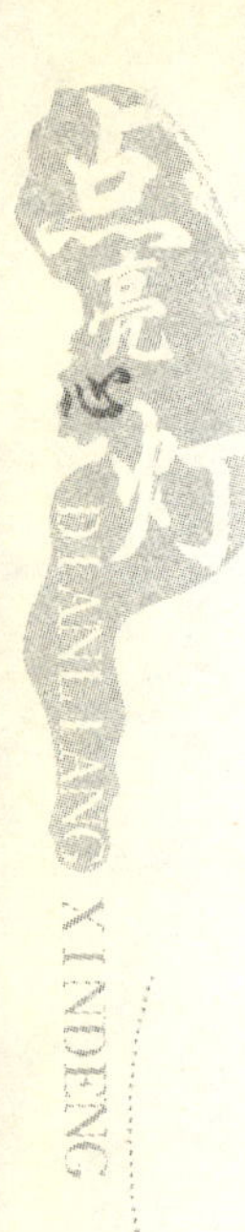

打破纪录。特别是2004年大阪国际田径大奖赛，刘翔击败阿兰·约翰逊夺得冠军。

一个大赛是一个台阶，他一步一个一个脚印走过来了，直至走向了世界最高领奖台。他所取得的成绩难道真是希腊众神的庇护嘛？答案是否定的，那是他多年来奋斗的结果。刘翔说："我一直把约翰逊当做是一个非常尊敬的前辈，所以赢他只是我的一个梦想。"约翰逊说刘翔是未来的"世界顶尖高手"，并公开预言他会在2008奥运会上"令世界震惊"。在他得知无缘决赛时他说"中国刘将成为我的'接班人'"。而科林·杰克逊在目睹了刘翔比赛的全过程后表示，过去曾认为只有阿兰·约翰逊才能打破世界纪录，但今天刘翔的技术性非常好，简直无懈可击，他是好样的……

是啊！刘翔是好样的。他的起跑、跨栏、冲刺近乎完美。

衷心祝愿他飞得越来越高，期待着他在2008年奥运赛场上再创辉煌。

爱上世界杯

世界杯，全球最火爆、最激动人心、最高级别的足球赛事，是四年一次历时一个月的足球盛宴，更是四年一次的美丽邂逅。

爱上足球，缘于老公。记得第一次看世界杯还是在墨西哥举办的那一届。那时我们正恋爱，每当逛街或者游览公园时，他总要对我说起当天的赛事。后来，即使他不主动说，我也会问他当天有哪些队参赛，结果如何，于是，他乘机说，那么你陪我看世界杯吧，这样，我两个（指我与世界杯）都能看到。我答应了，只有陪他一起看球才是两全其美的办法。渐渐地，我也迷上了足球，先是不懂，后来也知道了“越位”、“角球”等足球术语；也知道了贝利、贝肯鲍尔、罗西、普拉蒂尼、巴雷西、马拉多纳、罗马里奥、巴乔等著名球星。

以后的每届世界杯，不管是1990年的意大利之夏、1994年美国世界杯，还是1998年法国世界杯、2002年韩日世界杯。我都会挤出一切时间看，争取一天看一场，老公都没我看的多了。尤其是今年的德国世界杯，我花得时间更多，除每天看一至两场球外，还天天坚持写世界杯日志，为此，我还在世界杯开幕那天建立了博客，以便及时与朋友们在网上探讨。在博客中，我精心制作了一些有意思的标题，如：意大利，我心中的最美；阿根廷，我要为你哭泣；法兰西，渐入佳境；天边，最后一抹橙色消失等等。目前，我已坚持写了23篇（直道半决赛结束时），一天一篇。老公说我是假球迷，朋友说我是伪球迷。我说，自己充其量只能算个准球迷。为什么？因为我不是每场球都必看，也不是谁的球踢得好就必看谁的，我只按个人喜好看球。我看球，一个是爱看自己所喜爱的球队与球星踢球，另一个就是喜欢感受现场球迷的气氛。看那些自己所喜欢的球队闪亮登场，看着自己喜爱的那些球技娴熟、长相俊朗的球星展示精彩球技，真是一种享受。那个帅劲、酷劲，让人销魂。而现场球迷的唱歌声、呐喊声等各种助威声不绝于耳，声浪直逼人耳膜，仿佛世界上什么都不存在

了，唯一只剩下足球，那份忘我、执著、疯狂，让人深深吸引。

我喜欢意大利、阿根廷、英格兰、荷兰这4支球队以及那些著名球星。当然，最喜欢的要属意大利队及球星巴乔。

意大利足球甲级联赛是世界上最成功的职业联赛之一。意大利足球在近20年来，吸引了不计其数的忠实拥趸。老牌球星从罗西、巴雷西、多纳多尼到巴乔、佐拉、马尔蒂尼，新星则从托蒂、皮耶罗、维埃里到皮尔洛、托尼、吉拉迪诺。伴随着意大利的球星辈出，球迷们也是层出不穷……我便是其中之一。忧郁的巴乔，人称“忧郁王子”，一直占据我的心灵深处，永远忘不了他那忧郁的眼神与他那优雅的姿势。每当看到泛滥着亚德里亚海忧郁之蓝的眼睛，我觉得心都快醉了。1994年，看他在最后3分钟拯救了意大利队进入四强，令我刻骨难忘。

怀念阿根廷队的马拉多纳、巴蒂斯图塔时代。马拉多纳是上帝的骄子，用手都能把球拥进球门，不过当时他自己也许不知道。时人称“上帝之手”。马拉多纳从本方半场开始启动，一路眼花缭乱地盘带、过人，最后倒地卧射把球打进对方大门。全场的人都为他欢呼雀跃，如痴如醉。这届世界杯，马纳多纳到现场为阿根廷队加油助威，每当进一个球，他都会举着国旗，呐喊、狂叫、大笑，像个孩子似的跳跃着、欢呼着……而“战神”巴蒂是唯一一位在连续两届世界杯上演帽子戏法的球员。进球后他在球场上飞奔时的长发随风飘逸，真是酷极了！阿根廷新一代队员梅西和英格兰的鲁尼是当今足坛两道亮丽的风景，都是新球王接班人的当然候选人。梅西被认为是马纳多纳的接班人。

“橙衣军团”荷兰队，以全攻全守见长，是华丽的进攻足球的代表。他们亮橙色的队服充满了激情和活力。忘不了“三剑客”时代和有“冰王子”之称的博格坎普。1988年，“三剑客”率领荷兰拿到直到现在为止荷兰足球史最辉煌的荣耀，欧洲杯冠军。1998年世界杯，荷兰队给我印象最深的就是博格坎普。优雅、迷人的他，极具成熟男子的魅力和风范，成为荷兰女性的心中偶像。“三剑客”之一的范巴斯滕，现在是当今荷兰足球的统帅。

说起英格兰队，就会想起贝克汉姆、欧文、鲁尼等球星。而贝克汉姆人称“万人迷”，是引导时尚的足球明星。从青春的金发分头，到叛逆的莫西干发型，然后是纽约黑人式的小辫，贝克汉姆总是能够给他的崇拜者带来惊喜。他一向以那神奇的“右脚香蕉球”绝技著称，他被称为“西甲任意球之王”。而欧文在1998年法国世界杯英格兰与阿根廷比赛中，单枪匹马杀入对方禁区，打入精彩绝伦的入球。那天看着欧文无助地用手遮住脸、神情黯然地被担架抬下场，我的心情很悲凉沉重。而“天才少年”鲁尼长着一副娃娃脸，很可爱，是个大有前途的前锋。

齐达内是1998年法国队的神，他被球迷爱称为“齐祖”。他脚法细腻、优美、准确，场上视野开阔，善于把握场上形势。他被认为是普拉蒂尼的接班人，是法国队的中场核心。本次世界杯，他体力虽比不过年轻人，但他经验丰富、技术高超，记忆犹新的是当他被对方两名年轻队员夹击时，只见他轻轻一个转身就甩掉了对手。此外，还有德国的克林斯曼、卡恩，西班牙的劳尔，葡萄牙的菲戈等球星。克林斯曼被称为“金色轰炸机”，现在是德国队的主教练。门将卡恩留给我记忆最深的就是上届世界杯，凭借出色的表现，夺得了“金球奖”，他也是世界杯历史上首位获得该奖项的门将。

再说说让我感受至深的几次世界杯难忘之事：之一是1986年，马拉多纳在1/4决赛中攻入英格兰两个进球：第一个就是“上帝之手”，而第二个进球则被评选为世界杯历史上的最佳进球。也因为这两个入球，他被称为“一半天使，一半魔鬼”。之二是1990年，世界杯1/8决赛阿根廷对巴西，马拉多纳连晃3人，又引得对方3名后卫乱了阵势来阻截他，他乘乱一脚传球助攻破门——巴西出局。之三是1994年，意大利球星巴乔发挥神勇，进入淘汰赛后，他的进球先后帮助意大利击败了尼日利亚、西班牙和保加利亚，一路挺进决赛，但在同巴西的冠军争夺战中，巴乔在点球大战中罚失，留下了无尽遗憾；之四是1998年，齐达内在法国对抗巴西的决赛中2次头球破门，带队3：0完胜对手；之五就是2002年，中国队首次参加世界杯比赛，这可是第一次有了中国球队的世界杯。之六就是本届世界杯意大利与德国的半决赛，在最后3分钟，意大利连进两个球。

在激情火爆、活力四射的绿茵狂潮中，我们度过了一个个不眠之夜，领略了多少强队的风采，惊叹着一个个充满魅力的经典进球。四年一度的世界杯赛事承载了几代人的追求和梦想，也伴随着每一个球迷从稚嫩走向成熟。世界杯，让人难以忘怀。

悲情荷兰

今日清晨5点多钟，2010年世界杯决赛中荷兰队以0∶1败给西班牙队，大力神奖杯与荷兰队擦肩而过。我的荷兰郁金香，瞬间凋落，我悲从心来！荷兰队3次进入决赛，3次遗憾的输掉比赛，3次离大力神只有一步之遥，令人深深震撼，失望之极啊！

昨晚，与朋友聚会回到家中就没睡觉，一直等着看本届世界杯决赛，因为荷兰队，是我最喜欢的4支球队（意大利队、英格兰队、阿根廷队）唯一还在比赛的队伍，并且进入决赛，我一定要看的。

喜爱足球，缘于他。第一次看世界杯，还是在上世纪八十年代的那届墨西哥世界杯。那时我们正恋爱，即使在逛街或者游览公园时，他总要说当天的赛事。还要我陪他看世界杯，说是既要看到我又要看世界杯，没办法，只有陪他一起看球才是两全其美的办法。渐渐地，我也迷上了足球，也知道了“越位”、“角球”等足球术语，知道了贝利、贝肯鲍尔、罗西、普拉蒂尼、巴雷西、马拉多纳、罗马里奥、巴乔等著名球星。以后的每届世界杯，不管是1990年的意大利之夏、1994年美国世界杯，还是1998年法国世界杯、2002年韩日世界杯，我都会挤出一切时间看。特别是2006年的德国世界杯，我花时间最多，除每天看一至两场球外，还开博并天天坚持写世界杯日志。原准备今年继续写世界杯日志的，但上月因家母病重进行手术治疗，我一心一意伺候母亲，直至老人家6月底出院。家母住了21天医院，我每天都要去，有时还上夜班陪护母亲，所以本届世界杯开始时基本没看球，只在母亲出院后才得以看球。

看着自己喜欢的球队一支支离开本届世界杯，心里很苍凉，于是，看荷兰队夺冠成了最后的希望。

“橙衣军团”荷兰队，以全攻全守著称，被称为华丽的进攻足球。其球风硬朗，技术细腻，攻势旺盛。他们橙色的队服充满了激情和活力。忘不了“三剑客”，忘不了有“冰王子”之称的博格坎普。1988年，“三剑客”率领荷兰拿到直到现在为止荷兰足球史最辉煌的荣耀——欧洲杯冠军。1998年世界杯，荷兰队给我印象最深的就是博格坎普。他的优雅、迷人，极具成熟男子的魅力和风范。“三剑客”之一的范巴斯滕，也是上届荷兰队的教练。

在2010年7月12日这一天，无冕之王梦想再次破碎。荷兰队在1974年来到西德，一路狂飙，进14球仅丢1球，可惜决赛1：2负于西德队。4年后，以全攻全守风靡全球的荷兰人再次杀进决赛，却1：3不敌阿根廷队。两个东道主扼杀了荷兰人的两次梦想。这三次，荷兰人以及喜欢他们的人，成了世界上最痛苦的人，甚至比那些早已回家的球队更痛苦。因为他们六连胜的成绩无人能及；因为登顶在即却又一脚踏空。然而，这就是世界杯，也成了“世界悲”。因为，冠军只有一个，实现光荣与梦想的队伍只有一个，其余都是充满眼泪的失败。有时，离成功最近的失败，更是一种大的伤害，泪水无法抚平创痛。看到本届世界杯决赛结束时荷兰队10号队员斯内德那灰蓝色的眼睛噙满泪水，我心里也非常难受。为什么他的眼睛充满泪水，因为他深爱着那片多情的土地。本届世界杯上，斯内德无疑是表现最为出色的球员。尽管本届世界杯决赛上，斯内德多次传出威胁球，却无法帮助球队赢得冠军，但即便如此，斯内德在整届世界杯上的精彩发挥，依然让全世界称道。我相信，不久以他为首的年轻的荷兰队还会重振山河，4年后，一定会带着浓烈芳香的郁金香“卷土重来”！

别了，南非世界杯！别了，荷兰队！4年后，巴西世界杯，再见！

汶川地震，震痛了国人的心

下午，随同其他媒体去探望、采访我省几家大医院干部病房里的汶川地震灾区来皖治疗伤员以及家属。四川汶川大地震发生后，我省主动请缨救治伤员，并选择医疗条件最好的医院，提前准备了300张床位。5月25日，在卫生部统一安排下，103位伤员抵肥接受治疗。省委、省政府高度重视来皖伤员的救治工作，5月26日下午，省委书记王金山、省长王三运分别前往省立医院和安医大第一附属医院亲切看望慰问伤员。

这批来皖治疗的灾区伤员年龄最大的为82岁，最小的9岁，多属于骨科，来自灾区各县。各医院负责人表示：我们将最好的干部外科病区腾出来，安排最好的医护人员与医疗设备，还就病人心理疏导方面做了精心安排，对医护人员进行了如何与伤病员沟通的心理辅导培训。各行各业、各方人士都纷纷献出爱心，全力帮助灾区伤员；很多大学生当志愿者，为伤员排忧解难与服务，并与之亲切交谈；还听说了一些感人的事迹。灾区伤员深深感动，我们自己也被深深感动着……

今天，探访中巧遇伤员阿婆80岁大寿，我们去时，老人正在吃医院送的生日蛋糕，人们送来了献花、礼物为老人祝寿，老人开心地笑着……她孙女说，阿婆今年过了一个有特殊意义的生日，很幸福，感谢政府、感谢安徽人民。

探访中，我与一对夫妇、两对母子、两对父子以及80岁的阿婆与其孙女等人进行了交流。他们衷心感谢道：安徽人民对他们真是太好了，医务人员尽心尽力地治疗，各方人员予以无微不至的关怀。他们动情地说，天在无情人有情，全国人民、安徽人民为他们所做的一切，令他们深深感动。他们表示：等身体复原后，回去要振奋精神、全力以赴，在全国人民的帮助下，渡过难关，重建家园，加倍工作与学习，报答安徽人民、全国人民的深情厚谊。

2008年5月12日下午2点28分，四川地震了，震级8.0，中心位置在汶川。

当时，我正在位于23楼的办公室里上班，一边在电脑上浏览新闻，一边从相机里导出上午采访的照片……突然间，觉得天旋地转、头晕眼花，转了几次，我以为昨晚没休息好、午睡时间也短而导致头晕的，然后，我使劲摆了摆头，头还是在转，心里还难受，我立即趴到办公桌上。随即，同事说他好像是高血压病犯了，头也在晕。我的第一个反应就是地震了。我立即对同事说，不得了！肯定是哪里地震了，我们立即下楼，这里很危险！于是，我随手拿起相机（因职业敏感），同时带上手机，以便应急使用，但一分钱也没带。走到楼梯门口，其他同事也说头晕，我们赶紧进入电梯飞奔下楼。其实，这是个致命的错误。地震常识告诉我们，这时要走楼梯或者选择面积较小的房间躲藏。我们的电梯虽然很快，下一层只需一秒钟，但23层高至少也要23秒钟啊，加上等电梯及下电梯的时间，时间真是来不及。我们是慌不择路啊！想想很后怕！

下到一楼大厅，蜂拥的人群在奔跑，快速远离大楼。保安很吃惊，因为一楼一点反应也没。此时正值上班高峰，楼前马路上的公交车、出租车、私家车里的人都在看着大楼里不断飞奔出来的人群，不知发生了什么事情。我立即打电话通知家人与朋友，尤其是弟弟，因为弟媳妇怀有身孕行动不便，让他们赶快跑到空旷地带。其他同事说，28楼的电脑、水杯、吊灯都在摇晃，他们害怕极了。正巧，一辆汽车鸣着汽笛呼啸而来，人们以为出了什么非常重大的事件，很紧张、恐惧……引颈翘首时看清，原来是“120”送急救病人去医院……

过了一会，20楼的同事跑回大楼办事，随即又下来了，说上去后楼还在转、头还在晕，他们又立即跑下来，我们暂时就不再敢上去了。不久，同事收到了短信，说是四川汶川地震了，婆婆也打来电话说电视上播了是四川发生地震，而且余震不断。此时，不断有人群涌向市府广场，都是从附近高楼下来的。据说，10层以上的高楼都有震感。一时间，人们议论纷纷……我们就在楼下一直等到下午4点多才上去。

汶川，我是去过的。2001年到九寨沟旅游，来回都是经过汶川的。那里山清水秀，风景优美，但地形很险峻。公路的一边是陡峭的大山，另一边就是低于路面几十米而水流湍急的岷江，有段山路边上还没有防护围栏。返程下山时，汽车飞奔在这样的路上，真很害怕，大家一再要求司机

开车慢点。如果稍不小心，就会连车带人跌入路下几十米深的岷江中啊。在我回家后的第3天吧，就有一辆载有香港同胞的中巴车跌入岷江，车上人员全部遇难。真是可悲可叹啊！

那次旅游，从九寨沟去都江堰途中，因报社临时有事通知我必须尽快赶回来，因此就没有再跟随旅行团继续去旅行而提前回家。于时，就在汶川那里中转了一次车。长途车站是在一个坎子下面，车子出来就要爬坡，门口的公路比车站院内地势高。因乘车时间还早，我决定在城内转转。城内有一条不大的街，为较典型的西南县城模样，路面因下雨而满是泥泞，显得路面较脏，但民风纯正、质朴。路边有很多小商店及小摊贩，店主很热情也很随和，大部分是羌族人，也有汉族人，卖着当地的一些土特产，比如民族服装、药材、牦牛骨制造的各色工艺品等。我在一个稍大的商店前停顿了，店主立即迎出来，笑容可掬，说着带方言的普通话，问我想买什么、有哪些用途。我环顾四周，对他说，想买一些当地的工艺品准备带回来送给亲朋好友。他就拿出很多样品给我仔细挑，最后，我买了几把牦牛骨的梳子与几个发卡。随后，在一家小吃店吃了一碗牛肉面，店主依然很热情好客，看我是外地人，便问我去哪里，我说去成都，她还特地多加些面，说路途远下顿还不知我何时在何处能吃到饭。真很感激她，多么善良的人啊！于是，边吃边聊。上车时间也差不多快到了，便起身去汽车站，坐汽车到成都双流机场。车上，遇到一位羌族姑娘，眼睛较大，双眼皮很深，睫毛蜷曲着，眼线很长，眼角略上翘；鼻梁较高，且中部略拱起，颧骨有些高；脸色虽有点黑但呈现着特有的高原红，一笑起来，真美，是那种特健康的美。听说她是当地导游，几个外地游人便请她唱当地民歌。她豪爽地唱起来，一首接着一首，众人就在她的歌声里到达目的地。

由于当天没有直达合肥的飞机，只好转乘到武汉的飞机。到达武汉天河机场，搭邻座老总的顺路车去武汉市区。但武汉也没直达合肥的飞机与火车，只能在武汉从高速公路坐大巴回来。那天坐飞机，心里特别紧张、害怕，因在“9·11”事件之后没几天，大约是9月16日，安检也特别严，所有液体都不准带，连牙膏都不准带，我把香水都扔在了成都双流机场。上了飞机，所有的人都面色凝重。飞机起飞时，大家都双手紧握，心中默默祈祷着，祈祷着上苍保佑众生平安。当时成都还在下大雨，雨点打在机壳上，犹如打在头顶、打在心上……

待到飞机飞入万米高空之后，一遍金光，艳阳围绕在飞机周围，壮哉！而从飞机上俯瞰四川的平原与盆地，美极了……

时光如梭，几年过去了，没曾想，汶川因天灾而变成了废墟……

深深震撼！痛心、悲哀……我多灾多难的祖国啊！我坚信：在党中央与政府的坚强领导下，13 亿颗心凝成一颗心、拧成一股绳，一定能建设一个更加美好的新四川。

难 忘 2008

2008，就要过去了。站在新旧交替的历史节点上，回望来时风雨路，我始终在这里与朋友在一起，相互依偎，相携前行，彼此温暖，铸就坚强。

“这是希望的春天，这是失望的冬天……”也许没有、再没有哪一年能像2008年这样切合狄更斯的描述。说它好，说它不好，都坚持用形容词的最高级。

2008，是令人震撼的。

这一年里，我们国家经历了太多的磨难，罕见冰雪冰封南中国，汶川特大地震，金融海啸的肆虐，谢晋导演的意外辞世……也有很多的收获，奥运成功举办，神七历史性飞天，两岸三通的实行……这些多年罕见的事物，都在2008，在中国做了一次大集结。2008，太多的悲伤与喜悦填满我们的记忆。泪水与坚强，离别与团聚，爱心与责任，勇气与尊严……使中国人在即将过去的一年中，都有了更加深刻的切身体验。但是，正是有了这种经历，我们中华民族这种同舟共济、自强不息的美好品质才更加熠熠生辉。而这些，也正成为中国人民战胜一切困难、创作美好生活的强大动力。

2008，自己也经历了太多的喜怒哀乐……

尽管表面上很乐观、开朗，甚至竟有人认为我很阳光，但那只是表面上的。事实上，我天生是个悲情主义者，内心充满忧伤，也常常处于矛盾之中。

夜晚来临，最喜欢一个人在静夜里看书、写字、弹琴，听自己心灵对话，看那古典诗词里穿越尘封岁月而来的人与事，做一个古诗词浸染的水边伊人，临水照花，轻抚雅琴，陶醉清音，写花儿繁盛的快乐、水滴清澈的忧伤……还喜欢在冬日里，一个人静静地看着雪花飞舞，这时，思绪飘渺，灵魂开始出窍，飞舞空中。看人世间的繁华，与自己的落寞。也像一个人站在舞台一角，静静观望。伟大与渺小，崇高与卑微，热闹与冷清，奢华与淡雅，快乐与悲伤……看那一出出戏剧上演，原以为只是看别人的故事，终于明白，其实，那里都有自己的影子，无论怎样的角度都逃不掉，我们每个人都成了别人眼中的风景。一段结束，是另一端的开始。生，是死的开始；死，是生的轮回。人生就是一出戏，每个人都戴着面具，带着自己的秘密。每当夜深人静时，独听内心的回响，像面对冬日的最后一朵玫瑰。凄美而深情，绝望而无奈……

人生，有太多的缺憾。不能倾诉，只能沉默。有些事情，我们无法主宰，手足无措，只能冷静面对。因为痛与无助，才使生命有了体验。生命，其实很脆弱，不能承受之重。黑暗中，生命自生自灭，犹如一场烟花，灿烂而短暂；亦如流星划过，瞬间的闪亮之后是永久的黑暗……

一脚已经踏进2009年的门槛，另一脚还在2008年徘徊。新年的钟声马上就要敲响。在这辞旧迎新的日子里，我希望自己能从忧伤中走出来，不要作茧而缚，积极调整心态对待人生、对待生活。用温暖拭去泪水，用坚强慰藉伤痛，从容对待生活中的宠辱得失。心，因此变得柔软而感激。

逆境与苦难是一笔财富，能磨炼人的意志。

月有阴晴圆缺，人有悲欢离合与旦夕祸福。人生的道路不是一帆风顺，事物的发展也不是一成不变。人生有喜有悲，有曲折、有平坦，所以要做好思想准备，遇到不顺心时，就能坦然面对。虽然改变不了命运，但是我们依然热爱生活，因为，生活总是美好的！

观 日 食

这周开始休年假，目的当然是在家观日食。本来还想去市府广场，一怕人多，二也不想跑路。况且咱这里不是最佳位置，老天也不作美——昨晚还是大雨磅礴。因此，还是在家看电视转播吧。

为看这次日全食，昨晚就在网上查阅了大量的资料，了解了日全食的一些相关知识。何谓日全食？日全食是日食的一种，即太阳被月亮全部遮住的天文现象。如果太阳、月球、地球三者正好排成或接近一条直线，月球挡住了射到地球上去的太阳光，月球身后的黑影正好落到地球上，这时发生日食现象。在地球上月影里的人们开始看到阳光逐渐减弱，太阳面被圆的黑影遮住，天色转暗，全部遮住时，天空中可以看到最亮的恒星和行星，几分钟后，从月球黑影边缘逐渐露出阳光，开始生光、复圆。由于月球比地球小，只有在月影中的人们才能看到日全食。而今年的日全食在7月22日，是我国长江流域一带出现了近百年来持续时间最长的日全食。据中科院紫金山天文台事前预报，此次日全食是从1814年至2309年在中国境内全食持续时间最长的一次日全食，全食时间最长可达6分39秒。日食发生时间大致从上午8时53分开始，至12时18分结束。今天的日全食，据说是一场世纪视觉盛宴，百年难得一遇，是近百年来全世界能观赏到的日全食中持续时间最久的一次。

这是一个稍纵即逝的盛况，就像绚灿至极的烟花，或者划过夜空的流星，拥有最极致却也最短暂的瞬间。不过也正因为如此，才吸引无数天文爱好者趋之若鹜。即使不是天文爱好者，也会在这天凑个热闹，赶这场盛会。就如每年一度的新年烟花，临江城市的一些酒店、宾馆的房间都被早早预订一空。有的人，把这一天定格成了一辈子的记忆，也有的人，从这一天起，开始迷上了天文，成为发烧友。这便是生活的乐趣，有盼头的生活才能有滋有味。

早上起来，只见天空灰蒙蒙，没有一丝阳光，天公一点也不开眼。8

点，打开电视机，看央视十套直播。全国有 4 个直播点：四川成都、湖北武汉、安徽铜陵与浙江安吉。据介绍，本次日全食有三大特点：一是最精彩的全食持续时间很长。就全世界范围来说，本次日食是从 1991 年 7 月 11 日到公元 2132 年 6 月 13 日这 141 年间，全食持续时间最长的一次日全食；二是整条日全食带扫过区域大。全食带东西长 3000 千米，南北宽最窄处 226 千米，最宽处 251 千米。日食带首先从不丹国西边进入我国西藏南部和云南西北部，随后扫向四川和重庆，接着进入湖北和安徽；又向东扫向江苏和上海，最后从浙江的舟山群岛入海而东去；三是这次日全食发生在我国人口十分密集的长江流域，四川、重庆、湖北、湖南、安徽、江西、江苏、浙江等省市的部分地区都能观赏到日全食。

我一边看着，一边拍着电视里的精彩画面……城市、郊外，到处都是人看日食的人们。老天一会儿是阳光灿烂，一会儿是乌云密布，我的心儿也随着那太阳沉浮着……那时，很多人或拿着望远镜、或用专业相机、或手举着胶片往天上看去，看那个照耀着万物的、散发着光辉的圣物一点点“消失”。日全食开始时，太阳开始出现缺口，渐渐缺口变小，慢慢，整个太阳被月亮完全吞噬了，之后，天空又慢慢变亮，出现了美丽的“贝利珠”，接着，又慢慢看见太阳了，整个过程大概持续了 5 分多钟。

感受最深的就是武汉美丽的夜景（应该是白夜）与安吉的日全食。只见黄鹤楼高高耸立于蛇山之上，双层耀眼的霓虹灯在夜空里璀璨辉煌，远处一桥飞架南北的武汉长江大桥也是霓虹闪烁。当安吉上空的太阳将要被月亮完全挡住时，在日面的东边缘会突然出现一弧像钻石似的光芒，这就是天文学家所说的“钻石环”。所谓“钻石环”，是指日全食时阳面及离开太阳面，此时太阳光便有可能在月球上较凹的位置漏出，在刹那间形成一颗光珠，而这便是“贝利珠”了。贝利珠加上色球层，状似一颗钻石戒指挂在天空上，因此这便成了所谓的“钻石环”现象。它犹如漆黑的天幕下一个巨大的金灿灿的戒指一般，那样引人注目、那样光芒闪耀，人群沸腾了……有人说，如果男人在这个时刻求婚，那所有的女人都会答应的。因为这是百年一遇的奇观展现。是啊！人生百年，长寿者 80、90 岁，最甚者兴许百岁，可是百年一遇的奇观又有几何？何况这还是用太阳做成的“钻戒”呢？

我还兴冲冲地跑到自家阳台上去拍天空，天越来越暗，越来越黑，最后，彻底如黑夜一般……孩子很兴奋，一会儿冲着天空喊叫，一会儿欢呼

雀跃。对我说，妈妈，你看那太阳像什么？我也非常开心。因为是从小到大，好像还没有看过日全食。小时候，无数次听过外婆说天狗吃太阳、吃月亮的故事，如今，得以亲眼目睹日全食的奇观出现。日全食，真是一种相当壮丽的自然景象，太神奇了！孩子还打电话给她外公，问外公家的小狗豆豆在天又黑时是怎么样的表现。外公说，豆豆从没见到过这样的天色。白天突然变黑了，它吓得跑进狗窝，还觉得不踏实，就赶紧躲在外公的腿边，偎依着外公……短短5分多钟过去，白天又来到了人间。调侃一句：白天，也终于懂了夜的黑。

太阳的光辉从来都不是月亮所能遮住的，而今天，月亮却在瞬间遮住了太阳那耀眼的万丈光芒，让整个世界的生灵在同一时刻为之惊叹、震撼！神奇极了！

平安夜里逛街乐

因最近要出专版，这期报我要做好几个版，因此，晚上必须加班。女儿来办公室找我，要去买东西，再者说是感受平安夜，于是，便陪她去逛街。

街上，真是人山人海，马路边、树丛里、广场上，到处都是人。车也多，各交通要道都增加了警力。市府广场搭建了两个舞台，周围聚集了观看的人。要想穿越市府广场还必须绕行。路上，不时有人手拿烟火放着，有的往空中抛去，有的还竟然绕着圈玩要着……问女儿可要买着玩，孩子说她长大了不玩了。大部分都是年轻人，头戴各式圣诞帽，或拉手或相依，一路欢声笑语，也有部分中年人。最好玩的是头戴面具的人，行人纷纷侧目看他们，继而互相哈哈大笑，可谓“相看两不厌”。

我们先去一个水饺店吃晚饭，之后去“商之都”。人也多。路过电影院，人很是一个多字了得。如不是带着孩子，真想去看电影，我只想在电影院看电影。20 天前，在此与外地友人看了《梅兰芳》。很惭愧，影评至今还没写完。到达商场，女儿买了东西，然后在二楼看看衣服就下来了，不想再去挤。随后，又返回原路，女儿说再去步行街看看。经过基督教堂，本想进去看看，可门内门外，挤满了人，只好作罢。

又顺路去“鼓楼商厦”，随便转转，商场要关门了，于是赶紧出来。

夜晚 10 点多了，步行街竟然还是人山人海，可谓摩肩接踵。真是年轻人的天下。年轻情侣手挽手、青年学生三五成群……卖圣诞礼品的、卖玩具的、卖衣服的、卖小吃的，还有卖宠物的，各种小商贩充斥其间。突然一抬头，看到一个巨大的狗，高高地坐在台子上。浅棕色，毛茸茸的，几乎看不见眼睛。开始我还以为是玩具狗，谁知其主人一声吆喝，它抬起了头。人们都“啊!”了一声！吃惊感叹道：这么大的狗啊！问其主人，说其类为松狮狗。人们纷纷用手机拍照，我也忍不住拿出相机拍它……走着看着，看到一个“圣诞老人”，我让女儿看他，他立即笑嘻嘻站着给我拍

照。走到一家买玩具帽的摊子前，女儿很兴奋，不停地翻看着各式帽子，于是让她自己挑选，就给女儿与侄女分别买了一顶玩具帽。随后一路前行，来到本市年轻人喜欢的时尚前卫的大型商场——百盛。门前树立一个特大型圣诞树，有好几米高。我又拿出了相机……

商场里充满了节日的气氛，墙壁贴着圣诞宣传画，顶棚装饰着花环、彩球与雪花模板，连顶灯也缠绕着花，每层布满着各式圣诞树……据说今晚要营业要明天凌晨3点，有限时抢购，商品打5折以下。因此，人很多。逛街其实很累，一般我不逛街，除非要买东西，或者与友人一起。转了一个多小时，一分钱也没花。孩子说喝水，于是就到地下超市。给女儿买了很多食物之后便返程。未曾想，午夜，合肥的街头竟然还是人声鼎沸，霓虹灯闪烁。还没到市府广场，就听到了放礼花的声音，原来已经凌点，到圣诞节了。

打车回家。小区门口也挂满了彩灯与红灯笼，在寂静的夜里格外耀眼，一个圣诞老人在门口恭迎着。小区里面也是彩灯闪烁，宁静的小区夜半人静，间或几家灯光亮着，像是等待夜归的亲人……

到家，已整整零点又五十分。哦，夜真深了，该入眠了……

2009 年的第一场雪

2009 年的第一场雪，来的有些早，但满心欢喜。这场大雪从昨晚一直下到今天晚上。

昨天中午与一帮文友吃完饭，下午 2 点开始加班。一下午都没出办公大楼，直到昨晚 9 点多下楼准备回家。谁知，推开大门，只见雪花漫天飞舞，欢喜极了。于是，一路走去。因打车难，就一直走在雪地里走着……走到三孝口博物馆处，正巧一辆出租车在身旁嘎然停住，原来有人下车，我立即上了出租车……

走进小区已经夜晚 10 点多了，雪也大了。我一边在小区里慢慢走着，一边旋转着伞，伞上的雪花也旋转着飞下来，好玩得很。看到小区茂密的树丛上、高大的乔木上、汽车上、草坪上……都是白雪，很是兴奋。赶忙拿出随身带的相机，选择不同的角度拍摄着……偶尔遇到回家的邻居，他很惊奇地看着我在忙活着……

今早还没起床，就听到外面一声吆喝：看雪景了。立即起床，打开门窗欣赏着雪景……又恋恋不舍地去洗漱，完毕后又拿出相机抓紧时间拍照……

白茫茫一遍真干净！这是一种无比纯净的静美啊！每当去观雪景，我都不敢随意走动，生怕践踏、惊扰了这个纯洁的精灵。虽说，春的多情、夏的火辣、秋的成熟，都有各自不同的美，可我独爱这纯色的世界。

上班路上，坐在车里还在扭头贪婪着看着车旁的雪景。风儿吹着雪花上下飞舞，路旁的行人身着五颜六色的衣服在白雪的映衬下越发鲜艳，车子驮着厚厚的积雪宛如蜗牛般缓慢地行使，低矮的灌木丛上是厚厚的一层“雪被”。两旁高大的梧桐树与广玉兰，有的被大雪压弯了腰，仿佛向行人致敬，有的枝梢折断了，好比鸟儿断了之翅膀让人心痛……梧桐树深绿色的树叶很茂盛，它没有经过初冬的凛冽寒风吹拂，一下了从宜人的金秋迅速进入白雪皑皑的寒冬，不能适应吧。树叶虽是深绿，但已没有了光泽，

只是干涩着、卷曲着、颤巍巍地在寒风中哆嗦着……在雪的压迫下显露出满面憔悴，直看得人心生怜意。这让人不免想到那些被岁月摧残的花，比如老舍《月牙儿》里的人物。

办公室里已有了暖意，因为前几天政府已经决定提前供暖，比往年提前了19天啦！真是史无前例！在本次大雪来临之前，政府就积极应对，提前做好了相关预案。

傍晚从晚报社排版回来，随便搭同事的私家车回家。在车子预热时，我赶忙跑到报社的院子里，发现一大块还没人迹的雪地，欢喜地做着儿时在雪地里玩的游戏——用双脚在雪地里踩出轮胎印。做了两个半圆的轮胎印，同事喊上车了。玩心很重，是不是？我认为是童心大发啊！

下车后，我没打伞，边走边胡思乱想……雪花随意地钻进头发里、围巾里、眼睛里，我还用手去接着雪花，然后看它慢慢融化在手心里，尽管手指头被冻得通红也在所不惜……今天一天都没打伞，就是想充分感受雪花拂面的感觉，或者忧伤的、或者欢喜的、或是幸福的……

刚走入小区门口，突然，前方香樟大道几米处传来“嘎吱”一声，一棵香樟树断了。离我只有几步之遥。好险啦！多么好的香樟树！可惜了啊！如果这香樟树都断枝了，还能被小区人称为香樟大道吗？我立即对保安说，赶快找人把树枝上的积雪都扫掉，否则，后果不堪设想。其实，物业公司在白天时就应该组织人员清理小区树上的、路面的积雪。一路往里走，一路都是厚厚积雪，有些辅道上还散落的断树枝，没人清理吗？天气预报说明天是零下2～4度。我想，如果是负责任的物业公司，一定会在明早居民上班前派人清扫积雪、清理树枝，还小区居民便利的道路啊！

快到家门口时，遇到一位送报纸的女工，与她打着招呼说：你最辛苦啦！她嘿嘿一笑说，没什么，就是要把读者的报纸如期送到。话很平常，但令人心生敬意！早上上班前，车在预热，一位清洁工阿姨主动来帮着清扫我家车上的积雪，我连声谢谢，真感动极了，并不是因为她帮我家车子清扫积雪的缘故。每天清晨，当人们还在睡梦中，而像这位阿姨一样的劳动者就开始了一天的工作。其实，一个城市正是有他们这些基层劳动者的辛勤劳动，才有我们这些所谓白领的舒适整洁的工作环境与美丽优雅的家园啊！这难道不令人感动吗？这个世界上本来就没有以高尚或卑贱来区分的职业，只有高尚的人与卑贱的人。做基层的、卑微的职业的人不一定就是卑贱的人，反之，做高尚的职业也不见得就是高尚的人。唯有人的心灵高尚，我们才说这个人是高尚的。

我爱白雪，我更爱拥有雪花一样冰清玉洁的灵魂的人们。

下雪的时候，最喜欢雪夜里靠在床头看书。

那年的一个雪夜，看着日本作家川端康成的《雪国》，时光飞逝，竟不觉已是后半夜，撩开窗帘，只见窗外鹅毛大的雪片，飘飘洒洒，真像走进了作家笔下的雪国世界，我流连忘返……此时，城市的喧嚣、红尘的纷扰皆已远去……

每每立于雪中，仿佛听见了姬神的《雪谱》。听着这空灵的乐曲，使人灵魂净化、心神安宁。自己宛如变成了一朵轻盈的雪花，飘啊飘，飘到了玉宇琼楼，飘入了仙境……但又有种孤独缥缈的意境与凄清忧伤的感觉，因为那空灵的声音中透露出淡淡的悲凉。这朵不染尘埃的雪花，在即将落下大地的刹那，在天空飞舞、旋转，美丽得令人悲伤。它是如此的易逝，甚至在人们还没来得及伸出手时，它便已消失得悄然无踪。众里寻他千百度，蓦然回首，那人却在灯火阑珊处嘛？它是那么的无助，那么的无法抵抗。如此短暂的生命啊！我只有也只能在沉静的夜里，独自品尝着心中无法磨灭的伤。

烟火人间

选择生活在城市，是因为认同城市的气质精神，爱上她多元开放的价值取向，怀有实现梦想的可能性，加一点醉人的灯红酒绿，城市给居民带来对美好生活的期盼和多种生活方式的选择，这就是选择生活在城市，这就是城市的魅力所在。

——《生活在城市》

合肥·望湖城小区

山之子

巍巍高山，青青松柏。高山上的微波站如同雄伟挺拔、苍翠葱郁的高山松，年复一年地扎根在高山上，屹立于赤日炎炎的夏季，屹立于风雪飘摇的冬季。

岁月悠悠，时光荏苒。那些常年坚守在高山微波站的人儿热情永驻，他们为祖国的通讯事业值班站岗，一站就是二十五年。二十五年，足以使一个嗷嗷待哺的婴儿长成朝气蓬勃的热血青年。二十五年，在历史的长河中只是弹指一挥间，而在人的一生当中却是极其珍贵的，也是极其漫长的。人的一生能有几个二十五年？二十五年风雨无阻，遇到雨雪天，车子不能上山就步行几十里的山路走到站上，崎岖陡峭的山路弯弯曲曲。他们二十五年如一日，在那默默地奉献着青春，奉献着岁月，不图名不为利，辛苦只有蓝天知晓，艰难只有高山作证。

曾几何时，初建的微波站是何等的荒凉，生活设施简陋，生活水平低下，文化生活贫乏、枯燥（除了电视还是电视，即使电视内容不好看也非看不可，因为要监测电路质量），存在就医难、恋爱难、子女上学难、就业难等重重困难。山路崎岖陡峭，坎坷不平。下雪天，路更难走，天地一片银白，分不清到底哪儿是路，只得手拿竹竿小心翼翼边走边探索，一不小心一个闪失都会掉下悬崖。如果遇到接连几天的大风雪，不能下山去买菜，没有菜吃，他们只得就着咸菜啃馒头，或者一天三餐都吃清水面条。长时间的守在机房中，受着微波辐射，忍着阴冷潮湿，微波人身体受到了损害。听着高频的啸叫声，有些人经常耳鸣；长时间的监测电视，使得许多人眼睛有了毛病，发胀、模糊、怕见强光。夫妻分居两地，一个月才回一次家。妻子一人在家既当妈又当爹，要工作，要忙家务，要培养、教育孩子，重活累活干不动，老人没人照顾，孩子缺少父爱……这些，难道妻儿不怨？亲人不悔？可是他们从不抱怨，不抱怨山高路远，不抱怨交通落后，不抱怨生活清苦，不抱怨夫妻分居两地……

青山依旧常青，松柏依然挺拔，而他们的头发却已花白，身体也有些弯曲。但是，大山上的微波人却无怨无悔，依旧坚守岗位，用那颗对通信事业赤诚的心，一如既往地坚守在通信生产第一线，这是怎样崇高的一种精神啊！这就是微波人“艰苦奋斗、无私奋斗”的精神！在微波人奉献的同时，他们的亲人也在奉献着！越是节假日，他们越忙碌。越是人们轻松舒服休闲之时，却是他们紧张繁忙之际；越是人们合家团圆欢聚之时，却是他们远离亲人之际。每逢佳节倍思亲，可是他们为了更多人的幸福只得忍痛割爱。

在每年中央电视台举办的春节联欢晚会上，主持人都要道一句：“向坚守在全国微波干线上工作的同志们表示深深感谢，你们辛苦了！”一句平常的话语，可又是极不平常的话呀！人们没有忘记微波人。听到这句话，微波人心潮澎湃，泪水涌入双眼，心里充满了自豪和骄傲。正是因为他们，全国人民才能看到画面清晰、伴音纯正的电视节目。

青山不老，岁月依旧，通信事业后有来者。80年代，第二代微波人进驻了大山。年轻的微波人以前辈为榜样，发扬“艰苦奋斗、无私奉献”的老微波精神，开拓着通信事业的新天地。

山区自有山区的美丽，微波人自从进了山就爱上了大山。我曾在父亲上班的那个山头站工作过五年时间。那个站海拔480多米高，地处大别山区。远远望去，群山蜿蜒，连绵不断，宛如少女手中舞动的长绸，茂密的山林郁郁葱葱一望无际。最美的要数雨后的晴天，登高远眺，极目望去，尽是满眼的云；一道绚丽的彩虹挂在天边，青黛色的山峦在无边无际的云海中显得朦朦胧胧，一阵风来，云雾散去，一切尽收眼底，蓝天、白云、青山、绿水、松柏、翠竹、小溪……风景优美如画。一会儿，风去云雾复归，一切又都在云雾之中，空灵飘渺仿佛到了仙境。我沉醉了，这就是我心中的“黄山”！

二十多年过去了，大山上的绿衣人也溶进了大山的性格：沉稳、质朴、淳厚。有着山一般的挺拔、庄严和伟岸。

我爱大山，更爱大山人。我自豪，曾是山中一员，自诩为“山中一只红杜鹃”。

此时此刻，我坐在书桌前默想：历史是公正无私的，历史不回忘记他们。高山作证！他们与高山同在！

向山一样的人儿深深敬礼致意！

伴着绿色的风

小时候最喜欢绿色。绿色是生命的颜色，也是生命的象征，绿色带给人无限希望。那时最向往的职业是能和千里之外的人对话的话务员。也喜欢爸爸的绿色邮电服，尽管当时的工作制服是老式样的。

爸爸由部队转业到邮电局。那时我刚上小学一年级，经常同妈妈一起到爸爸局里去找爸爸。有时放学以后我独自一人跑到路口等着爸爸下班，然后和他一起回家，拉着他宽大的手问东问西，然后趁他不注意就偷偷地把他的工作帽戴在头上，神气活现地在镜子面前走来走去。因帽子大，戴在头上一不小心就弄歪了，马上纠正好，又装模作样地拿起小木梳当做话筒并说："喂！你好！这里是邮电局。你要哪儿……"妈妈看到后又好气又好笑，连忙拿下帽子边拍边说："这是你爸的工作帽，千万不能弄脏弄杯！"

那年我到爸爸工作的山头微波站上班了，终于当上了邮电职工、穿上了绿色制服。我那个同邮电结缘的梦终于如愿以偿。

走上工作岗位已整整十年了。十年的岁月不算长，但也基本过了工作年龄的三分之一。十年来，对职业的选择是无怨无悔的，尽管没有当成话务员，但同样是肩负着神圣的绿色使命，同样能把千里之外的电磁波接收、放大、传送至很远的地方。

那个山头站距县城 38 公里，外加 15 华里的山路。海拔 480 多米高，虽然比不上崇山峻岭，可是对我省山头微波站来说，它是最高的微波站，条件也最艰苦，但苦中有甜有乐。我在那里工作了一段时间。平日里就是日常维护，清理机架卫生，每两天测试一次，认真做好电路的巡视、监测、记录工作，始终保持电路畅通无阻。逢到重大会议召开、外宾来华访问以及重要节假日都得全部守在站内。越是有重要的通信越是坚守岗位。别人最清闲时就是微波人最紧张、最谨慎、最繁忙的时候。而最重要的也是最为紧张的就是每年一次的三天设备大检修。白天睡觉，睡到夜里11点，职工们便从梦中连忙爬起，拿着碗、敲着碟到食堂吃夜餐。在寂静的夜空中喊上一嗓子："开饭啰！有好吃的啦！"夜餐是水饺、肉丝面、蛋炒饭、五香蛋之类。深夜11点半所有人员全进机房，推车子搬椅子，拈仪表拿工具。有的站着，有的坐着，有的干脆坐在地上。一切准备就绪，正副站长、电路负责人、班长、组长、线员各就各位，进入一级状态，只等电路中传来一声命令。开始检修直至次日凌晨3点半。

最为特别的是山上的夏天和冬天。炎热的夏季来临，山上倒不是很热，可滋味不好受。因为那儿"特产"很多，如大蚊子、大苍蝇、大蜻蜓、大蚂蚁、小铁虫等。大的是平原区的两倍，小的不能再小，肉眼几乎看不清。大蚊子黑底而白章，虽然飞速很慢，如果它看准了，便像轰炸机一样俯视下来，咬得你措手不及，又痛又痒起个大硬疙瘩。严冬到来大雪降临。雪覆盖着山野，天地间一片白茫茫，分不清哪儿是天哪儿是地。站内组织大家集体扫雪，除了我和另一女孩，全是清一色的男同胞。扫完道上积雪，我们几个青年人开始堆雪人了。先用雪搓搓手，继而滚大雪球，做好雪人的头和身体，然后拿来两粒黑色的扣子作它的眼睛，用一截竹竿作鼻子，找一块木头染成红色作嘴巴，再用一个小盆当帽子扣在它头上。雪人做好了，站内的孩子们也加入进来，我们手拉手围成一个圈把雪人围在中间，跳跃着欢呼着……那高兴劲就甭提了。

那段时光很惬意，也很是令人怀念。最不能忘怀的是那四季的山野。春天的山野美极了。绿中有红，红中有绿。绿色的山，绿色的树、绿色的竹，漫山的红杜鹃，间或有几株幽兰，一阵风来，红杜鹃笑了，露出灿烂的脸庞，幽兰也笑了，吐出一缕沁入心脾的馨香。我拿着笔和纸，漫步在山间小道，顺着春风追赶太阳，寻找思绪捕捉灵感。夏夜的山风吹得凉爽舒适。黛蓝色的夜空挂着弯弯的月牙，远处只有几点零星的灯火忽闪忽闪着，田里传来此起彼伏的蛙鸣，我可欣赏夜幕下的山峦。秋季里登峰远眺，天高云淡，从山麓到山顶看到的是不同的色彩，由黄色逐渐向绿色过渡，层次分明，依次是褐黄色、红黄色、黄色、青黄色、青色（绿色）。这时我就疯得不行，在落叶上打滚转圈，找一大把蒲公英，然后鼓足一口气使劲地一吹，那些毛茸茸的朦朦胧胧的小伞样的精灵落得我一头一脸。冬日里白雪皑皑银装素裹。树枝上、竹梢上、屋檐下缀满晶莹剔透的冰凌，好似到了玉宇琼楼的仙境，又如到了白雪公主的童话中。我可在雪地里堆雪人、滚雪球、打雪仗。那些日子都已远去，而那四季的迷人山野却深深印在我的心中。

如今，我离开那儿已经好多年了，再回首那长长的岁月，仿佛就在昨天一样。虽然远离大山，但不会忘记那些美好时光，会用自己真诚不变的心来怀念它。

怀念二叔公

早上，父亲打来电话说二叔公于正月初二在台北与世长辞了，享年98岁。父亲老泪长流，我一边劝说，也是心里阵阵悲凉、无限感慨……

二叔公，父亲的二叔，爷爷的同母胞兄。1948年去了台湾，至今再也没回过大陆，这是二叔公一辈子的遗憾。父亲也是再没见过二叔公，这也是父亲一辈子的遗憾啊！原计划是2009年我带着父亲、姑姑、叔叔一起去看望二叔公的，可是因种种原因未能成行，至今，还在等待那边的探亲邀请函。

因战乱，在爷爷很小时曾祖母就离开老家了，后来遇到二叔公的父亲，收留了曾祖母，后来有了二叔公。几年后，二叔公回到老家，与爷爷在一起。曾祖母一生也只有大姑奶奶、爷爷与二叔公这三个孩子。

二叔公，后来考上了南京军官学校，1948年从南京直接去的台湾，此后杳无音信。在上世纪特殊年代，每逢重大政治运动时期，爷爷都被当做审查对象仔细询问一番，后来确实没发现与二叔公有任何蛛丝马迹的联系，父亲才能如愿去部队、并且加入党组织。父亲说，二叔公离开时他还是孩童，只记得小时候见过二叔公一张没戴军帽但穿军装的照片。即使这样，这也是父亲对二叔公最深的印象了。

1980年以后，两岸关系松动。二叔公写信回来找他的大哥——我的爷爷，这封信从香港辗转到了父亲手中。全家人极其震惊、欢喜。可惜，爷爷已在60年代就去世了，父亲于是写回信一一介绍家中情况。此后，年年都书信往来。每年，二叔公都要给他的嫂子——我的奶奶寄1000元零花钱直到我的奶奶去世。至今，也还给我父亲他们兄妹三人每年寄钱补贴家用，我们不要都不行。1988年，二叔公的妻子——二奶奶带着大堂姑回来探亲，二叔公因特殊原因未能回大陆，亲人终于团聚了。那一刻，那是怎么样的心情啊，千言万语在一躬！

在二奶奶第一次回来时，二叔公给我们几个孙女每人都带一个玛瑙手镯作为礼物，我开始时是一直戴着，后来因为抱女儿不方便就拿下来珍藏着，等孩子大了不需要抱了，我又戴在了手腕上，直到2009年春，在一家茶楼因地滑我摔倒了，可是那手镯碎成5节，好似是冥冥之中有神助，我的胳膊没受任何伤，只是大拇指因指甲崩断而血流不止。我想，是手镯保住了胳膊，否则，一定骨折了，别人也是如是说。至今，那断了的手镯我也是珍藏起来。在与店家谈判赔偿时，我说，这个手镯的意义非凡，它是无价的，承载了我们家几代人的心愿啊！通过熟人调解，商家赔偿了高于本身价格的两倍，尽管是该商家的代金券。因茶楼是朋友的朋友开的，不好剥了朋友的面子。

后来，二奶奶又回来了一次。往后，就一直保持书信联系。等到两岸实现“三通”后，每逢中华民族重大传统节日，如春节、中秋节与端午节时，父亲他们兄妹三人都要与二叔公通电话。在2008年与2009年两年的中秋佳节之际，父亲先与二叔公通话，接着我与老人家通话。我两次与他通电话，老人口齿清晰、反应很快，思维很敏捷，他让我抽时间去台湾玩，还询问大陆建设情况。我说，二爷爷，每逢佳节倍思亲，现在大陆建设很好，日新月异，欢迎您老人家回老家来看看啊！他说，我多想回去，做梦都想回啊，可是70岁以后也不给坐飞机了，回不去了啊！老人边说边叹气，大家心里都很难受，无不为之动容啊！

二叔公，由于军人出身，身体一直很硬朗，很少生病，头脑也十分清晰，思维很敏捷。在2008年当他96岁高龄时，据说每天还打8圈麻将。没成想，就在年前，父亲与那边通话，得知二叔公生病垂危，都不能说话了。亲人们十分着急，但也无济于事。我们因故也不能立即前去探望，只在家中为二叔公祈祷着……谁知还在年里，海峡那边便传来噩耗。呜呼！老天，你怎么不开眼啊，让二叔公带着遗憾而去啊?！老天，我恨你！

二叔公，我与父辈们商量，今年在清明节前后，一定与父亲他们一起去台湾祭奠您！二叔公，我们想念您！二叔公，我们永远怀念您！二叔公，愿您在天堂里一路走好！

祝福你，外甥！

今天很开心，中午与上海回来的朋友相聚，下午与弟弟、女儿一起去参加外甥的高考答谢宴会，他考上了"一本"重点学校，亲朋好友都去为他庆贺，还有好几个亲人专门从外地赶回来。为此，他家专门设定这个宴会款待大家，总共摆了20桌酒席。

外甥名叫小玮，自小学习成绩就非常棒，每次考试成绩在班上都是前几名。3年前，他高考成绩在全县名列前茅，考入省城著名高中，学费也全免，为家里省下了很大一笔开支。别人要想上这个学校，成绩要达标不说，每年还要上万元的费用。这孩子自尊心也特别强。即使偶尔几次没有考好，父母也不怪他，而他总是把自己关在他的房间里，把考卷重新做一遍，直到做出正确的答案才出来吃饭。你说，这样的孩子，学习会不好吗?

小玮长得非常英俊，与前些年非常流行的电视剧《流星花园》里F4的扮演者台湾明星朱孝天非常相似。个头已经1.76米，他才18岁啊，还能长高的。此外，他很非常喜欢踢足球，个子肯定能长高的。平时在学校，只要下午最后一节课结束，他一定去踢球的。我想，以后，他肯定是个非常高大帅气的小伙子。在他参加玩高考后的第二天，我问他：你在大学，如果被哪个星探发现，让你去参加表演，你怎么办？他回答说，我才不想那样呢，大学期间，我还是专心致志自己的学业，然后才是其他。多好的孩子啊！多么好的回答啊！

岁月悠悠，没成想那个曾经顽皮的孩子已经长大成人，上大学了啊。记忆非常深刻的一件事，就是在某些方面他不但有心而且胆子还特别大。比如，还在幼儿时期，大约三、四岁吧。人家说，昆虫有营养，他便留心了。有天，当他在操场上玩耍看到蚂蚱时，他飞快地一把抓住蚂蚱，然后一下子放入嘴里，随即吞入肚子里，大人都吓死了，赶忙撬开他的嘴，如果迟了，后果不堪设想。有好几次，蚂蚱就被吃进肚子里了，只好送医院……

时光荏苒，小玮也长大了，那些幼稚的行为再也不会发生了。

我非常喜欢这个孩子，小时候就常给他买玩具、食物；上学后，几乎每个学期都给他买礼物，比如书包、书籍、衣服等。今天，又给他带去了一套美国品牌衣服。他非常高兴，当场就换了这套衣服参加宴会。他现场发表了即兴演讲，感谢家人，感谢现场所有来宾。他说：首先感谢我的父母，是他们给了我生命，并为我操碎了心；感谢至爱亲人，你们对我无微不至的关怀；感谢所有帮助过我的亲朋好友们……没想到小时候在人面前还很腼腆的小子，如今很会说话啊。在这个人生关键的时刻，他也发挥得很好。我私下对他说，也要感谢你自己，因为你的努力与付出，才考上重点大学的啊！

在他即将踏上新征程的时候，我衷心祝福他！祝福你，小玮！祝愿你在以后的人生路上越走越好！！！

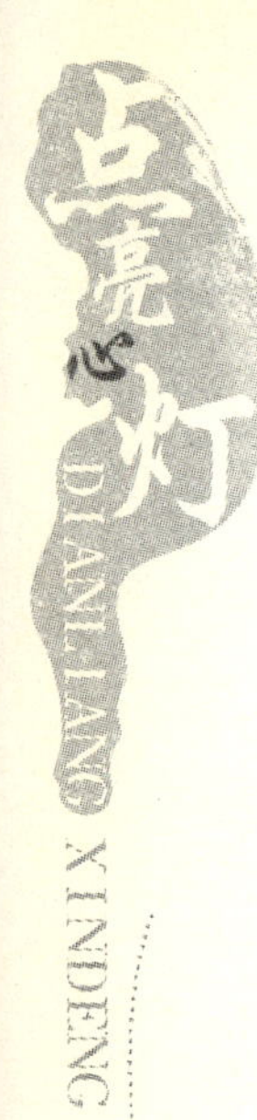

这一刻，很感动！

昨天出完报，原本去学琴，之前还要为孩子爷爷过散生日，但突然接到弟弟电话，说弟媳妇已进产房，要做剖腹产，赶紧打电话给孩子爷爷以及老师解释清楚，之后打车飞奔医院……

弟弟结婚已经10年，但由于工作繁忙，他们就一直没要孩子，为此，双方家人都不停地催促。去年，终于有了这个宝宝，整个家族都欣喜极了。盼啊，盼啊，宝宝今天就要出世了，但因弟媳妇属于高龄产妇，不得已只有施行剖腹产。

接到弟弟电话后，立即打电话给在那家大医院的同学，请她帮助照顾弟媳妇，同学连忙赶往医院（当天她不坐班），又找了妇产科的医生，然后我们就在那个门口耐心等待。弟媳在里间手术室，我在中间值班室，弟弟等人在门外……快下午6时，一名护士抱着一个新生儿出来，便走便喊，谁是某某家属。我听到是叫弟媳妇的名字，急忙迎上去。护士把孩子交给我抱着，即刻，我的心飞腾起来，母爱油然而生。这颗心再次沸腾，第一次是为我的女儿，第二次就是为弟弟的孩子啊。这一刻，太感动了！我是我们家族第一个抱这个孩子的人。我幸福极了！我立即喊来弟弟，让他来看，多么可爱的孩子啊！粉嘟嘟的小脸，浓密的头发，皮肤很白（不像一般的孩子刚出世时皮肤都很红），太可爱了！女孩，七斤一两，真是“千金”啊！旁边看的人也十分喜爱这个孩子。他们说，这孩子真漂亮啊！是啊！我真幸福，为弟弟高兴啊！也很幸运，能在整个家族中第一个抱她。

我就喜欢孩子，如果不是计划生育，我肯定要生一群孩子的。有时，我就遐想，在海之滨、水之湄，一个栽满鲜花与竹子的院落，我与他一起，除了带孩子，就是与他看一样的书，听一样的音乐，欣赏同样一幅画……没有过多的物质追求，只想与他能在一起抛弃红尘，观日出日落，赏花开花落……让一杯清茗、一壶淡酒、一阕宫商、一缕清风、一片翠竹、满院花香，填满我们的未来岁月啊……但这都是痴人说梦了。

昨夜，我一夜没睡，在医院一边陪护弟媳妇，一边照顾新生的侄女，今早8点才回家休息。当时医生告诉我们，剖腹产后的24小时内尤为重要。由于是下午5点多做的剖腹产，因此，到第二天的下午5点才满24小时。在这24小时内，为防止产妇肠粘连，需要陪护人员每间隔10分钟就要用手为产妇轻轻按摩腹部给予刺激，况且，产妇虚汗多，又是夏天，我就要不停地为弟媳妇擦汗。另外，宝宝也在房间里，还要不停地照顾孩子，并时时更换尿布，所以，我整夜都不能休息的。不过，为了这个孩子，我这么做，很值得，很欣慰。也为双方老人，更为弟弟啊。老人不能熬夜，弟弟工作又忙，今天又忙了一天，也很辛苦的。我做姐姐的，理所当然要帮他。这么做，我毫无怨言，为着弟弟做点牺牲，没什么。今晚，是妹妹陪护，明晚还临到我，后天，弟弟说自己陪护……我们就安排轮流值班了。其实，弟弟很忙，有两份工作要做，他也许晚上来不了医院陪护，我还是做好继续陪护的打算——即每隔一晚上我就来陪护，尽管我白天还要上班。弟媳妇住院7天，我要陪护4天的，如此才安排过来。

我决定以后为弟弟的这个孩子尽量多做贡献，尽我所能。宝贝，我永远爱你!

激情燃烧的冬日

——亲历小团山香草农庄记事

今天，与本市一大帮文化名流前去参观肥西小团山香草农庄，主人就是曾经做客新安文化沙龙的台湾郭中一教授。

我们从夏天就策划了这项活动，因一直很忙，过了秋天，到了冬天才得以实现。

我们一行18人、5辆车，可谓浩浩汤汤。同行的有作家、记者、编导、诗人、机关宣传处长、大学校长、幼儿园园长等等。旅居合肥的宿州籍著名漫画家吕士民也一同前往，人们兴趣盎然，一路欢声笑语不断……

大家在美丽的黄山路相约，途径政务新区（因长江西路修建高架桥需绕道），然后到大蜀山脚下，沿着去六安的省道飞奔，到达那个叫小庙的乡镇往左转至肥西的近路。不久，看到一块“香草农庄”字样指示牌，于是顺着这条道直奔农庄而去，身后尘土飞扬……

坐在车上，脑子想着有关农庄的一些事情。这个农庄经营者之一郭中一教授祖籍合肥，前几年，他就来到了小团山上垦荒，而小团山是当年台湾首任巡抚刘铭传当年的练兵场，这里离刘铭传故居不到800米。据说，郭教授的重祖父曾是刘铭传家的私塾老师，他的父亲在这里出生，所以这里是他的故乡。郭教授可是学贯中西的人物了，是留美博士，又浸淫国学，还教物理学，为台湾东吴大学物理系教授，儒家入世和道家出世的两面情怀在郭教授身上都得以体现。其兴趣广泛、著作等身，同时他又是台湾反对“军购”、反对台独、多次游行示威活动发起组织者。

一边想着还不时看着车两边的风景……突然，只见远处的山坡上，一处风格独特的白色的大屋子呈现在眼前，我大声说着，看那房子！知道那就是农庄了，因为在网上看过照片。它不远处是一大片彩色相间的植物，或深绿或金黄或深红或紫色，它们在没有消融的白雪的映衬下，美极了！

到达农庄，郭教授早已迎候在门口，大家一一握手亲切交谈。郭教授依然是一头卷发，皮肤已经不像夏天时那样黝黑了，红润得很。国字型脸上两道浓眉下的大眼睛晶晶亮，写满了笑意。他身着米色中式盘扣衣服，挺着将军肚，巍然如军人一般。

农庄门口，树立了一块重建小团山的牌子，上面介绍了农庄的相关情况。此农庄由台湾十几位教育、文化、科技界的股东组成的农业开发公司经营。他们期望达成植基于自然的理想人文环境，采取保育生态的有机农耕，对自然环境采取略作人工点染而又不失野趣的处理，由人文的感染、科学的规划而营造出寓教于乐的环境。

牌子后面是一方水塘，池塘里一棵柳树在风中伫立着，摇曳的柳枝仿佛与远方来的客人热情地打着招呼。一泓碧绿的池水虽在冬季，却也有春水的明丽、妖娆，更为奇特的是，水面上竟然静静地浮着很多碧绿碧绿的睡莲，可惜没有花了，岸边散落着三两赭红色的石块与嫩绿的水草……看的我心醉了，犹如置身于江南的深深庭院中。

抬头望去，只见一排赭红色的巨型岩石围绕着农庄边缘，一个像古城堡一样的建筑物巍然耸立在山顶，几道瀑布从高高的岩石上飞落而下……

农庄里，有几处建筑物。入口处的营业部，主体建筑就是从公路上就能看见的那座白色楼房，还有一个就是这白房子边上、那个在山顶上像古城堡一样的水塔。水塔由上下两部分组成，上半部为蓝色的圆锥体，也许是为了防冻，外面裹着一层黑色保暖物；而下半部为长方体，用赭红色的砖砌成。水塔高高地耸立在赭红色的巨大岩石上，在蓝天的映衬之下，让人仿佛回到了中世纪的欧洲。那城堡里的人如今还有谁在？

而那个白色的建筑物，被称为“徽风欧韵协同住宅”，由台湾大叶大学徐纯一教授设计，兼采南欧与徽派建筑风格，好似不中不西、不古不今，正是因为如此，却也是亦中亦西、亦古亦今，可谓独树一帜、风格独特！全国也怕是绝无仅有的。

没多久，六安文友一行3人也开车赶来了。人们随着郭教授进入池塘右前方的农庄营业部——香草展销部。

营业部与迎宾室、餐厅合二为一。一进门，映入眼帘的是左边白色墙壁上写满了密密麻麻的名字，都是来此游玩者的签名。大家高声感叹道：哎呀！这么多名字啊！于是，纷纷寻找着熟悉的名字，每当找到一个便说道：哟！他（她）也来了啊！之后，好友马丽春笑着说，你们还不赶快去签名吗？人家便争先恐后前去签上自己的大名。最好玩的是，漫画家吕士

民老师是画自己来此一游的。先画后写，这是他的独创，在所有来此签名的墙上还没第二人这样做。在我签完之后他就在我的名字上面做起设计了，吕老师说是为我设计名片的，感谢他的好意。

进入营业部的第二感觉就是觉得很香，满屋的香味。这是农庄种植的香草散发出来的。快步走入香草展销区，有香草枕头、各色香袋，还有干香草都装在一只只小的塑料袋里，看着那名字都觉得香，如“迷迭香、百里香、薰衣草、柠檬香茅草、甜万寿菊、猫薄荷、勿忘我”等等，还有玫瑰，大家闻着、摸着那些香草，都很沉醉。于是，纷纷买了几包带回去或送亲友或自己留用。还有一些人买了盆养的活的香草回家，我也买了一盆迷迭香带回。这些香草都是能吃、能泡茶喝的。喝了一杯香草茶，真乃唇齿留香啊！那种香甜的感觉如果没喝过是说不出来的。

此后，大家合影留念。由电视台王正导演拍 DV，而北影摄影系毕业的符荣拍摄照片。大家开心极了，一边大声与摄影者打着招呼，一边做着各种姿势拍照。这是一个开心的时刻！更是一个激情燃烧的冬日！

跟随着郭教授来到香草种植园，他一一介绍着各色香草，并详细地介绍了名字、特性、功效、药用价值，以及一些典故与传说，同行的文人纷纷拿出纸与笔记录。有些香草开始时闻不到香的，人必须动手，即用手去捋一下叶子或枝条，你便满手都是扑鼻香。不信，来试试？大家纷纷伸手“摸香”，果然！典故与传说很多，只记得那个有关“百里香”的。16 世纪一位吟唱诗人，称“百里香”的香气为“破晓的天堂”，因为它闻起来清新迷人、自然舒服，有如天堂般的纯洁美丽。这个与古希腊最美丽的女人海伦有关。海伦，可是个具有传奇色彩的美女啊，据说那个史无前例的历史名战“特洛伊战争”就是因她而战，她是全希腊也是整个西方历史上最美的女人。

希腊神话中，百里香是海伦的眼泪。倾国倾城的海伦，是斯巴达王后丽妲和天神宙斯所生的女儿，由于她非常美丽，追求她的王公贵族不计其数。养父斯巴达国王为了避免大家为了争夺海伦而战，就将她嫁给了新任的斯巴达国王梅尼劳斯，成为斯巴达王后。没多久，一位英俊的特洛伊王子帕里斯来到斯巴达，一见海伦，就为她深深着迷，他想尽一切办法接近海伦，对她吐露爱意，海伦也被他的英俊所吸引，不自觉地爱上了他，于是两人相约逃往特洛伊。可是，他们哪知道这场私奔却引来了长达十年的特洛伊战争。当特洛伊灭亡、帕里斯战死之际，海伦不禁凄然流下了晶莹的泪珠并落地幻化成百里香，而泪珠在她脸庞轻轻滑落的神情，令许多战士神魂颠倒并誓死保护她。因此，从那时起，百里香就被赋予勇气和活力的象征。妇女在心爱的武士出征前，会送上一枝百里香，传达爱意和鼓舞对方的勇气，期望上苍能带来勇气和平安。思春的少女在衣裳上绣上百里香的图案，或身上配戴一株百里香，便意味着要寻找爱人，等待追求者的示爱；害羞的男人，只要喝杯百里香茶，就能鼓起勇气，追求所爱。

之后，我们到达那个主建筑屋——徽风欧韵协同住宅参观。这个住宅是供旅游者居住的。既有西方住宅的私密性空间，又有中国传统住宅的开放性堂屋。它的门可谓奇特，并不是中式坐北朝南，在一面墙的中间部位开门，而是设在两面墙之间的夹角。郭教授笑着说他们称之为“歪门邪道”。进屋后，右边是一个长廊，左边是客厅，其正面墙上是一方巨大的大理石拼图，好似一幅巨大的墨绿色与白色相间山水泼墨图。据说，这房子的做工非常讲究。郭教授为我们详细介绍了相关情况。在一些墙面故意做拙，墙面也不粉得平整，留些有些规则的凹凸纹路，目的是追求古朴，但与之相对的那面墙又做得非常平整，如此，形成强烈的对比，从而达到一种绝妙的效果。有一间屋子的大理石地板的缝隙处也衔接得非常巧妙，几面都是按45度与直角来衔接，可谓匠心独运。最为独特的是，堂屋一张大桌子，其上看不见钉子，是把铁钉打进去后，从台湾买来木头做的钉子钉进去，外表看起来与桌子面板是一样的平整。郭教授介绍说，大陆目前还没有这样的做工。楼房的每个房间都很特别。最喜欢那个两面都用玻璃做墙的那个房间。即使靠在床上也能一眼望见周围的风景，太妙了！临离开那间房屋时，我还笑着说，下次来一定要住这间。里面还设有一间教室，是郭教授夫人——庄老师双休日为周边孩子免费上英语课的地方。有时，郭教授自己也为孩子们讲授国学，他还把《诗经》中的植物种在农庄，好让学生们认识。他把书本中的知识搬到活生生的现实中，这种做法太神奇了，也真值得当今的教育工作者深思啊。他倡导新式教学方法、新式生活理念，令人耳目一新。

在随着郭教授参观每间房子之后，我没有随人流继续走，而是独自去了楼顶。

站在高高的楼顶，极目望去……惬意极了！啊！多么美！

——蓝天、白云、远山、近树……天，蓝得那样纯净。对面山顶，没有消融的积雪在阳光下熠熠生辉，弯弯曲曲的公路蜿蜒着向远方伸去，一

些村庄或远或近分布周围，还有几处水域，远的深蓝，近的碧绿。远处，一桥飞架南北，后来得知是合肥至武汉的一段高铁线路。

猛然，看到了我在公路上就见到的彩色植被。连忙下楼，飞身前去探望：原来，深绿的是松树、金黄的是万寿菊、紫色的是勿忘我，而深红的则是小路（红砖铺就而成）……

在此处遇到符荣，原来，她与另几个文友在此照相，也兴冲冲邀请我加入其中。她是摄影专家，我本人虽然喜欢摄影、并拍了多年照片，还负责报社的摄影任务，但她是科班出身，有些技法很独到，值得我好好学习一番。

午餐，也是本次小团山之行难忘的。很多菜肴都是加入农庄所种植的香草制作而成，使原料本身的层次感大增，香味更加浓郁，还具有提神醒脑等突出功效。比如，香肠、清蒸鱼、纯羊肉、红烧排骨以及炒菜等等，吃得大家口吐兰气、流连忘返……

到了小团山香草农庄，真像是到了又一个世外桃源。

这次小团山之行，要感谢三个人——舒翎姐、马丽春主任与程耀恺老师。舒姐第一个发掘采访小团山垦荒之事，马主任召开沙龙使大家得以认识郭教授，程老师是本次活动的联系人与接待人。

忘了问郭教授，这个农庄名叫“香草”，是因为种植香草取名还是源自《圣经》。《圣经》的《旧约·雅歌》中就这样写到“……我的良人哪/求你快来/ 如羚羊或小鹿在香草山上……”

看着照相机里的本次所照的260多张照片，那些难忘的人、难忘的事，将永远珍藏于内心深处。

寻找回来的快乐

——参加蚌埠“找回童年”纳凉晚会随感

（小序：那天，在珠城讲课，当地文友得知后便邀请我参加当地的作家聚会——“找回童年”盛夏纳凉晚会。晚上没事休闲一下也好，于是，欣然前往。）

童年，人类的摇篮。童年，人生中最快乐的时期，是美好、纯真、无忧无虑而又充满乐趣的，童年，对一切充满强烈的好奇心和求知欲。童年的快乐，永存于人的记忆深处。

那晚，龙湖岸边，垂柳摇曳，晚风轻柔曼妙，湖水荡漾，轻拍着堤岸，月儿好似躲在云妈妈的怀里，羞涩的不肯探出头来，丛林里的青蛙“呱呱呱”似乎在为众人的欢歌笑语伴奏着，鱼儿也被人们的笑声吸引着跳出了水面。天公也是作美，天气预报说有阵雨，可是只是去的路上有零星小雨，却也增添了几分诗意。

那龙湖是在白日里去过的。那次在为当地人讲授写作课后，听说我喜欢水，他们说当地有个最大的湖——龙子湖，总面积约7.8平方公里，有“中原西湖”之称，还是国家AAAA级旅游景区、国家级生态示范区和省级风景名胜区。我很惊奇：北方还有那么大的水域吗？他们便带我去看那满湖的水。那几日气温很低，凛冽的寒风啸叫着，也没挡住我前行的脚步。初冬季节，岸边的垂柳只剩下细细的枝条，风儿吹着，湖面泛起涟漪，白色的湖水没有了春日的明媚与神韵，但还是被那湖水深深吸引。不远处，直立着江淮分水岭南北分界线标志塔。

在这个夏日里，我们洗去铅华，丢掉琐事，抛弃烦恼，找回那曾经快乐无忧、心灵纯净的童年时代。如今，在这物欲横流、急功近利的时代，更需要那份内心安宁，那份冰清玉洁的纯真、纯朴与纯美！

节目开始之前，大家纷纷合影留念，我等几个女子排成一列，摆出各种姿势照相，一会儿，几个小伙儿也加入进来了。节目内容丰富，形式多

样，有唱歌、朗诵、游戏等，如“老鹰捉小鸡”、“单腿独立”、“双簧”、“走模特步”、“丢手绢”、“大合唱”等等，精彩纷呈，妙趣横生，队员们踊跃参与、轮番上阵。

第一个节目是游戏“金鸡独立”。参与者悬空抬起一条腿，只用一条腿站立，双手平举，看谁站得时间长，最后落下脚的为胜出者，有奖。第一批男子汉神采奕奕地上场了。主持人喊预备——开始！只见5个男人屏住呼吸，大家齐声数着“一、二、三……”数到“三十”，第一名产生了。奖励他一只香蕉，其余的人罚喝一瓶啤酒。第二个节目，是“丢手绢”。众人手拉手，围成了一个很大的圈，席地而坐，我因为穿着高跟鞋不便坐，只好蹲着。大家唱起了“丢，丢，丢手绢，轻轻地放在小朋友的身后，大家不要告诉他，快点快点抓住他，快点快点抓住他”的儿歌，恍然间，回到了童年的时代，找回了童年的幸福时光……

君娃的民族舞蹈跳得棒极了，那天，她穿着粉红花色的蝴蝶衫翩翩起舞，宛如花仙子一般；画家齐大师一头长发，乌黑发亮，老让我想起歌曲《穿过你的黑发的我的手》中的黑发，一副典型的艺术家打扮，乘着酒兴，他表演了“贵妃醉酒”；报社丁老师，是个儒雅的帅男，他声情并茂地朗诵了柳永的《雨霖铃》，更把晚会推向了高潮。因这首词是我的最爱，此词为抒写离情别绪的千古名篇，也是柳词和宋朝一代婉约词的杰出代表，于是我就点了这首请他朗诵。清夜里，仿佛看到千年之前的那个残月照耀的夜晚，一个男子离开汴京与恋人惜别时的情景，缠绵悱恻，凄婉动人……多情自古伤离别！

最好玩的当属老李大哥与几个人演的“双簧”，他一会儿宛如姑娘害羞状、一会儿又是金鸡独立，一会儿又扮作儿童玩着游戏……众人皆被逗得捧腹，哈哈大笑着，我也忍俊不禁。好一个老顽童哟！

留给我记忆最深的就是文波一个人漫步在远处的幽静中，高空中巨大的照明灯宛如月光，柔和地照着她，长长的影子落在草坪上，我宛然看到一个女子的惆怅与落寞，是春江花月夜中的感伤还是庭院深深深几许的忧伤（其实，她是在那边做游戏前的准备工作）。我悄悄地把她的背影给拍下来了。

节目我参加的并不多，只在不停地为大家拍照。后来在大家的邀请下唱了两首歌，一首是与当地报社老师合唱的黄梅戏选段，另一首是节目最后唱的《青藏高原》。去之前，老李大哥要求我参加活动并表演节目，还让我带着古筝去给大家弹奏，只是古筝太大了，2.1米长，小车是装不下的，只好作罢。他又让我带着大家练瑜伽，我说可以做几个动作，但事前没有做过筋骨拉伸而突然就练会拉伤的，于是，我就说唱支歌吧。活动中，又临时安排我与另一个朋友一起领唱了几首不同时期的儿歌：《听妈妈讲那过去的故事》、《让我们荡起双桨》、《童年》……

不知不觉，已是午夜，但众人还是意犹未尽，依然沉浸在欢乐中。每个人都如孩子般全身心的投入，快乐地唱，开心地笑。环顾四周，在光影迷离的暗夜里，那远处的湖水、曲径通幽处的树影、眼前的歌声笑语、脚下的草坪……无不隐藏着快乐的影子。多年来，一直沉浸在唐诗宋词的忧伤里，似乎没有如此放松、没有如此开怀过。心，仿佛年轻了许多，是那样的安详与宁静。

良辰美景奈何天，便赏心乐事谁家院？良辰美景总是短暂，转而稍纵即逝。何处是我的乐土、我的归属？人生，有时就如张爱玲所说“华美的袍子爬满了虱子，说不尽的苍凉”，但更多时候是充满阳光，充满希望的。但愿那晚，那样的情境，那样的欢歌笑语，那寻回的快乐，不只是记忆深处短暂朦胧的梦中风景，它将更长久的留存于心。希望，在某个午夜时分，那往日情怀还会重现在眼前。吴伯潇说：“感人的歌声留给人的记忆，是久远的。”那么，我说：“童年时代的欢声笑语与快乐，留给人的记忆更久远。”

就如，那晚，在湖边，那个梦一样的仲夏夜。

同学再聚首

今天与研究生班同学又相聚了，有的同学是从学校分手后就没再见，有的同学去了外地，有些同学则走得近些，几个月就见一次，有的还常在网上相见。

时光如梭，日子一天天飞逝而去。正如朱自清先生在《匆匆》中写到：“洗手的时候，日子从水盆里过去；吃饭的时候，日子从饭碗里过去；默默时，便从凝然的双眼前过去。”是的，时间永不停留，分秒流转。其流转的规律不外乎就是从古到今自后往前推移。从昨天到今天，又从今天到明天。

原来聚会，一般都是我组织的。我今年从年初开始就很忙，没怎么与同学联系，只是有时在网上见到打个招呼，有时也在 QQ 群里发些好笑的段子，之后就各忙各的。

因为昨天出差才回来，今早，要从网上接收资料，所以打开了电脑。突然看到有同学在 QQ 群里询问今天聚会之事，当时我没在意。谁知过了一会儿就接到同学的电话，让我去聚会。说他们找我都找死了，现在才终于找到我了。昨天就一个劲地打我原来的那个手机，那个手机因为每天都要充电，我嫌麻烦而很少开机。直到今天，有人想起我的这个手机号码，这才打通了电话。

到达酒店时，同学们有的在谈心、有的在打牌……我一去大家都说，你真难找。呵呵。是吗？我还给同学们带了我的第一本散文集，我不知道来了 20 多个同学，只带了 9 本吧。没拿到的同学直怪我，我连忙说下次聚会再带给你们吧。送书给同学，只想请同学们给我批评与指正，毕竟都是中文系的研究生。

推杯换盏之间，同学们把酒话人生，感慨万千！有的同学又升官了，有的同学生意越做越大，有的同学又买新房子了，有的同学又找了一个新娘，有的同学离婚了而独身，有的同学继续做单身贵族……最为震惊的是：一位同学考上香港某大学继续深造。天啦！太佩服这位同学了！尽管现在是高考终身制，考研更不限制年龄，可这个时代、这个年纪还有人继续上学读书，可见她是多么的好学上进啊！真是惊为天人！

席间，同学们说以后要常联系，要举办沙龙，推选我做牵头人，负责策划每次专题。我只好答应，我说，我计划每个季度做一次，一年做4次。下期沙龙计划在四、五月份举办，主题是去海子家乡——怀宁县查湾镇祭奠这位老乡诗人，同学们很赞同……酒席一直到快到下午3点才结束。因我随身带着相机，大家纷纷要求合影留念，最后20多位同学一起拍了一张集体照，我回家后准备放在QQ群的图册里，以便大家随时浏览。

聚会第一个仪程——聚餐结束，大家便讨论起第二个仪程。有的要去唱歌，有的说去看电影，有的要去酒吧，我建议去茶楼坐坐。我说，到茶楼可以聊天、可以喝茶，喜欢打牌的也可以打牌，要比去歌厅安静些。大家尊重了我的意见。定好了在那家茶楼相见，同学们便分头前去。骑摩托车的同学自己骑车，另外的一行人准备打车去，可是，因为大建设，合肥的士非常难打。我们一行人走了很远的路，又等了很长时间，才打到车，于是，上车呼啸而去，身后尘土飞扬……

到了茶楼，同学们或兴致勃勃地聊天、打牌，或喝着清茶、嗑着瓜子、吃着小吃……喜悦之情溢于言表。期间，有个同学翻看我的书。说，你的散文真不错，可你生错了时代，如果在建国初期，你一定是大家。真很惭愧！我怎么能够成为大家？我的文风与那个时代相像吗？也许是因学中国现当代文学专业的影响吧，也许是看那个时代的书多吧。如今，人们都说要与时俱进呀！看来以后还要适当改变一下风格了。

下午5点半左右，众人皆散去。曲终人散但缘未断，同学们约着下次再相聚。

三上小团山

今天又是一个合肥文人大聚会的日子。我们一行 10 辆车、40 个人的大队人马，再次向小团山香草农庄进发，真可谓浩浩荡荡。同行的有作家、画家、报社编辑、记者、电视台编导、诗人、大学教授、军区司令员、医生、企业家、幼儿园园长等各色文人，还有很多的孩子。因女性众多，有人戏谑：省城名媛齐聚。有的人是第一次去，有的人已经去几次。但不管是否去过，众人皆是对小团山充满着向往，一路欢声笑语不断……

时间真是个奇怪的手，好像在冥冥之中指引着众生。因为，今年与去年我们首次参观小团山，时间相差整整一年。昨晚，我专门上网看去年到小团山后回来写的文章，得知去年上山时间为 11 月 22 日。去年合肥、六安一帮文人前去参观小团山。事先并不知道时间竟然是如此巧合！

时隔一年，大家事先通过 QQ 群与电话联系好，相约今早 8：30 分别从自家小区出发，然后顺着长江西路高架桥到美丽的大蜀山脚下，再沿着去六安的 312 国道飞奔，到达铭传乡往左转至肥西。继续前行大约 2 里路不到的地方看到一块“香草农庄”字样指示牌，于是顺着这条水泥道直奔农庄而去。去年这里充满泥泞，今年已是宽敞的水泥路。

虽已入冬，但一路上映入眼帘的不是皑皑白雪却宛如秋景。绿叶、红叶相间，田野里已没有什么庄稼。一些田里有些绿色的植物，别人说是小麦。微风吹拂，不远处的村庄炊烟袅袅，不时传来犬吠之声；近处，鸡鸭成群，牛羊悠闲地摇着尾巴……这也许就是久居城市的人向往的自然生活吧。

到达农庄，郭中一教授的车子还在路上，于是，我们就在四处转悠。这次来与去年是不太一样，新建了大门与围墙，还建了一个现场烤比萨饼的炉子，并种了很多树木与花草，虽是初冬，然，犹如绿意盎然的春日，一片美丽的景色。去年是在那场初冬的大雪之后一周上山的，看到的更多是雪景。

不久，郭教授一家四口开着越野车到达农庄。已经见过郭教授四次，今天已是第五次。第一次，是在去年7月新安晚报主办的“新安文化沙龙”上，当晚回来写了日记；第二次是在去年初冬季节，与一大帮合肥、六安文人一起去的，由电视台编导舒翎姐姐与程耀恺老师带队，回来写了一篇4000多字的游记《激情燃烧的冬日——亲历小团山香草农庄记事》；第三次是在今年1月，去小团山聆听两岸最美的声音——吴萍康小姐的演出，回来也写了一篇散文《迷人的小团山音乐之夜》；第四次是在10月17日，郭教授做客由新安晚报与安徽图书城联合主办的“周末七点档——新安读书沙龙”，郭教授与大家一起畅聊文学与读书。活动盛况空前，人头攒动，除本地的，还有从外地赶来的。

郭教授今天与往日不同，是一身休闲打扮，上装是深灰色的夹克，里有白色格子衬衫，下穿白色长裤，依然是一头卷发，神采奕奕，笑容可掬。因要等待还没到的朋友，大家便坐在凉棚里，一边喝着香草茶、一边聊着天。

差不多20分钟后，大伙陆续都到了，众人便随着郭教授前行。他带领大家参观农庄内的植物，大家聚精会神地聆听，不时提问，孩子们更是好奇的很。我又看到了那些熟悉的植物，倍感亲切，一边记录一边拍照。那些花草有百里香、猫薄荷、柳叶马鞭草、迷迭香、芳香万寿菊、孔雀草、柠檬香茅、千日红、沉沉香、波斯菊、香水睡莲等等，一般都是能食用的。这些花花草草分别有不同的传说与功用，在那篇《激情燃烧的冬日》已经写过一些，这里不再赘述。

到达山庄最高处，我没有与众人继续走，而是寻找景色。登高远眺，天高云淡，远处从山麓到山顶看到的是不同的色彩，由黄色逐渐向绿色过渡，层次分明，依次是褐黄色、红黄色、黄色、青黄色、青色（绿色）。随后直奔那一片花海——由紫色、红色、绿色、黄色、赭色等不同色彩组成的。恍然间，好似到了法国的普罗旺斯。真想在那花海上打滚转圈，只怕惊扰了那些花的精灵。在此，又遇见了画家朋友石兰姐姐等人，我先为她们照了几张照片，然后她又为我照相。她是我省著名画家，视角肯定很独特，一看照片她把我拍得果然很妩媚动人。然后我又专门去看上次没上山看的那个如古城堡一样的建筑——水塔。走进一看，原来下半部竟然是空的，真是出乎意料。看来，人，真不能凭着主观判断任何事物的。前两次来，我一直以为那“城堡”全是实体的。

突然，传来人声，抬头望去，发现众人到了种植香草的大棚区域，孩子们正在干草地上疯狂地玩耍。有的拿着干草放在头顶、有的用脚踢着草儿玩，更甚的是一个孩子竟然在干草地上打着滚……这些城里的孩子真正地与大自然进行了一次亲密接触。看得大人们开怀大笑，我也真想那样疯狂一次，可是真不好意思那样做的哦。再次走到花海，众人纷纷与郭教授合影留念，开心极了！

中午时分，大家集体用餐，事先我与本次旅行组织者——新安晚报副刊部马丽春主任一起点了11个有各色香草的特色菜与一个汤。大家吃得津津有味，都表示很满意，还感谢我。说真的，只要大家满意，我即使累点也没什么。因为大家信任我，才让我做事的，我很乐意为大伙儿服务。

回途中，我们又去了刘老圩，我是第二次去了。一边走一边拍照，思绪仿佛回到了100多年前。看着那些残垣断壁，心中戚戚然。岁月悠悠，时间是只看不见的手，任何伟大与繁华在它无形的手掌中，都会变成渺小与虚无。张爱玲在《金锁记》写到："三十年前的月亮早已沉了下去，三十年前的人也早已死了，然而三十年前的故事还没完——完不了。"是啊！三十年前的月亮依旧照耀着苍生大地，但三十年后看月亮的人依旧吗？感觉依旧吗？这个刘老圩已经是几个三十年啊，它曾隆重地记载了历史的印记，反映着时代的变迁。

回来路上，朋友们意犹未尽，相约明年春天再去看看这个香草农庄。

生活在城市

走过大大小小很多城市，大的比如北京、上海、南京、西安、武汉等等，小的如各个省辖市以及县城。到每个城市，感受都不同。

城市，大有大的好处，然而小也有小的好处。大城市，现代化程度高，信息量大、资讯多，物质文化生活丰富多彩，生活质量较高，公共设施较全，各种服务较到位，购物快捷，就医方便，交通便利，入学选择多、就业机会多，还容易接受到新鲜事物，有利于思想的创新，有更多的发展机会。但大城市的缺点也是显而易见的，比如，生活节奏快、工作压力大；再比如，大城市出一次门最少都要半天才能回来，而小城市，则是一个小时也能办一些简便的事情。如此等等，真是大有大的好处，小有小的好处，实乃是各有千秋啊！

对于有些人来说，住在大城市的好处，还有：随时能参观当地的名胜古迹，能参加各种文化活动，比如书画展、摄影展，比如世界一流乐团来华演出，还有现代化的电影院，文化沙龙、读书沙龙等等，在此意义上说，在这样的城市居住可常参加此类文化活动，接受一流的文化熏陶。幸福啊！

北京去过多次，古迹名胜不计其数。游过很多景点，如，天安门广场、故宫、太庙、社稷坛、长城、天坛、颐和园、雍和宫、恭亲王府、北海、景山、香山、历史博物馆、大观园等等。那天从社稷坛经过，正好有一场奥地利皇家乐团来华演出，那是一场经典的音乐盛会。我想亲耳聆听一回，于是走到售票处，得知票已经售完，而第二天音乐会就结束了。真是很遗憾！去年在京学习期间，想去鲁迅文学院看看。鲁院——中国文人向往的圣地，是中国培训作家的最高学府。我从徐悲鸿纪念馆附近的积水潭地铁站坐车到“东四十条”下车，又倒了3趟车，才到鲁迅文学院，花了整整两个小时的时间。城市太大了，出行不方便的。路远，打个车，很贵，况且一堵车，那价格是成倍往上翻的，是我等工薪人士付不起的。

上海也是去过多次的。在法国梧桐树的绿色阴影里看到，街头随处可见的各色欧式风格的建筑映入眼帘。走在外滩、南京路上、淮海路上，身边不时飘过一个个优雅的时尚女子。去年秋天在上海，观看了几个全国性画展。如：国家重大题材美术创作工作作品巡回展、第十一届全国美术作品展览中国画作品展、吴冠中艺术精品展；也参观了上海美术馆、上海展览馆，这些建筑都是上海的经典建筑。尤其是夜上海的魅力，更是吸引人。当通体橘红的落日与斜阳，无限怀恋地站在远处的山峦凝望这个城市之后，那些错错落落的大厦、高桥都镶上了金边，次第容光焕发，分外妩媚。今年去上海主要是看世博的，并参观了丰子恺故居与邹韬奋纪念馆，还途径刘海粟大师的故居，可惜不让人参观。

最喜欢江南城市，尤其是苏杭。听着柔软呢喃的吴侬软语，如在梦乡，昆曲、越剧婉转缠绵的乐音，使人不忍离去，三千江南佳丽地啊！

因婆婆是苏州人，苏州去过多次。提起“苏州”，总让人想起小桥、流水、人家，想起园林、苏绣、昆曲、苏州评弹。到处浓荫蔽日、芳翠匝地，风姿绰约而又充满灵气，被外国人称为“东方的威尼斯”，是中国园林建筑艺术南方风格的典范城市。中国四大古典园林中，南北各半，而南方的那两个就是拙政园和留园。苏州园林已成为一个世界级的古文明品牌，它特别重视遵循大自然的自由多变的法则，同时又给以典型化的提炼加工，使之既源于自然又高于自然，达到了“虽由人作，宛自天开”的艺术境界，体现了中国人尊重自然并与自然相亲相近的观念。

先后去过几次杭州。有人说，杭州是最适合人居住的地方。只因那里的水，一个城市只要有水就不会失了灵气的。因平生只爱水，原准备去年国庆期间再去杭州，游西湖、踱断桥、看曲院风荷举，但又怕到处的人山人海，只得放弃。今年秋天终于实现，又看到了西湖，遥想着许仙与白娘子的传奇、苏小小与阮郁的故事。有消息说，杭州荣获“2009 年度中国最具幸福感城市”称号。据主办方称：进行了历时 4 个月的调查，细细衡量了各个城市的自然环境、交通状况、发展速度、文明程度、赚钱机会、医疗卫生水平、教育水平、房价、人情味、治安状况、就业环境、生活便利等 12 项指标才选出的。

选择生活在城市，是因为认同城市的气质精神，爱上她多元开放的价值取向，怀有实现梦想的可能性，加一点醉人的灯红酒绿，城市给居民带来对美好生活的期盼和多种生活方式的选择，这就是选择生活在城市，这就是城市的魅力所在。想象中，城市化总是意味着更好的生活方式，广东有句老话叫“入省城”，说的正是县乡的人们到广州去的一种兴奋之情。然而这并不存在于美籍城市地理学家迈克·戴维斯在《布满贫民窟的星球》中为我们描述的未来城市图景中。据资料表明，2010 年，地球上有一半以上的人口生活在城市；到 2015 年，全球将有 550 个人口过百万的城市，我国人口总量将达到 13.9 亿左右，城镇人口将首次超过农村人口突破 7 亿；2025 年，光是亚洲就会拥有 10 到 11 个居民人数超过 2000 万的超级城市，中国的一线城市北京、上海、广州、深圳必定在此之列；到 2030 年，全球城市人口将达到 60%；到 2040 年，我国城市化水平将达到 80%，进入成熟的现代化国家行列，与世界发达国家共同构成世界第一团队。外媒预测，到本世纪末，全部人类可能都将生活在大都市中，100 年内全部人类将生活在城市中。

今年上海世博会主题是“城市，让生活更美好”，它生动地诠释了未来城市的形象。它包含了五个分主题：城市与经济发展关系、城市与可持续发展关系、城乡互动关系、城市与高科技发展关系、城市与多元文化发展关系。要求更适宜居住的环境，更高质量的生活，这是人类新世纪的梦想。它体现了以人为本的理念，真实地反映了人类对城市发展前景的希望和渴求。上海世博会，城市以及城市里人们生活的未来越来越清晰地呈现在人们面前。希望世博会通过“城市让生活更美好”这个理念，用它的建筑形式、交通形式、生态理念和一系列高新技术，能够演绎到人们的日常生活当中去。未来的中国城市应该是“和谐城市”，即人与自然的环境和谐、人与人的社会和谐以及历史与未来的发展和谐。上海世博会，就是一个微缩的地球村。在这里，多元文化不断碰撞与交融，不同的国家、民族、城市、文化互相对话、学习与借鉴。我们无差别，但我们又不同，这是上海世博会指给未来城市的发展方向。

莎士比亚说：“城市即人。”“如果说人是城市的主人，那各类资源就是城市的血肉，每一个人只有合理利用、节约资源，城市才能持续发展。”赫曼·考斯曼说。让城市更加适应于人们的生活，通过一些节能的建筑、温馨的生活、高科技的技术，以及便捷的交通，能够体现生活的美好，并加强环境治理，减少污染，关注绿化，各种措施到位，服务跟上，使城市蓝天白云、绿影缭绕，使每个城市如园林一般，做到城中有园、园中有成……人们还是喜欢生活在城市的。

其实，城市是一把双刃剑。现代城市的商业文化属性，一方面使它冲淡了门第、家族的制约，人们获得了更多的自由、平等和民主；但是另一方面，城市人、尤其是大城市人，人们的价值观念更趋向于理性化和实际化。很多人挺矛盾，既喜欢城市的方便，也喜欢农村的空气和环境；习惯了城市的生活，也向往农村的清净。仁者乐山，智者乐水，生活这玩意，全凭个人喜好。“人们来到城市，是为了生活；人们留在城市，是为了更好地生活。”亚里士多德如此说。

享受瑜伽

是活着太累、空虚无聊？还是想永葆自己的青春和健康？我想，追求的还是后者。优雅知性的气质、安然宁静的心态、轻盈柔软的身躯、美丽纤细的腰身、完美有致的曲线，是每个女人的梦想。瑜伽，能使女人魅力无穷。

多年前，就从电视上看过张惠兰瑜伽，从那时起，就知道这个词了。她优雅地坐在海边，做着多种高难度动作。在海边的沙滩上，听着海鸥鸣叫，微风吹拂着，或听着禅乐，人与天地、自然融为一体了……近年来，都市里白领女性练瑜伽突然间相习成风也，几乎每个单位都有那么几位瑜伽功的痴迷者，于是乎一专十、十传百地普及开来。

那年第一次练习瑜伽，看教练优雅自如地伸展腰肢，做各种姿势，比如T式、燕式、骆驼式、蛇式等等，看她自由的抬腿、倒立，心里很是羡慕。一会儿如孔雀开屏，一会儿如泰山之松，心里只恨自己的身体怎么那样僵硬。汗水长长流出，汩汩不断，滴在了脚下地板上。

“瑜伽”一词，是梵文的译音，是从印度梵语 yug 或 yuj 而来，其含意为“结合”、“一致”、“统一”、或“平衡”、“和谐”。起源于印度，已有5000多年的历史了。瑜伽是一种非常古老的能量知识修炼方法，集哲学、科学和艺术于一身。瑜伽被称为一种达到身体、心灵与精神和谐统一的运动方式，是一种精神和肉体相结合的健身术，也是一种协调身体和精神的行之有效的传统科学，还是一个通过提升意识、达到帮助人们充分发挥潜能的哲学体系及其指导下的运动体系。其目标就是达到对自身心灵的良好理解以及调控，能熟知并掌握肉身感官，提高人们生理、心理、情感和精神方面的能力。长此以往，让每个人都能达到自己所想要的减肥、保健、美容及辅助治疗等目的，继而提高记忆力、增进感情、安抚内心、提升品质、延续快乐，从而延年益寿。它还能用于预防和治疗各种身心相关的疾病。

虽然，从小就开始锻炼身体。小学时就打乒乓球，尽管打得并不是十分好，但在女子当中还算中等偏上水平（业余水平）。中学时，还参加中长跑比赛。20多岁时，还自己编了一套操。早年，也一直参加单位举办的各种体育比赛。比如，跳健美操、转呼啦圈、跳大绳等。前些年，真是很少运动，单位还有两个健身房（一个收费、一个免费），我都很少去。前年办了一张运动年卡，每周参加两次跳操或练瑜伽。3个月后，老师走了，众人也作鸟兽散。其实，还是能在健身器材上锻炼的。如今，这张卡到过期了还没用完。前年，单位为员工办了市体育馆的跳操与游泳的健身卡，我也是一次没去而浪费了。平时，只是每周走几里路，或者在家转转呼啦圈。去年，单位又办起了瑜伽班，于是众姐妹又一起练起了瑜伽，并网购了瑜伽垫、瑜伽绳与瑜伽砖等辅助工具。原还准备上单位今年春晚展示瑜伽的，后来想想还是让年轻人上台表演吧。

刚练瑜伽，动作肯定不到位，而且身体会疼痛，但随着时间的推移，慢慢就好了。练的过程，其实就是一种享受。因为带着一种柔软的心态来到瑜伽课程里，投入而专注，盘腿坐下，静下心来，气沉丹田，深深地吸与呼，让心完全打开融化。然后停下来感觉呼吸，各种体式会以不同的方式来影响呼吸。通过身体的感觉和对呼吸的观察，可以衡量自己身体伸展的位置，进而知道身体还有多少空间可以深入伸展。慢慢地加深身体的伸展，但始终保持最后一丝空间，不要把它用尽。再次专注在呼吸上，观察呼吸。顺畅的呼吸是“瑜伽伸展区”的标志之一。把呼吸带到感觉最强烈的部位，用呼气来融化这个部位。这时候，身、心和呼吸三者合一，达到身体、心灵与精神的和谐统一。瑜伽的最终目标就是能控制自己，能驾驭肉身感官，以及能驯服似乎永无休止的内心。感官的集中点就是心意，能够驾驭心意，即代表能够驾驭感官；通过把感官、身体与有意识的呼吸相配合来实现对身体的控制。这些技巧不但对肌肉和骨骼的锻炼有益，也能强化神经系统、内分泌腺体和主要器官的功能，通过激发人体潜在能量来促进身体健康。更重要的是要学会冥想，要让自己从繁忙、快速的现实世界中，放慢心灵的脚步，重新体验身体与精神的奥秘。

身心和谐，是瑜伽的魅力所在。最爱的还是大汗淋漓后的通透。身体每练一次，仿佛都被洗礼一般，气息得到调整。其实，最喜欢的还是在结束之前所做的瑜伽休息式，经过近一个小时的动作之后，气息要得到调整。听着轻音乐或者禅乐，意念随着教练的口令游离全身，从心脏开始，到眼睛、脸颊到头顶，然后再到脖子、肩部，再到腿部……身体犹如淹没在地板上，五脏六腑逐渐下沉，身体由沉重而变得轻盈，如羽毛一般。轻轻的呼吸，展开眉头，抛弃烦恼，宛如躺在母亲怀抱，自由而安详，此时也最享受。

练瑜伽才一年多时间，自觉身体状况改善了不少，心情也好了很多。练瑜伽的意义就在于：拓宽个人意识，令我们更了解当下生命的意义和价值。

沐浴温泉

因开会地点有温泉，因此，我连续两个晚上都沐浴于露天温泉中。躺在池中，仰望苍穹。可以展开丰富的想象……真是惬意极了啊！没享受过的人，是想象不出的哦。

这个温泉与我国很多温泉同处于同一地质带上，在本省很有名，是本省境内最大的温泉之一。此泉历史悠久，文化内涵丰富。距今已有2000多年的历史，共有3个泉眼，也被誉为“人间瑶池”，堪称华东一绝。当地自然风光秀丽，景色宜人，依山傍水，环境清幽。相传公元前164年，汉文帝始建庐江国时就曾有“坑泉”分东西之说。宋神宗时，王安石被贬舒州，途经此地，曾入池沐浴，留下千古绝唱：“寒泉时所咏，独此沸如蒸。一气无冬夏，诸阳自发兴，人游不附火，虫出亦疑冰。更忆骊山下，高欠然雪满塍。”清代桐城派散文家戴名世也曾来此濯足并作《温泉记》。三国周郎、小乔沐浴温泉，扶琴雅颂，并留有“曲有误，周郎顾”之佳传。这里还是我国经典古代爱情诗篇《孔雀东南飞》的悲情爱情故事的发生地，附近还有周瑜墓等古迹。人文资源真不少。

第一天晚上是农历十七，据说是今年最圆的月亮。靠着池栏，头枕青石，人在泉水里，看着青黛色的夜空，只见一轮又大又圆的带着淡淡黄色的明月悬挂在高空中，月亮好似还有一个七彩的边，周围不见一丝云彩。晚风微微吹着，周围的树木、竹子在风中轻轻摇曳，桂花散发着幽幽的香……温柔的水包容着身体，就如在母体里，又像妈妈的手在轻轻拍着……真是全身心地真正放松啊。这时，可以什么不想，也可以什么都想。

想着嫦娥凄凉而寂寞的在月宫中漫无目的地舞着长袖，她落寞的情怀无处可依，吴刚机械地砍着千年不倒的桂花树……

想着《孔雀东南飞》中刘兰芝与焦仲卿爱情悲剧，最后“枝枝相覆盖，叶叶相交通”，但愿在天国他们能两情相守，再结连理啊。

心里一会是怅然若失，一会是悲悲戚戚，一会是若有所盼……

一直到夜里 11 点，我才回去。

次日晚，我与另一位代表一起去的。我选择了前日没去过的池子浸泡……

大约过了 20 分钟，遇到一群年轻的女孩，也是会议代表。在远处，就听到她们的欢声笑语，到近处，看见她们身着各色泳衣，如花蝴蝶一般，优美的青春酮体尽情展现，真美！年轻就是好啊。借用一句广告词：年轻，没有什么不可以！

她们热情邀请我加入她们的队伍，我不好推脱，只好与她们乐在一起，心也仿佛变得年轻起来。开始是 7 个女子，我开玩笑说是“七仙女”，她们便喊我大姐，我也乐于接受，因为我最年长。听我说，泡温泉时要及时补充水分，于是她们又纷纷起身去找水喝，因为商家也提供饮水的。

大家一边喝水，一边泡着。一会跑到这个池子，一会又跑到那个池子……时而全身躺在水中，时而坐在池子里，时而又坐在池沿，只把腿与脚放在水里……大家嬉笑着，欢乐着……

最后，我们 7 个人来到叫“静心汤”的池子里，这个池子很大，能躺 10 多个人。其底部也较平，水温也适中，不热不凉，躺在里面很舒服……

过了一会，又来了 3 个女孩，加在一起，正好 10 个人，我说我们是十全十美。俗话说，“三个女人一台戏”。想想，10 个女子在一起，会怎么样？何况又是那样一种环境。哈哈，了不得啊！大家笑着、闹着……有人没注意，把脚伸到泉眼，或者有人在水里恶作剧，这时就听到有人在大声叫喊着……真是沸腾了……

不知是谁先哼唱起来，于是大家便全都跟着唱起来。从儿歌到民歌，如《上学歌》、《城里的月光》，又从外国经典歌曲唱到国内流行歌曲，如《莫斯科郊外的晚上》、《白狐》；有怀旧伤感的，如《菊花台》；有慷慨激昂的，如《我从长江走来》……大家还现场把歌词改了，真有趣啊！其他客人都走了，就剩下我们还在闹腾着。最后，在《难忘今宵》的歌声中，我们从池中起身准备回去。由于那天天气骤然变冷，此时从水中起来，凉风吹着，还真冷！即使披着一个大浴巾，还忍不住浑身颤抖，我真冻着够戗，连打 3 个嚏喷啊，貌似感冒了，连忙与大家一起跑着奔向淋浴池……

两次沐浴，我几乎把大大小小的温泉汤都泡了一遍，水温不等，水的深度也不同，水里所配材料也不同。比如薄荷汤、粗盐汤、八珍汤、绿茶汤、玉女汤、护肤汤、固金汤、黄柏汤、静心汤等等，但都是用于养颜、

美容、健身等。

有资料表明，温泉热浴不仅可使肌肉、关节松弛，消除疲劳；还可扩张血管，促进血液循环，加速人体新陈代谢。此外，大多数温泉中都含有丰富的化学物质，对人体有一定的帮助。比如，温泉中的碳酸钙对改善体质、恢复体力有相当的作用；而温泉所含丰富的钙、钾、氡等成分对调整心脑血管疾病，治疗糖尿病、痛风、神经痛、关节炎等均有一定效果；而硫磺泉则可软化角质，含钠元素的碳酸水有漂白软化肌肤的效果。泡温泉，贵在长期坚持。但愿以后，多有这样的机会。

泡完温泉，虽全身心放松，但人也很疲惫，可是对于睡眠绝对有好处。这是我的初步体验。回去后不久，我真很快就进入了梦乡……

夏之来临

去年的“冬天”，终于走了。因为，这个春季已没了春的意蕴了。还没感觉到春天，还没感受到春天的温暖，她就倏地飞走了，夏天就这么来了。新买的春装还没有穿，就直接进入夏季。如果四季如果没有了春，如果春天没有了花，如果人间没有了爱，那是一个怎么样的世界啊？为什么春天还没有来就走了呢？

整个一个春季要么阴雨霏霏，要么大雨倾盆；或者晴两日，或者下两日；抑或热两天，抑或冷两天。脱掉冬装，即换夏装。如此反常，让人始料不及。因而，才有了那么多的灾难降临。心，戚戚然，但也非惶惶不可终日。此去经年，美好的春天令人难忘啊！冬天褪去了灰暗的色彩，空气清新，阳光温暖，春光明媚。鸟儿婉转地鸣叫起来，鱼儿欢快地跳出水面，新绿的叶子在金色的阳光里青翠欲滴，桃花红，梨花白，油菜花儿金黄，一片姹紫嫣红。这个季节，如果在山野、乡村抑或城市的每个角落漫游，那多让人神清气爽、心情倍好啊！

时光荏苒，四季轮回。5月5日，立夏。“斗指东南，维为立夏，万物至此皆长大，故名立夏也。”此时太阳黄经为45度，天文学上，立夏表示告别春天，是夏日天的开始。温度明显升高，雷雨增多，农作物生长旺季的一个节气。《礼记·月令》篇，解释立夏曰：“蝼蝈鸣，蚯蚓出，王瓜生，苦菜秀。”青蛙聒噪着，蚯蚓在泥土里翻着筋斗，野菜在乡间竞相出土，树木葱茏，生机勃勃……大自然，给了人类深情的问候，温和的阳光照耀你我。

其实，不是最喜欢夏天。尽管，夏日里是女人的世界，尽情展示着缤纷的奇装异服，一个赛一个的绚烂多彩。可是，炎炎夏日，可真难熬，心情也会跟着糟糕。当从舒服的空调房间出来，再感受扑面而来的热浪，那是一个怎样的感觉啊！

尽管这样，也抹不去对夏天的流连，只因为那份对夏之荷的独恋。

荷，之于我，自是情有独钟！每当看着她，心，自然清凉，因为心静了。荷之出淤泥而不染，濯清涟而不妖，中通外直，不蔓不枝，香远益清，亭亭玉立。喜欢荷，源于小学。学校里有一方荷塘，只要一放学，我就背起书包飞快跑到塘边去观荷，还在手上或地上临摹着荷花的样子。那花儿在绿的萼片上半舒着鲛绡似的紫红色花瓣，中心是纤细的、嫩黄的蕊丝，莲儿慵慵然、静静然，立于水的中央，婷婷地、甜甜地微笑着，清丽冷艳。微风一吹，随风摇曳、风姿绰约……那样的韵致当时我都形容不出来，实在是美丽极了，我也被深深迷住了……20年后到母校想再去看莲，可惜学校在拆迁过程中荷塘被填平了，那些荷花就永远留在了记忆深处。年少时，对朱自清先生的月下荷塘充满着向往，不止一次怂恿大人带我去看，可一直到成年后才实现。那年，终于专门去北京到清华园去看那个荷塘月色。我静静地站在岸边，用心体味着朱先生所写的意境…… 朱先生的神来之笔，令后来者景仰！那样的月光下的荷塘真是太美了……后来在一次出差开会期间，还看了朗朗白日下的荷塘，别有风韵。没有了夜色的映衬，一池清水，微动涟漪，碧绿的叶片上，荷花慢慢舒展得好似一位纤尘不染的少女，睡卧于蓝天碧水之上，神态淡定从容，优雅而清纯，无忧无虑的仰望天空……最喜欢在黄昏的夏日里，一个人静静地坐在荷塘边，或看书，或想着心事，或发呆……看着满堂碧荷田田，微风吹过，碧浪滚滚，荷花袅娜、妖娆，蜻蜓惬意地立于小荷之上，荷下绿水静流，鱼儿欢快地嬉戏着……真想扑入那水中，可又怕惊扰着这些美丽的精灵。

夏天，还有一个愿望，就是再去看海，虽已经看过两次。让海水漫过脚丫，也洗涤着心灵。脑中，一直回味着第一次去看海的景象。那年的夏日在青岛。刚来到海边，大家赶忙换泳衣后便冲到了海里……随着海浪的冲击，跳跃着、大笑着……啊！哈……哈……一个大浪打来，嘴里灌满了海水，连忙使劲地吐着。哎呀！海水又来了，快跑呀！人们快乐地笑着、叫着，迎着海浪的一次次冲击。一个大浪后海滩上留下了很多的贝壳、海星、海草，于是，大家争先恐后地冲向岸边去抢，没抢着的就用脚在海底摸索着，希望能摸到点什么……是夜，看到了夜幕下的大海。远处或明或暗的点点灯光，像是夜的眼。远看大海，黑茫茫一片，什么也看不清楚；近看大海，虽看不清海面，但只听那带着号子的海风，就知那大海的威力如何。海浪一次次打来，一浪高过一浪，宛如白雪层层叠加。海风呼叫着，带着丝丝凉意。在那样的夜晚，好像什么都不存在了，只听见大海的声音。我提着裙子，赤着脚，走在海水里，踩着温软、细密的沙子，心也柔软起来……海水也像孩子一样，有时很听话，静得像个处女；有时高兴起来，即使是微小的风也能掀起大波浪；如果她不高兴，便发起了脾气，顷刻间波浪滚滚，像是要颠覆海上的一切……这个夏天，不知是否可能看到海？

夏天来了，心，也随着气温的升高而高兴起来。人生在世，不如意处十有八九。“君不见咫尺长门闭阿娇，人生失意无南北。”且行且快乐吧！自勉之！

长假杂想

长假，过完了，这个长假终于过完了。明天就上班了。

按理说，长假，可是人们梦寐以求的啊。可以不用上班，不用挤车，没有了繁忙，没有了喧嚣，可外出旅游，可在家睡至太阳升空，可休闲自在，给身心放假，多好啊！可我这个长假过得并不轻松愉悦。忙着去医院、忙着整理并清洗换季衣物、忙着买菜烧饭……还要练琴、还要加班。唉……真是累！

7天长假，有6天去了医院，身体不好，还要陪女儿打点滴。只有4日这天外出没去医院。在医院期间，连续4天，遇到一个貌似未成年少女妈妈带着一个周岁的幼儿来打点滴。那孩子先天发育不好，患有哮喘，每次发病都要打点滴才能好，否则，就要拖很久都不得好。

那孩子，在打点滴时很是可怜。她那么小，血管很细，不好插针。插针时，孩子就会痛得大哭不已，一痛，她就要动，一动，血管就可能破裂，也可能起包，每当这时就要重新插针，如此这般，每天都要插几次才行。以至于每当孩子看到白大褂都要拼命地哭，条件反射啊。这时，我就赶紧拿出给我女儿准备的食物给那孩子吃，并与她玩耍分散其注意力。另外，孩子插针时大人要坐在椅子上，这样，也给了孩子条件反射，只要她妈妈坐到椅子上，即使不扎针，那孩子也会嚎啕大哭。看着孩子那样受罪，心里真难受。我告诉孩子妈妈，孩子打点滴时，可以让其他人帮着举着药瓶而孩子妈妈则抱着她走动着，并且再来打点滴时不要老是做原来的椅子而要换方位坐或者站着，这样一来，就构不成条件反射，孩子也就不哭了。试验后，孩子果然不哭了，很顺利地完成了挂水。

4天里，都没看见孩子的父亲来医院陪护，从药单上得知那孩子名叫“子寻”，心想，这里肯定有鲜为人知的故事。出于职业敏感，也想真心帮助那孩子，于是，与孩子妈妈拉起了家常。

孩子妈妈今年20岁，男友与她一样大。前年，他们18岁时相识于一个酒店，认识不久便如胶似漆，没有多少时日，女孩就有了身孕。谁知女方家人不同意，女孩与家里吵闹也无济于事，家里还是不让她嫁给那小伙子，嫌弃他家贫穷，女孩也无法说服父母，于是，男孩就让女孩与他一起私奔，女孩离不开父母，男孩一气之下也没对女孩说就私自跑到外地打工了，发誓不挣一笔钱就不回来。女孩快临盆时也找不到那男孩，女孩只好一个人偷偷到医院生下了孩子。女孩父母也不原谅她，至今也没有看望她们母子。女孩只有一个人一边带着年幼且发育不好的孩子艰难过活，一边在省城继续寻找着孩子的父亲。真是可怜啊！

我给她留了电话，让她有困难时打电话给我，我想帮助她。同时，也在心里祝福他们，祝那孩子早日恢复健康！祝愿他们早日全家团聚！

10月4日，是我的结婚纪念日，每逢这天，都有一番滋味在心头，总有太多的感慨。今年10月4日，同友人去朝拜前年与老公以及几家朋友一起去过的那个尼姑庵，也是了一个心愿的。

前年这天，大家不经意间来到这个尼姑庵，当时，大家只是观光，享受自然。

这个尼姑庵，位于路旁一个山上，从山底就可看见屋顶。上山都是石头或水泥台阶，每隔几十米就有一个转折，石阶两旁是茂密的树木，浓郁的竹林，还有一处茶树林，茶树还开了很多花，乳白色的花瓣，黄色的花蕊，俏皮地迎风微笑。野菊花也在风中悄然伫立……回首望去，青山、绿树、翠竹、白屋与山下一个六角红顶的小亭子相映成趣。一边看着一边走着，大家都虔诚起来……

半个小时后，到达庵堂。庵前右侧有棵近300年的老松，高大笔直的树干，郁郁葱葱的针叶把半个庵堂遮盖了，显得庵堂更加古朴肃穆。庵堂左侧栽有一棵百年香樟，枝繁叶茂，像人手的模样。庵的两旁还有几棵几十年的桂花树，金黄的桂花挂满枝头，浓郁的花香与庵堂的佛香弥漫山间，伴着钟声飘向天际……心想，如果能在此住上几日，若能每日里闻着佛香、听着梵音，在晨钟暮鼓中清心养性，该多好啊！

那个庵只有一位老尼，当地人，已经在此修行35年了。出家人不说俗事，我不好问她出于什么目的出家。我称她为师太。与朋友也相约来年再来，并去吃斋饭。在庵前左侧，遇到一位“大师”，交谈后，他淡淡地说我的家庭来年会有麻烦，我与老公相视一笑，也没当回事。婚姻，就是那么回事，就是每日的一日三餐啊。过日子嘛，有争执与争吵，甚至打架也

正常啊。只要不是原则问题，就只有睁一只眼闭一只眼啊。那日由于受山风一吹，回家后我还生病了。也不知这个算不算“大师”所说的麻烦。

一年很快过去。由于去年国庆期间是我结婚的一个整的纪念日，于是我提议我们几家好朋友都照结婚纪念照。我就是想给自己的婚姻一个总结。因此，大家也没有再去朝拜那个尼姑庵。今年，我还是下定决心去朝拜，去看望师太。

今天早上起来，老天还下起了小雨，也没挡住我前行的脚步。与友人赶到汽车南站，坐上了去安庆的长途车。这个庵，位于桐城境内的小关镇。路上，思绪不停……

今天上山，在庵里遇到一个少女，长得很清秀，也不怕生人。师太告诉我，这是个收养的孩子，十几年前，被人送到庵门口。于是师太精心抚养，拉大了她，还给她上了高中，但至今也不知孩子的生身父母。命运，是个无形的手，操纵着人生的轨迹。此时，老天下起了大雨，像是可怜这个女孩，可是，她被师太收养了，也是她的造化。这个孩子从此就与佛结下了不解之缘。

在庵里做了该做的事情后，便在庵堂周围转转，因前年来此没有拍照，就一边看一边拍着照片……

我不是佛教徒，因自幼受外婆影响，对佛很虔诚，一直对神灵有着一种莫名的敬畏。信仰，是人生的精神支柱，信仰，能唤起人们对美好生活的追求。因此，人，不能没有信仰，继而要在人生中坚定信仰，在信仰中完美人生。

玉石之缘

珠宝玉石简称宝石，是大自然孕育的精华，有狭义和广义两个概念。

狭义概念的珠宝玉石指自然界中具有色彩瑰丽、晶莹剔透、坚硬耐久、稀少难得等性质，并可琢磨、雕刻成首饰或工艺品的矿物或岩石，部分为有机宝石。（也有人将狭义宝石的概念进一步限定在天然单晶体矿物之中，如钻石、红宝石、蓝宝石、祖母绿等）。广义概念的宝石泛指一切经过琢磨、雕刻后可以成为首饰或工艺品的材料，即天然珠宝玉石和人工宝石的统称。凡具坚韧的质地、晶润的光泽、绚丽的色彩、致密而透明的组织、舒扬致远的声音的美石，都被认为是玉。

玉器是中国独有的艺术品，也是中国古代文明的重要标志。中国有着7000年的用玉历史，2500年的玉器研究历史，这使中国赢得了“玉石之国”的美誉。中国古代玉器历史之早（从新石器时代已开始制造），延续时间之长、分布之广、器形之众、做工之精、影响之深，为其他任何国家所不能及。丝绸之路据说最早就是玉石之路，后又向西延伸而成的。中国是世界上主要产玉国，开采历史久，分布地域广，蕴量丰富。据《山海经》记载，中国产玉的地点有两百余处。经过数千年的开采利用，有的玉矿已枯竭，但一些著名玉矿至今仍在大量开采。中国最著名的产玉地是新疆和田。

玉器在中国用途广泛，在政治、经济、文化、思想、伦理道德、宗教信仰上都发挥过其他艺术品所不能取代的作用。玉器是财富与权力的象征，是宗教神明的使者，是古代伦理道德的标识。自古至今，上至帝王将相、达官显贵、下至文人雅士、平民百姓不乏爱玉如痴之人。中国人在长期的历史进程中形成了根深蒂固的全民尊玉、爱玉的民族心理，玉的神化和灵物概念、特殊权力观点都植根于此，而玉文化本身则作为中国文明的一个重要组成部分，在中国几千年文明史中影响深远。玉文化是在玉器这

一中国特有的文化载体上蕴含的中华民族的思想和精神，中国人眼里的玉，被赋予至高至圣的地位。自古就有君子与玉比德的传统。许慎《说文解字》中有：“玉乃石之美者，有五德：润泽以温，仁也。鳃理自外，可以知中，义也。其声舒扬远闻，智也，不挠而折，勇也。廉而不技，洁也。”，所以古之君子必佩玉，“君子无故，玉不去身”。佩玉成了君子有德的象征。很喜欢那句话：“谦谦君子，温润如玉”，念起来朗朗上口，想一想意蕴无穷。正因为文人雅士的喜爱，玉也蕴含着更多的文化内涵。著名学者李约瑟在《中国科学技术史》中更是说道：“对玉的爱好，可以说是中国的文化特色之一，启迪着雕刻家、诗人、画家的无限灵感。”国人视玉是一种神圣的物件，通得神灵，镇得鬼魅。玉，以其质地细腻，玲珑剔透，自古被人们所喜爱。玉能养人，人也能养玉。

玉，具有古典的美。骨子里有着古典情结的我，自然是爱玉之人。爱玉之通灵、神奇，认为玉是天地间最有灵性的物件，那香艳媚俗的珠宝金银岂可堪比！喜欢那玉背后千万年蕴藏底下的历史，喜欢玉具有的温润古朴典雅之美。中国的女子天生适合配玉，一直认为女人一生中没有一块属于自己的玉，便是女人一生的一大憾事。你看那温润剔透、淑雅内敛的玉，仿佛已把女人易碎的年华和永久的美丽都凝脂于此。那种静静栖于一处不张扬的内敛，那种蕴含在极深处的世事沧桑，也绝难改变她的美丽。

成语中也有很多带玉字的。如：玉洁冰清、玉石俱焚、玉碎珠沉、金枝玉叶、抛砖引玉、金科玉律、珠圆玉润、怜香惜玉、浑金璞玉、小家碧玉，最著名的就是“宁为玉碎，不为瓦全”。

有关玉石的记忆，源远流长。

很小时就记得外婆手腕上戴着一只黄绿色的玉镯。每当在外婆怀里撒娇时，就要抚摸着那镯子。心想着，不知何时这镯子能成为我的。但外婆去世后，母亲把那个玉镯送予常年照顾外婆的舅妈了。

对玉石留下深刻印象的是在儿时看纪录片那个马王堆里的金缕玉衣，后来从历史课本中也看到过图片。而对玉文化的记忆来自于曹雪芹笔下的“通灵宝玉”，书中对这个通灵宝玉有这样的描述“只见大如雀卵，灿若明霞，莹润如酥，有五色花纹缠护。”这块宝玉可以幻化人形，通天达地。一个“满纸荒唐言，一把辛酸泪”的亦真亦幻的故事借这石头在人世走一遭后遂成绝唱。曹雪芹让他最喜欢的人的名字都带“玉”字，如贾宝玉、林黛玉。

本人的第一块玉佩，是在上世纪80年代初得到的。当时，两岸稍微开禁，能从香港转回到大陆探亲。1948年离开大陆到台湾后就没再回来的二叔公，委托二奶奶转从香港回到安徽老家，送给未曾见面的孙女每人一只玛瑙镯子作为礼物，我的镯子是红玛瑙。当时，对从未见过玉石的我们，是一个怎么样的震撼与欣喜若狂啊！时而细看、时而轻抚、时而又贴在脸上……我开始时是一直带着，后来结婚生女，每当左手抱孩子时手镯会抵着她的头部，于是就拿下来珍藏起来，等孩子不需要抱了又戴在了手腕上。可惜，2009年春，这只镯子因某茶楼大理石地板滑导致我摔倒而碎成五节，冥冥之中好似神助，我的胳膊竟没受任何伤，只是大拇指因指甲崩断而血流不止。心想，是手镯保住了胳膊，否则，一定骨折了。至今，那断了的手镯我还是珍藏着。这个手镯意义非凡，承载了我们家几代人的心愿啊！

结婚十周年，大姑子送给我一只属相玉佩，是羊脂玉，属于最高级别的和田玉。这是我第二块玉佩。从此，一年到头玉不离身，它成了我的护身符，其他的首饰都不再佩戴而束之高阁。至今，这只玉佩一直戴于胸前，也深深印在心中。大姑子一直就职于苏州玉雕厂（因婆婆是苏州人，大姑子就一直留在苏州陪伴外婆）。

至今仍然清晰地记得那年第一次去苏州大姑子家做客的情景，看到她所雕刻的各式各样的玉器：佛像、属相、植物等，颜色有雪白的、碧绿的、玛瑙红……还有黑色的。非常惊叹，简直无法形容。太美了！大姑子雕刻玉器的工艺技法非常高超，很多上海、苏州与港台人士慕名而来，专门请她雕刻。有关玉的知识也是自那时开始知晓。她说，以矿物学而言，中国的“玉”分为软玉和硬玉两类，即俗称的和田玉与翡翠。软玉，称真玉，在我国有白玉、青玉、碧玉、黄玉和墨玉等品种。软玉的品种主要是按颜色不同来划分的。多数不透明，个别半透明，有玻璃光泽，白玉中最佳者白如羊脂，称羊脂玉。具有蜡状光泽，纯洁乳白，色泽比较接近于油蜡的凝脂美。硬玉，俗称“翡翠”，有着隐约的水晶结构，具有玻璃的光泽，清澈莹洁。中国有“四大名玉”，是新疆产出的：“和田玉”、河南南阳产出的“独山玉”，陕西“蓝田玉”和辽宁岫岩县产出的“岫玉”。和田玉蕴量最富，色泽最艳，品质最优，价格最昂，是中国古代玉器原料的重要来源，历代皇室都爱用和田玉碾器。鉴定玉的标准，一般有以下几

条：一是看玉的比重。比重越大，玉越珍贵。二是看玉的硬度。硬度越强者玉石越佳。三是看玉的色泽。红的为翡，绿的为翠，翡和翠布满就可以称为宝石，当然玲珑剔透也是一个方面。四是听玉的声音。脆者为佳，哑者为劣。五是看做工。常言道：黄金有价玉无价。这句话并不科学。所有的玉都是论斤、论立方购买的。和艺术结合，才决定它的价格。六是看玉的时间。玉有古玉和现代玉之分。古玉就是文物。现代玉就是艺术品。一块年代久远的古玉，价值可以连城。从此后，对玉是百看不厌，每每于玉石柜前顾盼流连。那次在上海博物馆，最高层就是玉器藏品馆。我来回看了几遍，还在电子屏幕前查询相关资料。细细品味，自有一番情趣。静时赏玉，品味天地精灵和人间神工的同时，感悟的是那远逝的时光和尘封的历史，还有那世事沧桑与人间真情。

那年去漓江，到一个玉石店，一下看中了一串黑白水晶项链，爱不释手。尽管价格很高，但最后还是咬牙买了，当场就戴在了脖子上。某天在单位舞厅蹦迪，不知何时它就杳无声息地离我而去。待我回家发现时，后悔莫及啊，再去舞厅也寻找不回来了。几年后，在张家界的一个玉器店看到同样的项链，立即又买回来，只在夏天带。

三年前，婆婆把大姑子送的一双镯子非要给我佩戴，当时推谢不掉，只好拿着一只戴着。谁知那日和孩子从图书馆出来，不知怎么与她的胳膊碰了一下，竟然断了，当时很是黯然神伤了一些时日。宝石，与人的缘分，也与人与人的缘分一样。离开了，回不回来，不好说的。但是，如是碎了，那表明与你的缘分是尽了的啊！因为与玉石相识，如同知己可遇而不可求。如果你看上一块玉，那叫“相玉”而不叫“买玉”。玉是有灵性的。在知己眼中忘而生恋，玉总在有缘的人眼中展现它的华美，只要是玉，便有情，便有动人之处；在知己眼中，自有它的灵气，君子必佩玉，玉赠有缘人。赠玉，是为了传递情感和祝福，无论是肝胆相照的朋友至交，抑或是儿女情长的男女恋情，还是舐犊情深的父母之爱，都可以通过玉来传递和延续。玉随缘走，物品的真正价值在于它身上所附有的情感啊。

爱玉，只爱手中腕上、项上与腰间的玉饰，喜欢那种遮掩在衣裙中、与人日日肌肤相亲的感觉。玉要常戴，它长久的和一个人的肌肤相亲，会彼此渗入和融合，而玉还有那么多对人体有益的微量元素，那样与人的血脉长期相融，可以平衡阴阳，调和气血，柔筋强骨，起到祛病、保健、益寿与美颜的作用。

最喜欢在寂静的夜晚独坐于书房中，让柔媚的月光洒在窗前，细品一杯香茗或咖啡，或轻击键盘或用笔写作，那半藏于腕袖间的玉镯儿，幽幽明明，半遮半掩，时而与键盘相碰、时而与钢笔相遇、时而与杯身相击，于是，发出一些清脆的叮当声，那定是玉儿和我在交流着……

心香一瓣

诗意地生活，抑或如陶渊明“采菊东篱下，悠然见南山”般的悠然、抑或如李白“仰天大笑出门去，我辈岂是蓬蒿人”般的潇洒、抑或如易安居士“知否？知否？应是绿肥红瘦”般的婉约、抑或像徐志摩“我轻轻地招手，作别西天的云彩”般的飘逸、抑或像海子“面朝大海，春暖花开”般的明媚……

——《诗意生活》

肥西·小团山花卉

路

鲁迅先生说：“什么是路？就是从没路的地方践踏出来的，从只有荆棘的地方开始出来的。”“其实世上本无路，走的人多了也便成了路。”

而我说，以前早有路了，以后也该永远有路。路，既是起点也是终点。

世上有各种形式不一的路。有阡陌纵横交错的乡间小道，有笔直宽阔的柏油马路，有原始的泥泞小路，有现代化的高速水泥公路与铁路，有陆路、水路，还有空中之路；有幽雅宁静的林中小径，有铺满石子的羊肠小道，有蜿蜒起伏的山间小道；有清晨雾中的路，有早晨匆忙的路，有正午强光下的路，有黄昏暮霭中的路，有星光照耀的路……

乡间小道有它的乐趣，雨天，一走一滑摔个大跟头，柏油马路熙熙攘攘繁华似锦，现代化的水泥高速公路车水马龙川流不息……

有人生之路，有生活之路，有理想之路。

路是靠走出来的，脚下的路有千万条。“天高任鸟飞，海阔凭鱼跃”。只要你自己认准的事儿总是能寻找出一条路的。但是，前进的道路并不是平坦的，总会有些坎坷、有些崎岖，甚至有时是迂回曲折的，正如屈原所云“路漫漫其修远兮，吾将上下而求索。”它已成为许多有志之士的座右铭。

路，就在脚下，只要抬起脚，路就在脚下延伸，留下一串串脚印。人的每一步行动都在书写自己的历史，在人生的大路上，人该如何行走？是扎扎实实、脚踏实地，还是深一脚浅一脚？是充满艰难困苦勇往直前，是摔倒了就爬起没有眼泪没有悲伤，还是徘徊彷徨不前？甚至是破罐子破摔？是取得一点成绩就沾沾自喜骄傲自满，还是再接再厉进取向上？

世上的路有无数，最难忘的是心中的路，它是希望它是追求，它是泪水打湿的欢乐与幸福。

生命的路是进步的，人类也总是不断向前的。所以，人走的路应该永远向前。

祈　　祷

那天晚上观看了上海电视台播放的电影，因为没有看到片头，故不知其片名，也不知是哪国的电影，更不知主题曲的名字，但听着片中的主题曲觉得很熟悉，原来10年前就听到过这个旋律。虽然以前听过但还是被深深打动了，那份缠绵、那份虔诚、那份忧伤、那份无奈，使人难以忘怀。

影片叙述的是英国一个王子以皇家海军军官身份来到日本访问，不堪政治的严肃机械，于夜晚偷偷溜出来，遇到了巴士的导游小姐，并与之产生了爱情。影片围绕着这件事展开情节……看完后已是子夜，但久久未睡，那优美缠绵的旋律一直萦绕在心头。

最早是在10年前听到这首歌，可是不知歌词大意，只知其旋律，有事无事都哼着它。后来一直寻找这首歌，没有想到从电影里听到了熟悉的旋律。在一个偶然的机会里，又终于知道了歌名叫《祈祷》，而且是日本歌曲。歌词非常优美，意境深远，特别感人：让我们敲希望的钟啊，多少祈祷在心中，让大家看不到失败，教成功永远在；让地球忘记了转动呵，四季少了夏秋冬，让宇宙关不了天窗，教太阳不西冲……

去年临毕业时，同学们分手在即，各人都把这首祈祷作为赠言互赠。它表达了美好的嘱咐和愿望。祝愿每个人心中的希望永存，祝愿大家事业都获得成功，祝愿人人都青春永驻。

我也常在心中祈祷、祝福，祈祷人类永远和平没有战争；祈祷祖国繁荣昌盛欣欣向荣；祈祷国泰民安风调雨顺；祈祷人间没有疾苦没有苦难没有贫穷，人人都健康富有；祈祷人人都有一颗真诚善良美好的心；祈祷一年四季都是春光明媚阳光灿烂；祈祷五谷丰登六畜兴旺；祈祷朋友事业有成家庭幸福；祈祷家人生活蒸蒸日上，幸福快乐直到永远……

默默地祈祷，虔诚地祈祷……

生活絮语

读书成瘾的我，对锅碗瓢盆及柴米油盐之类（虽然能烧几样好菜），但始终兴味索然，正如我喜欢不拘小节而讨厌繁文缛节一样，埋头于博大精深的著述中比叮叮当当地锅碰碗、碗碰瓢、瓢碰盆要惬意得多。

一天的三餐实在令我头痛不已。这三餐要花费一天的很多时间，上初中时我就想：要是谁发明了一个星期只吃一次饭、一个星期也只睡一次觉的药品就好了，省得每天都是如此，周而复始循环往复地累着、忙着。这绝不是狂人的自语。诸君请想：人的一生总共有多少时间，长寿者有八九十年的光景，但大多数人并不长寿。有的童年夭折，有的中年丧生，有的英年早逝。而睡觉又占去三分之一的时间，剩下的三分之二时间还要去每天三餐的买菜、做饭、洗碗，何况还有另外的许多家务活。这又要花掉不少的时间，生命里还有多少时光可以让我们支配？

所以我的生活观就是：买菜我是一次性地买很多，储藏于冰箱中而大多数是买些成品或者半成品食物回来简单加工处理就行，洗碗是一整天的碗积累起来晚上一次洗净；衣服也是积累起来一个星期洗一次（夏天例外）；卫生还是一个星期来一次扫除，或者等什么时候看得出脏来什么时候才清除。其他的家务只是顺带干干，从来不花费大量的时间。

我向来都不在乎吃得怎样、睡得如何。有的吃就行管它荤菜素菜，随饿随吃不定时；睡觉呢，每天只睡 6 个小时，早上照样起来要为工作与家庭疲于奔命忙于应付，即使困了，也只是随即躺在沙发上打一个盹儿，只需 20 分钟就解决问题，夏天午觉也在 30 分钟之内。

生活的方式并不重要，重要的是要有一个正确的生活态度，有一个丰富多彩、健康向上的心态。我从不注意物质方面的富有，只是很在意精神世界的充实与否。只要精神充实了，就不会感到空虚寂寞、无所事事。我以热情去寻求知识，寻找着自己的精神家园，我追求的是心中的女神——缪斯。我拿起我的笔，用我的心和我的手去抒写人生的丰富、无穷。

无论置身于繁华的街市还是空明寂静的山林，心中拥有的只是那不朽的追求，只是那不为功名、不求利禄的淡泊情怀。

诗意生活

那日，突发奇想，又建了一个QQ群，取名为“花开云端”，群友都是本地的媒体文化界女性朋友，定位“寻找快乐，诗意生活”。

现代人的工作压力大、生活节奏快。有个经典的比喻：现代人的生活像只每天上紧了发条的钟。长期快节奏，不仅伤身更伤“心”。因此，在快节奏工作之余，要让生活节奏慢下来，享受一下生活。“慢”是一种积极的生活方式，可以让人们有更多时间品味生活，丰富阅历，从而达到减压的目的，同时还能让身体的运转更正常，是一种循序渐进地改善生活、促进健康的好办法。“慢”是放慢速度不是拖延时间，而是让人们在生活中找到平衡。近年来，西方发达国家已经开始“慢生活运动”，他们不走极端的生活理念和让心“慢”下来的生活意识，值得推崇。笔者认为，学会慢生活，就是要诗意地去生活。

何谓诗意？泰戈尔《飞鸟集》开卷写到“夏天的飞鸟，飞到我的窗前唱歌……秋天的黄叶……只叹息一声，飞落在那里”。季羡林说：“人活一世，就像作一首诗，你的成功与失败都是那片片诗情，点点诗意。”诗意，就是悠闲心灵的幻觉享受；诗意，像诗里表达的那样，给人以美感的意境，或有强烈的抒情意味。海德格尔说：“人应当诗意地栖居。”是的。当飞鸟翱翔于天际，当鲜花盛开于大地，当人们脸上绽放出微笑，诗意便开始在生活中流淌。人应当诗意地生活。

诗意地生活，抑或如陶渊明“采菊东篱下，悠然见南山”般的悠然、抑或如李白“仰天大笑出门去，我辈岂是蓬蒿人”般的潇洒、抑或如易安居士“知否？知否？应是绿肥红瘦”般的婉约、抑或像徐志摩“我轻轻地招手，作别西天的云彩”般的飘逸、抑或像海子“面朝大海，春暖花开”般的明媚……倚着古木抬头看黑幕里繁星遐想，静静感受那些微弱的星光洒在脸上的感觉，体现沉寂的美是诗意；为寻找到所要的生活而漂泊，也是诗意；学海明威仰望乞力马扎罗之雪时的浪漫，学梭罗独居瓦尔登湖畔的寂寞，同样是诗意地生活。最重要的还是在纷繁的现实之中，留一方净土种理想，然后一刻不停去奋斗，直至收获人生的金黄麦田，收获款款诗意。

想起王国维《人间词话》中的人生三境界。他说，古今之成大事业、大学问者，必经过三种之境界："昨夜西风凋碧树。独上高楼，望尽天涯路。"此第一境也。"衣带渐宽终不悔，为伊消得人憔悴。"此第二境也。"众里寻他千百度，蓦然回首，那人却在灯火阑珊处。"第三境也。这三种人生境界都是充满诗意的。尽管我们的生活不是至善至美，但我们的心灵却可充满诗意，我们可在梦中追寻着那个诗意的心灵港湾啊！

诗意发自心间，让心得以舒展。诗意地生活，源自人们内心的和谐。当人们内心和谐、带着爱心去生活，当人们从阅读中获取聪明与思绪，当人们到自然中寻找抚慰，人们才可以如刘禹锡在《陋室铭》中所写那样诗意地生活。

一个人的生活态度是其内心的真实反映。因此，如水般澄澈的黛玉幽居在潇湘馆，在那一丛青翠的绿竹下迎风洒泪、对月抒怀，吟出一句句清巧、轻盈、绮丽的诗。内心和谐，充溢着对万物的爱的人才可以诗意地生活。特蕾莎修女给每一个穷人带去关爱，爱让她的生活布满诗意；皮埃尔神父为无家可归者送去温暖，关怀让他的生活布满诗意……当人们内心和谐，带着对万物的爱去生活，人们才可以学会如何诗意地生活。

诗意地生活，需要人们从阅读中汲取养料、收获知识、学会思考，让阅读成为生活的一部分，生活才可以变得诗意。当人们从儒、道、墨、法的典籍中探究为人之道、从司马迁《史记》中开启历史的明镜、从唐宋八大家的作品里顿悟文章之法时，当莽莽苍苍的森林给莎士比亚带来浓郁忧伤的情怀、潺潺流动的多瑙河给施特劳斯家族带来美丽的音韵、古老沧桑的凤凰古城给沈从文带来历史的厚重与深刻时，知识便开始滋润人们干涸的灵魂，给灵魂注入诗意，思维便开始给心灵插上翅膀，让心灵翱翔于诗意的天空。

诗意地生活，还需要让大自然抚慰自己浮躁的心灵。大自然的灵动与纯净，让人们更加诗意地生活。如果，你住在江南古巷，天气晴朗时，看庭前花开花落、望天上云卷云舒，听燕子呢喃、闻秋蝉鸣叫；下雨时，泡一壶清茶，坐在藤椅上翻翻古老的线装书，吟诵《雨巷》，看丁香般的姑娘举着油纸伞消失在巷口；或者在廊前听雪、在月下漫步……如果，你住

在水边，那你可徜徉在岸边春晓的柳荫下、夏日盛开的花丛里；看一泓秋水在微风中荡漾、看芦荻在水一方摇曳；吹一曲箫音、吟诵几句唐诗宋词；或在水中钓鱼或在浅滩嬉水……如果，你住在山村，在清风的吹拂下，看那山野四季的花草、树木、小鸟、昆虫，一花一木布满灵气，一片生机勃勃、田园牧歌、诗意盎然的景象；也可清晨起来，品一杯清茗，捧一本《归去来兮辞》，让千百年前的悠悠山风，把你吹到静谧、温馨的心灵田园，让心沉淀收获一份世外的宁静。

虽然，太阳天天东升西落，行人天天匆匆而过，我们都在平静的生活里奋力地拼搏。但是，诗意生活还是无处不在、无处没有的。它在我们平凡生活的任何角落里。在匆忙过后、在安静时刻，诗意都会像彩虹和晚霞一样，呈现在我们的天空上。

平时，我与文友们或在茶楼、咖啡屋聚会，是为了放松心情，释放压力，寻找快乐。也常去一些书法家、画家，看老师们现场挥毫泼墨，自己在家也每每作画、练毛笔字，一把竹子、几片田田荷叶，也是我诗意的表现。最喜欢赵孟頫的与董其昌的书法，买了很多字帖与画册，还在网上看书画视频。还坚持学古筝，原来是每周或半月去琴房练一次琴，如今因工作忙，就改为每个月去一次，平日里在家自己弹奏古筝。每周参加单位组织的两次瑜伽，通常都在中午时分，不吃午饭就去健身房。经过一个小时的训练，呼吸调节，身心得到极大的放松，回来再小憩一会，真是很美的享受。今年8月份的最后一个周末，带着公婆大人去植物园看荷展。那天，我们一边游览，一边拍着亭亭玉立的荷花，荷花是我的最爱。每年要去外地旅游两次，比如去北京、上海、西安、武汉、杭州、云南等地，而去外地也是必到美术馆、博物馆观看各种文化展览，如画展、摄影展等。还参加了单位的合唱团，每周练歌一次，虽很小就非常喜欢唱歌，在学校、单位组织的唱歌比赛中还获得过名次，最好成绩是二等奖，老师也表扬说我的真、假声能进退自如地互换。本月，与媒体文化界的同学一起参加了几场安徽电视台举办的“新安读书论坛”活动，聆听了许多大家的精彩演讲与访谈，比如，鲍鹏山、钱文忠、郝明义、梁文道等。去年，就已经聆听过王蒙、陈丹青、苏童、毕淑敏等大家的讲座。

那天看完钱文忠教授访谈结束后，同学们都回家去了，我看时间还早，因极爱水的缘故，于是，就一个人顺着天鹅湖岸边散步。虽8月下旬了，但今年这个夏日特别漫长，已是傍晚，可还是骄阳似火。有时，还一手打伞、一手拍照。走走停停，看到美丽的景色，就立即选取最佳角度进行拍摄……为更好地与大自然亲近，干脆脱掉鞋子，光着脚丫走在草地上，那种微凉而痒的感觉也会让人着迷。走在岸边，和风吹拂，远处湖水泛起涟漪，湖边的风还是凉爽的。很久没走在土地上，也很久没有赤脚沾地气了。柳枝随风起舞，心似乎也随着微风轻轻摇曳起来，惬意得很。在一处僻静的树阴下，索性坐在岸边，双脚伸入水中，轻轻搅动着，湖水还是温热的……环顾四周，对面的沙滩上挤满了游泳的人，身边不远处，三三两两的人，或坐在草坪上、或缓缓走着。转眼看着静静的湖水，突然想起“静水深流”、“暗流涌动”这两个词，思绪飘扬……人生有时就如这湖水，看似平静，实则暗流涌动，各种浮游生物在水面下舞蹁跹……虽然，经过这个漫长的炎炎夏季，心情好多了，然有时在夜深人静时，一个人仍然会止不住泪流满面。人生的得失与取舍，看似无常，实则是命中注定。

其实，每个人都会有不如意，每个人也会有失败，或工作失意、考场失利、情场失恋等，但最重要的还是要积极调整心态，去极力感受生活的美好，努力营造诗意的人生，从而把失意的人生转变为诗意的生活，才好！

诗意地生活，还要保留一份童心、保留一片纯净，逐渐丰盈自己的精神世界。诗意地生活，是一种乐观向上的心态，是一片闲适悠然的情怀。“晴空一鹤排云上，便引诗情到碧霄”。

美女如云

那天在公共汽车上，正独自沉思，猛地听到一声稚嫩的话“美女，上车请扶好！”扭头一看，一个六七岁的男孩对着一个老奶奶说话。大家扑哧一笑，我也忍俊不禁。心想，现在的孩子真不得了。

美女这个词，是时代发展的产物，她带着一股势不可当的力量，从神坛走下来，落入了凡间。好似一夜春风，吹开了满地的鲜花，在我们周围蔓延开来，一转眼，无数美女从天而降。这个词不再高高在上专属于某一些人，而成为大众普遍接受的一个称谓。在过去很长的一个年代里，美女是个稀有词汇。若没有闭月羞花之貌，哪个女子能与之相匹配？以前遇到陌生人，开口必要先称呼“同志”，而如今，无论是同熟悉的人还是同陌生人打招呼，都喊美女，仿佛信手拈来。“美女”这个词是最好的开场白，一声美女叫出口，带着温暖和微笑。无论何地，只要是有女人的地方，总会听到美女、美女的叫声；无论年龄大小，不管姿色如何，只要是女性，一律呼之为美女，叫起来简单，听起来愉悦；叫的人随意，就像过去问“吃了吗”一样自然，听的人无比受用。被叫者无不心花怒放笑逐颜开，叫者也无不自然流畅舍你其谁，最后皆大欢喜，是让双方共同喜欢的一种称呼。不管是绝世美女抑或资深美女抑或一般美女，大都坦然接受，先照单全收再说。好像个个都是美女了，如是那样，真是美女如云了。《诗经》里说，“出其东门，美女如云。”现在不用出其东门了，满大街上，沸沸扬扬的都是美女。

记忆中，美女是世上的稀有物种。在中华民族的传统审美观里，美女要有鹅蛋脸、柳叶眉、杏核眼、悬胆鼻、樱桃小口，要面若桃花、纤纤十指、皓腕凝霜雪等。历史上的“四大美女”西施、昭君、貂蝉、贵妃都有闭月羞花之貌、沉鱼落雁之容，且能歌善舞与琴棋书画。“爱美人不爱江山”中的美人，亦是层层选拔，才貌双全。可见，当美女从小众化变为大众化，由实体变为虚拟，其味就大变。能不负这个称呼的，也就那么寥寥几个人。“四大美女”的容貌后人无缘瞻仰，她们美在文字里、美在想象中。我心目中的美女，自然是美貌惊人，与众不同，无论横看侧看，都是应是惊为天人。

记得几年前，湖南一家媒体以“男子大街上贴征婚广告，两天引来100名美女”为题报道了这样的一件事：有人在长沙湘仪路附近重阳路的一个广告栏中，公然张贴两张“个人征婚”广告，且留下征婚者家里电话号码。“两天引来100名美女”，叫人确实吃惊。是看完这则新闻后，却有种“不实”的感觉。好似只要是女的，都是美女的了。从这些言语中，怎么能看出应征者的长相，又何以证实是美女？真不知道是如何得出这样的结论的。

有位朋友即使年过四十，但自认为无论从身材还是从外貌来看，都可以称得上年轻貌美。关于美女的事情，她说了所经历的事情。有天下班路上，碰到一对夫妇带着孩子拦住她说：“大妈，行行好吧……”她扭头横过马路，愤愤地想：这人是什么眼神，居然喊我大妈。继续往前走，又碰一男的带着孩子迎上来，刚想躲开，只听见他冲着她喊：“美女，行行好吧……”心中一喜，掏出一块硬币就给了他，然后昂首挺胸地走了。刚走两步，又听见那人在喊：“美女，行行好吧，”她回头想看看这位美女到底多美，一回头，晕了，竟然是位花白头发老太。

如果说在战争年代遍地英雄的话，在今天这个繁华而喧嚣的时代则是遍地美女。有部电视剧叫《遍地英雄》，现在是遍地美女。这在南方城市尤甚。多年前据说经理多的惊人，一板砖下来砸到十人头上有九人是经理，现在美女多，几乎个个都是。一年届而立的朋友，是所谓的钻石王老五，某公司年轻老总，在女人眼了可是炙手可热，一天到晚都有女人暗送秋波，或者明言非他不嫁。我调侃他说，你秋天的菠菜收得太多了；也有人调侃说其艳福不浅。他却一脸苦笑说，都是美女，看得我眼花缭乱，不知如何取舍了。退回去十几年，恐怕一个美女我得使出浑身解数才追得上，现在遍地都是美女。

逛商场，最不喜欢别人自卖自夸衣服了，但对喊“美女”，也习以为常，但那天一个从老家来的表妹说起买衣服时的趣事。当女营业员对她喊美女时，表妹愣了一下，以为她是在叫别人，可左右无人，不是叫自己是叫谁。她有些不好意思地走过去，营业员就很认真地夸她长得好、气质好、身材好，她从小到大还没人这么夸过啊。随即营业员又热情推荐衣

服，说她穿上后更漂亮了。其实表妹当时并非很满意，但挡不住营业员的热情与那阵阵“美女”的呼声，依然买下了那衣服。我说，这是商家招揽生意的一个小手段。

我从不认为自己是美女，尽管别人都喊美女，但我知道那是奉承与恭维。虽在学生时代常被老师选上登台演出，在单位也参与表演文艺节目，但至多我只认为自己不丑，也可叫做清秀，可是当媒体或其他传播工具称呼一些你并不认为美丽的人为美女时，除了诧异剩下的也许就是慨叹这个社会真的太宽容了：人们的审美观差异太大了。是美女怎么样，不是又怎么样。不管美丑，一顶帽子、一个称呼而已，砸向谁大可不必较真，只要高兴就行，这大约是美女流行的主要原因了。同学之间、同事之间，在轻松的环境里都可以称对方“美女”，其中添着几分亲近，更有几分打趣了。被喊“美女”，众姐妹都是笑嘻嘻的，即便心情不好，也会马上换了笑脸相迎，毕竟美女这个称呼有着不可抗拒的魅力，大家还是满心欢喜接受。那天，十多岁的女儿从外面兴冲冲看着我喊道，美女，下午我们去逛书店吧，我笑着说好啊！孩子奶奶一下瞪大了眼睛，惊呼道：“你叫你妈什么？”女儿歪着头说：“奶奶，现在喊女的都流行喊美女呀！我也可以喊你美女的。”鬼丫头，胡说什么啊？她奶奶嗔怪着，脸上却挂着笑。

想起《唐伯虎点秋香》里看到的一个经典镜头：在唐伯虎大呼一声“美女”后，前面的女子都齐刷刷地回过头来，龇牙咧嘴笑嘻嘻地看着唐伯虎，我们也和电影里的唐伯虎一样惊了一跳，同时发现平时感觉长相并不算太美的巩俐，在这群丑女里的确是风情万种、风姿绰约，简直是惊艳。有人开玩笑说，如果哪天走在街上，你突然喊了一嗓子：“美女！”保证周围的女同胞们齐刷刷把头扭了过来。因此，现在大街上有人叫你“美女”，你千万别当真，别心里太美，美女只是一种称谓。现在这“美女”的称谓不外乎三层意思：一是表示你是个女的，二是说你年纪还不算老，三是说你没有生理缺陷。

其实，上帝创造出的任何女人都是美的，只是美的方面不同而已。她们或艳丽、或清秀、或丰腴、或苗条，让人心动之余，而感受生活之多彩、之灿烂、之美好。中山先生说得好：倘若世界上缺少了女人，就少了二分之一的真，三分之二的善，百分之百的美。美女如云也是海晏河清、国泰民安的表征。喊做“美女”，从另一种层面体现出的是社会的进步，这是对人的尊重达到某种高度的具体体现。

永远的朋友

前几天几个朋友小聚，适逢节假日连在一起。平常难得见上一面，只是在电话中或者网上联络，没有重要事情，即便行走在同一条道路上彼此也只是点头致意而已。当今世界是信息社会，瞬息万变。人们脸上呈现的都是行色匆匆，抓紧点滴时间，或工作、或学习、或经商，或忙点别的什么。

人生在世不能没有朋友。培根曾说："缺乏真正的朋友，乃是最纯粹最可怜的孤独，没有友谊则世界将是一片荒野。"爱因斯坦也说过："世间最好的东西，莫过于有几个头脑和心地都很正直的严正的朋友。"有位外国作家还把友谊、爱情、事业看做是人生的三大支柱。

古人对"朋友"一词的解释为："同师为朋，同志为友，"新华字典则又释为："彼此友好的人。"朋友，是人生活中的一盏灯；朋友，是使人上进的阶梯；朋友，是激励人生活的力量；朋友，是反射人心灵的一面镜子……

朋友不必要天天见面，而见面也不一定要喝酒吃饭划拳行令，也不必非是一哄而上群起群聚。

朋友不把友谊挂在口上，并不为了友谊而互相要求什么，而是彼此为对方做一切的事。因为，为朋友要两肋插刀。

朋友，就是在关键时刻，在你想到或没想到之时，能帮你一把，替你搭桥、穿针引线；不是今天你帮了我的忙，而我一定要还你的人情也得帮你做一件事情；不是在需要帮忙之时缩头夹尾，害怕连累自己而计较得失；朋友间，需要奉献和给予。

朋友间，可以当面批评直接劝谏；朋友间，可以说真话，不管那话是多么尖锐；朋友间，肝胆相照敢作敢为；朋友间不必客套，不必文过饰非，只在乎真诚与否。

朋友，就是可以不为任何理由前来看望你，可以把自己所做的不光彩

的事说给你听，可以随时就想把心里话打电话告诉你，因而吵了你午觉的人。

朋友，就是急着、忙着搜集朋友间的记忆，记录、整理再归档了之后才能安心过日子的人。

朋友，就是和你同游一日而茶水干粮不带却吃得最饱最香而面无愧色的人。

相互利用投机取巧的人不是朋友；投其所好阿谀奉承的人不是朋友；见风使舵、见什么人说什么话的人不是朋友。

不论是多情的诗句、漂亮的文章，还是闲暇的欢乐，什么都不能代替亲密的友情。名声、荣誉、财富这些东西同友情相比，它们都是尘土。

天下的朋友，只有真正的朋友才是永远的朋友。

爱情是什么

古今中外，关于爱情，有很多动人的诗句。如白居易“在天愿作比翼鸟，在地愿为连理枝”；秦观的“两情若是长久时，又岂在朝朝暮暮”；柳永的“衣带渐宽终不悔，为伊消得人憔悴”；苏轼的“十年生死两茫茫，不思量，自难忘”；李清照的“花自飘零水自流。一种相思，两处闲愁”；辛弃疾的“众里寻她千百度，蓦然回首，那人却在灯火阑珊处”；元好问的“问世间情为何物，直叫人生死相许？”等等。

爱情，一个多么美好的字眼啊！万事沧桑，唯有爱情是不变的神话！爱情忠贞的例子，不胜枚举。比如梁山伯与祝英台、焦仲卿与刘兰芝、牛郎与织女、罗密欧与朱丽叶……

话说回来，那些美好的事例，是在古代。那么，现在爱情世界里，谁是谁的唯一？爱情可以不变，但爱的对象也许变了。

爱，能不背负世俗的牵绊？谁能为爱情抛下一切？谁敢说自己可以抛下一切外界条件来爱一个人，当爱情真的来临时，你是否会考虑到各种原因呢？你就真的不在乎一切吗？虽然爱德华八世不要江山爱美人，为了爱情放弃了王位；卓文君为了爱情提壶卖酒……那是凡人向往的境界。纵然唐明皇对玉环是三千宠爱与她一身，可最终，玉环还是一抔黄土掩玉骨啊。

仅有爱，是不够的，还有责任。既然爱一个人，就要对他负责到底，就要给他（她）幸福，让他（她）快乐。自古帝王无数，但是又有几位能让后世记起呢？先不说爱德华八世和辛普森夫人的爱情是否幸福、美满，但是爱德华的这种对自己爱的人负责终生的情怀终让人敬佩，毕竟放弃江山爱美人的例子，人们只从动画片里或者远古的传说中听过……

爱情是可以战胜一切的么？也是，也不是。听说两个这样的事例。一个妙龄女子怀着对文学的热爱，爱上了外地的一位作家，她是未婚青年，而他是50多岁的离异男人。两人相差20多岁，可她就是爱他，不顾家人的强烈反对，从这里追到外省。最后，与作家生活在一起。现在，作家已

经去世几年，据说，她又找到伴侣。另一姑娘从遥远的边陲，为着心中的宙斯，憧憬着浪漫的诗意生活，嫁给了一位内地著名诗人。经过近20年烦琐生活的磨难，现在也几近分手。真不知，这个世上还有没有纯粹的爱情？你是否珍惜了对方？对爱情，我有点开始怀疑它的真实性与专一性了。当然，没人规定必须是从一而终的，一切需要从人性出发。

有谁知情为何物，总叫人含辛茹苦？如不能朝朝暮暮，又何必铭心刻骨？应了那句歌词“爱一个人，好难!”

谁人能在爱火中重生？凤凰涅槃后，他（她）就是君子、是圣人、是至人了。

男人追求仕途与功名，男人把爱当成调味品，男人有爱而没有家也行，男人能给爱，也许给不了家，男人的爱与性可以分开。女人追求爱情，女人把爱当成家、当成生命，女人的爱与性连在一起。痴情的女子，可以为爱情抛下一切，放弃财富，放弃身份，放弃地位，继而放弃一切。

男人可以一生有多次爱，相信他的每次爱都是真的，但也有人说：女人一生只有一次爱，继而是永世难忘，是永恒的牵念。

还有一种情况，就是在错的时间遇见了对的人。那么只能是错爱，或者说有缘没分。今生不能相守，那就等喝过孟婆汤，走过奈河桥，忘却了世上万千烦恼，再相约来世吧。

人生就如一出戏。凡戏，总要落幕。100年前，你不是你，我不是我；100年后，没有你，也没有我。我们每个人都是小说里的人物，都被赋予了确定的命运，彼此的错失和等待，一定会有结局吗？未来在哪里？最终在何处？谁会与你擦身、谁又会陪你一生？我不知。

我没有资格去评价别人的爱情，每个人都会有一段曲折的故事，这注定了每一步路都必须由自己亲自走下去。面对你的爱情，面对你的徘徊，面对你的无知，面对你的痛苦，谁也给不了你最终的答案，一切靠自己从生活中总结出来吧。不管有多少爱，也许，当你再度张开手掌心一看，已经变成一缕青烟，不能把握，只有怀念。

其实，现实的爱情是一种生活，所谓平凡的爱情才能永久，其实，生活就是平凡的!!!

永远坚信这一点，一切都会改变！无论你受过多大的创伤与打击，心情多么的悲痛与沉重，甚至一贫如洗，你都要坚持住。太阳落了还会升起，不幸的日子总有尽头，过去是这样，将来还是这样。

二月，太匆匆

二月，就在不知不觉中渐行渐远。

二月，早春。走在路上，风儿有些温暖，脸上溢满笑容，可心儿却有些惆怅。云端，那折了翅膀的天使还在疗伤，她没有了想念的思绪。岸边的垂柳嫩芽鹅黄，枝条儿随风摇曳。玉兰花含苞待放着，朵朵如絮似雪，更待一夜春风来、千树万树开。微风吹皱了一汪春水，有一丝荡漾，泛起了小小涟漪，明媚起来。

春天来了，天气时晴时阴，心情也时好时坏。乍暖还寒，最难将息。问君能有几多愁，恰似一江春水向东流。其实，昨天到今天，心情都不好。古人云：女子伤春。

岁月就是一条无尽的河。左岸是回忆，右岸是期待，而河中流淌着说不完的徘徊、无奈与忧伤……落寞的心无处可藏，从此，葬了心，藏了爱……一转身，也许就是一辈子的遗忘。听王菲在唱“想你时你在天边，想你时你在眼前，想你时你在脑海，想你时你在心田……”那么空灵、飘渺，那么深情款款，可这不是“传奇”。宁愿相信，前世没有约定，今生的爱情故事也一直在改变着。用一生去等待，值得吗？他一直就在你身边吗？也许早已走远了……这样的故事还少吗？比如张爱玲、张幼仪等等。

时光如刀，刀刀催人老。时光如梭，为人做着嫁衣。岁月沧桑了人的脸，岁月催老了人心。有人戏谑：时间太短，指缝太宽。

二月，都是为春节而忙碌着。春节也只在家烧了几次饭，大年三十，请公婆、父母、孩子大伯还有弟弟一家在我家吃年饭，一大家子十几口人，其乐融融。大年初一，父母与弟弟一家继续在我家吃饭。然后就是走亲访友了，最甚的就是一天跑了4家。亲情与时间赛跑，鞭炮与短信比武。

二十多天没练瑜伽了，老师说3月份再开始；春节长假只是在家转了两次呼啦圈；只弹了两次古筝；毛笔字只是练几次，初三晚上与父亲、女儿一起切磋毛笔字；初四以后开始与朋友们聚会；初五下午去给吕老师拜

年，大家一起写字画画，很开心。我画了两幅人物——导演王正与好友马丽春，只是速写。以前都是在本子上用铅笔画的，但这次是用毛笔直接在宣纸上画的。多年不画画了，也生疏了，可朋友们说还是有功底的。汗颜的很！只恨少时涂鸦少，今时拿笔方觉生。

平生喜爱文艺，讲究情调，毕生追求浪漫，其实，也是害了自己。人生在世唯有健康第一，剩余就是寻找快乐。苦苦寻求那不切实际的，太累，也没意思。风花雪月，皆为过眼烟云！深深知道：人间正道是沧桑。去国怀乡，家国情怀，才是主旋律。

但愿，阴霾的心绪如二月一样，匆匆、匆匆而过；但愿，二月的春风如剪刀，剪去内心的忧伤……

在平凡的日子里，应该敞开心怀，脚踏实地，过好每一天。

女人，当自强

在某小吃店认识一个80后福建女孩小静，是店老板的女儿。细细的身材、清秀的脸庞、白皙的皮肤，全然没有南方人的特征。有一个2岁的男孩子，原本并不知道她已婚并有了孩子。

初见小静，只觉她是满脸漠然。即使客人来了，也是机械而冷冷地问到："吃什么？"丝毫不见笑脸，好似别人欠了她的钱。第一次去，我很愕然："竟然有这样的店家！"几次后，与其母渐熟。其母说："她性格不随我，我比较爱说爱笑，为此，我还多次说过她，但她改不了。"我打圆场说："每个人都有自己的性格，随她吧。"

几个月就春节了，她回福建老家看孩子。

今年春末夏初的一天，我又去那家小吃店，再次见到了小静，发现她比原来更消瘦了。我关切地问："姑娘，回去怎么瘦了？"谁知她开始不吱声，咬住嘴唇，低下了头，过了一会儿她告诉我说，是因为是家里的事。我问："你不是回去带孩子了，怎么又来了？那么小的孩子，你走了谁带啊？"她说："婆婆与老公带。"我说："孩子那么小，你怎么舍得丢下他啊？"她说："我老公叫我出来，不让我在家带孩子"我很吃惊。她又说："老公说不要我了，还要再找个女人结婚！"我说："啊！怎么这样啊！那你打算以后怎么办啊？"于是，她就把事情的原委都告诉我了。

她老公兄弟姐妹三人，他是老大，在单位每个月里拿一千元钱，上班也是在混，好逸恶劳，也不思进取，只是对母亲阿谀奉承，整日里陪母亲打牌哄母亲高兴，但父母家境殷实，所以结婚后，他们就住在他父母家。婆婆是个能干的人，年轻时打拼下家业，公公是个典型的妻管严，凡是都做不了主，婆婆只喜欢大儿子——小静老公，另外的二儿子与女儿好似不是她亲生的，对他们不管不问，小静老公便以此为理由长期住在父母家，是个典型的啃老族。小静对老公说，我们自己去创业吧，搬出去住。可

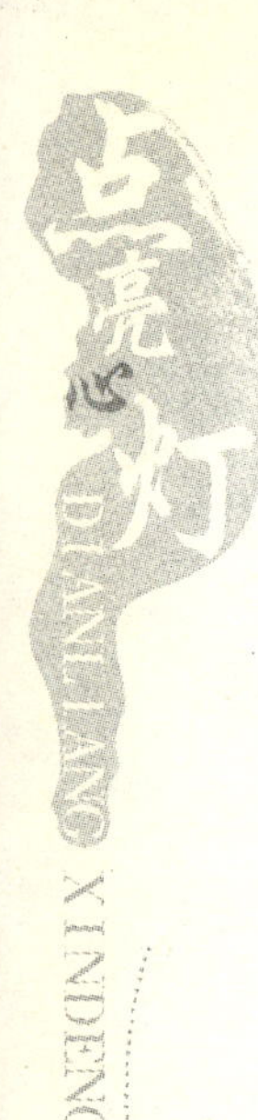

是，她老公死活不同意，还说，出去也行，你赚钱养家吧。听听！这是什么话，一个男人如此不能担当，只想啃老，自己不奋斗，还要女人出去赚钱养家。当然，如今的社会男女都可以养家，但一个好端端的男人，不自食其力，只想坐享其成，享父母的福，成吗？

没有办法，孩子一岁时，小静就随父母、弟弟出来做小吃生意。我问："你老公为什么不给你回家住啊？"她说，有一次还在老家时，她就回娘家住了一晚上，老公从此就不给她回家（夫家）了。她只好跟着自己的父母做小吃生意，还不给她回去看孩子。即使她今年春节回福建，也只远远地看了一眼孩子，老公还不让她抱儿子。听到此处，我很震惊，真是岂有此理！相关法律规定孩子四岁以前，父母离婚时孩子都是判给母亲，何况，他们还没离婚。婆婆、老公私下里还对孩子说："你妈妈跑到外面去了，不要你了！"这是什么人家啊？可恶极了！

我给她三条建议：第一，你回去与老公、公婆一起好好谈谈，让他们顾及你们的感情，更重要的是有了孩子，要对孩子负责，孩子需要一个完整、健全的家。你老公那样过分听他母亲的话，而影响了你们小夫妻正常的家庭生活，那是十分不妥的，你们要尽快搬出来。你们自己抓紧时间做生意，创一份自己的家业，为你们以后、更为孩子的将来着想，人不能永远当啃老族。第二，他们家里如果不同意，你可请当地妇联出面，协调解决家庭问题，不能不让一个母亲不见自己的孩子啊。你们也不能长期分居（她说分居已经两年）。第三，他们如果还是不同意，就只有到当地法院去起诉了，因为他们无端拆散了你的家庭，还剥夺了你做妻子的权利，尤其是做母亲的权利，任何国家的法律都维护这种天伦的血缘关系。后来，也还时常去小静家的店里吃馄饨，看她静静地帮着父母做事，没客人时，她就一个人静静地在一个角落里捧着一本杂志看。她说父母给她取名时，就是看她小时候一直很安静地，不哭不闹，很乖的一个女孩子。可就是这样的一个柔弱女子，却那么不幸，受夫家欺负，别人却无能为力。看着，真让人心痛不已。

昨天，我又去小吃店吃馄饨。小静告诉我，已经咨询过律师。律师让她目前耐心等待，因为她老公如果找到了另外的女人结婚，自然就要找小静办离婚手续的，她老公不至于是法盲，谅他也不敢犯重婚罪的。那时，她可提出条件，要孩子的监护权，并要孩子的抚养费，还要老公赔偿精神损失等费用。我说，既然这样你只有坐等，等老公来找你。她说，她十分想念孩子啊！她家的事情也真十分棘手。最后，我说，你目前还是要抓紧时间谋一份自己的事情做，与娘家人在一起时间久了也不好，弟弟还没有成家。女人，一定要独立。不能靠男人，也不能靠父母。就独立而言，首先要经济独立，才能人格独立。女人，不要软弱，女人的名字不是弱者，男儿当自强，女人更要自强自爱，如此才能成为一个独立的人！

相遇·相知·相爱

男人与女人，从相遇到相知再到相爱，是个说不清楚的命题。

地球很大，人很渺小。大千世界，芸芸众生，一个人与另一个人的相遇是多么的不容易。相遇，不一定会相知，也不一定相爱。有时，即使相遇了很久，也不会擦出火花。相遇，也可能相知，但也不一定会相爱。有些人在一起，经年也不会产生爱意，即使刻意天天在一起，尽管会相知，但也不一定就有爱情。有些人，一经相遇，随即触电，仿佛前世已有约定。

一直觉得，两个人的相遇需要数年的安排，两个人的相知需要前世的缘分，而两个人相爱则需要百年的等待与考验。有人说，前世的一千次回眸，才换来今生的一次擦肩而过；前世的一千次擦肩而过，才换来今生的一次相识；前世的一千次相识，才换来今生的一次相知！

相遇是场缘分，即使擦肩而过，相知更是缘分；如果在此基础上，两个人发生了感情，这更是缘分中的缘分。多可贵！亘古以来就那么一次，只有发生，只有进行，没有回旋，没有重复，多可贵！千年修得同船渡，万年修得同枕眠。

因有相遇，才会有无数的美丽传说；因有相遇，才会有那么多的千古绝唱；因有相遇，才会有“金风玉露一相逢，便胜却人间无数”的神思遐想……尽管，有时相见恨晚，渴望地老天荒与海枯石烂，却也害怕徒增无限的惆怅与惋惜。但是，正是有了相遇，生活才更绚丽多彩；有了更多的缺憾，生命才更显完美，才更值得苦苦期盼……铭心刻骨之后留作一份纪念，一个多年后蓦然回首依然无限留恋的记忆，或者，相约来生，也许，在生命的轮回中，来世的期待更美。

相爱，是可遇而不可求的。就如牛郎邂逅织女，就如白素贞偶遇许仙。一个白衣飘飘、面容清丽的柔弱女子游弋在千年独木桥上，穿越时空，终于相遇了才华横溢、孤寂落寞的华衫公子。于是，在一个个美丽的黄昏里或清辉满月的照耀下，在那片圣洁的丁香花丛中，风景因为他们静静地依偎、无声地交流而变得更加迷人，更令人流连忘返……于是，这世间便增添了许多的感悟与冲动，便掺杂了些许的叮咛与幽怨……是前缘？是宿命？谁也说不清。只是，你我本来可以不错开，却偏偏偶遇了。不管是亿万光年的时空，还是天涯般的距离，都永远无法阻隔，无法割舍相互的吸引……来了，就为那一次相遇的一颦一笑，心便柔软、便悸动，仿佛相知相恋已很久很久，仿佛前世的等待就为此刻。

张爱玲说："于千万人之中，遇见你要遇见的人。于千万年之中，时间无涯的荒野里，没有早一步，也没有迟一步，遇上了也只能轻轻地说一句：你也在这里吗？"于千万人之中，于千万年之中，没有早一步，也没有迟一步。这就是爱情。有点宿命，有点伤感，有些无奈。这是缘分，也是天意。缘分是佛教概念，很深奥，就是说在千人万人中怎么就遇见了一个你。相遇相知相爱，太不容易了；可惜，太多不可抗拒的因素让人们不得不分离，这是宿命的结局，这是命运的错。遇到了胡兰成，成了她的死结。遇到那个男人，为着那个男人，她低到了尘埃里，并在尘埃里开出了花。她在这里苦苦守候，到头来，他却在别人的怀抱里。谁愿用一生的真情去守候？张爱玲想与胡兰成"岁月静好，现实安稳"的誓言，终究还是成了历史的飞烟流云。这是她的不幸。寂寞横亘千年，人声渺渺，转头四顾，却人影茫茫……春风十里柔情，独处林前看飞花，轻卷一帘幽梦，又能与谁相依于其中？

林燕妮在评点《神雕侠侣》时说"一见杨过误终生"，想想果然如此。公孙绿萼若不是绝情谷中见了杨过，她怎么会情深一片以致郁郁？以杨过的桀骜不羁与剑胆琴心，任世间哪一个女子都在劫难逃的。只是公孙绿萼太幸运又太不幸，于千千万万、万万千千众生之中遇见了杨过，之后是历经生死地荡气回肠了一番，实在是此情惜惜。

在《大话西游》里，白晶晶比紫霞要早遇到孙悟空，孙悟空为了救白晶晶才历经磨难去偷月光宝盒。在遇到紫霞仙子之前，他在梦中都会呼喊白晶晶的名字。可是我们都知道紫霞仙子跟白晶晶，最后是谁留在了悟空的心底里，几个千年都无法磨灭？难道孙悟空与白晶晶之间不是同生共死的爱吗？难道悟空与紫霞之间不是更真更深的爱恋吗？当然，感情是双向的。可是在最初相遇的时刻，同步同温却很难。最开始也只是紫霞一厢情愿，满腹柔情，就连那段经典的独白起初也只不过是孙悟空的一个谎言。可是，那滴她留在他心中的泪，让他们的心灵开始共振。

相遇不易，相知难，相爱更是难上难。不知道这个世界究竟多大，不曾记得与多少人相遇过，但亲爱的朋友们，别管你生命中已遇到、错过多少人，现在，请郑重地告诉自己：学会珍惜，好好珍惜着人世间一切美好的缘分吧！

“花开堪折直须折，莫待无花空折枝”。

人生何处不相逢

人生，说不尽的机缘巧合。人生有太多的不定的因素，太多的如果又注定了怎样的结局，那样的结局就注定了该走的路。

“机缘巧合”其实是注定的代名词，是命里注定的，也就是缘分。缘分是一种感觉，看不见、摸不到。

那天去那个城市校对最后的书稿清样，就遇到一个机缘巧合的事情。让双方都大吃一惊！那天早上雾气特别大，也没阻挡住我坐车的决心，因为要校对自己的书稿。长途客车在郊区转了很长时间换了个路口才上高速公路，路上，车开得很慢很慢……到达时，已是中午12点半了。在当地车站又遇到一个难缠的出租车司机，不打表而要多于实际路途很多的费用，一气之下我干脆换乘公交车。中午时分，车上人很少，9路车晃晃地开着……在经过十几个车站后终于到达我要去的当地一家著名报社印刷厂所在地那个名叫大花园的车站。我跳下车转身准备穿越马路，突然听到一个男人在喊我，我十分诧异，赶紧回头，发现是我的朋友HL与他的妻子笑吟吟地看着我。他们还推着自行车。我非常吃惊！他们并不知道我去那个城市，更不知道我在那里印书。朋友的妻子是合肥人，他们在合肥举行婚礼时请我当摄影师。平时，他们中午都是回家吃中饭，但那天他们是在外面吃的午饭，然后准备回家，自行车又坏了，于是就推着走，正好走到我下车的那个地方有个修车的，刚修好车准备走，朋友就看到我从公交车上下来。我想这真是机缘巧合啊！试想，如果那天早上我不去那个城市，如果我不在那天去那个城市，如果当时我打出租车，如果他们那天仍然在家吃午饭，如果他们的自行车没坏……如果，如果……有太多的可能，有太多的未知。其实，这样相遇，还是一种缘分。因为文学，我认识了HL，因为文学，HL与妻子结合，还因为我与他妻子又是同乡，巧合的是我的书又在那边印刷（不是我个人行为）。所有的这一切，构成了一种因果关系。

也许，就是佛说的命里注定吧，也是偶然与必然的关系。无数个偶

然，注定了一个必然。

那年孩子她爸去西安，竟然在兵马俑景区遇到了教他武术的师傅。当时他们都非常吃惊，两个不在一个城市的安徽人——一个是合肥人一个是蚌埠人，事先也没商量要去西安游玩。另外，师傅是自己开车，而孩子她爸是坐火车去的，居然能在几千里之外的西安相遇，真很神奇。

2001 年，我到九寨沟游玩，在附近的一个喇叭寺庙竟然碰到两个与我在一个大楼上班的老同事，不过我在 23 层、他们在 30 层。这也是非常的神奇啊。事先大家都不知道，否则可以结伴而行啊。

还有一件奇事，上周六我去芜湖看望外甥。车在高速公路上飞奔……突然，一轿车飞快地从后面超上来，只见车窗迅速打开，里面一个女人拼命向我们招手。我还在想，怎么了？这是谁啊？于是仔细一看，原来是我的朋友阿霖。她认识我家的车牌号。她随即打电话问我到哪里？我们互相通报完毕，于是，相约在芜湖市区见面。真好像冥冥之中有个无形的手在指挥着。

大千世界，茫茫人海，两个人从相遇，相识到相知，这是一种缘；若是再相亲相爱能够在一起，这就是缘分。缘分是天定的，强求无缘，就像化学反应一样，条件充足，加了催化剂，就产生了新事物。比如说，爱情。何谓机缘巧合？何谓心有灵犀？何谓一见如故？何谓相见恨晚？犹如飞鸟与鱼的爱情：一个是天上的飞鸟，一个是水里游的鱼，因了暴风雨，飞鸟落到水里，被鱼托起，这就是缘；相爱，却不能相守，有缘而无分……无望、无奈的爱，飞鸟与鱼之间的彼此距离，犹如地狱与天堂，暮鼓与晨钟，白天永远不懂夜的黑……前世的五百次的回眸，换得今生的一次擦肩而过，而鱼前世的几万次祈祷，换得了今生的一次相恋，却仍然不能与飞鸟厮守终生。

爱情，没人能说得清楚。向左走向右走，爱与被爱，去与留，执著与放弃……选择那个才是对的，最后的选择结果是命运的抉择么？曾经有两个人对感情有着不同的玩法，可是一个机缘巧合下两个人走在了一起，不再玩弄感情，并且对感情有了不同的心态，对爱情也有了很深的认识，对于未来也有了希望，两个人都非常的努力，开始他们新的爱情旅程！

听过一个故事。说是一个女孩子一年前弄丢了一枚定情戒指，也丢掉了一份有年份的情感。现在，相同的戒指却又出现在她的面前，而且还是具有一样意义的戒指。她有点迷茫。她不知道会否再有当初的那种心情，她也害怕，现在的戒指会否再有之前那样的魔力、咒语。所以，她选择不把它戴在手指上而是戴在手腕上的手链中。她翘首企盼，给自己一个放下过去的机会和给别人一个公平的机会。看到手链上的戒指，有莫名的心安与感动。期待未来的某一天可以打破咒语，一样可以为她带来幸运、幸福！命中注定，她会重拾戒指，上帝再次给了她追求幸福的机会。或许这个戒指会给她带来不一样的结局，使她不再活在过去。相信爱情的魔力会让她忘掉以前的一切不顺心。

保罗·鲍尔斯，小说家、作曲家、旅行家、编剧、演员。他是二十世纪美国文坛上出现的一位比较奇特的小说家，其小说的主要意蕴，即在一种看似无望的探求中寻找精神家园。他一生写了 4 部长篇小说，超过 100 篇短篇小说。他同时还创作音乐作品、写诗。《时代》杂志称他为“他那个时代里最不同寻常的、最独特的，最有天赋的作家之一”。有小说代表作《情陷撒哈拉》、《遮蔽的天空》。二次大战结束后，他开始集中写作小说。他的第一部长篇小说就是《情陷撒哈拉》，1949 年出版后得了广泛好评。原本身为旅行家和作曲家的保罗之所以后来又成为了一位作家，其间的过程确实有点机缘巧合。1947 年，保罗来到位于纽约的代尔出版公司想出版自己写的几个故事，然而对方告诉他，除非这些故事能构成一部小说，不然没有出版商愿意读这些东西。此外，严格说来，作家本人——保罗这时的又一身份使他还必须配有一位作家事务代理人。于是，保罗等着出版商电话，之后，被告知已为他找到一位作家事务代理人。又过了不久，出版公司愿意与保罗签订合同出版一本小说，并且还预定了一本。一切都发生得那么突然，却又那么自然。

根据米兰·昆德拉的小说《生命中不能承受之轻》改编的电影《布拉格之春》，它很深刻地描写了人性。托马斯，一个外科医生，最好的情人是萨拜娜，一个画家，像他这种人，不会是娶妻生子的。男女主人公的内心，都有一只怪兽，他们都受着这只怪兽的摆布，在情欲中挣扎而无法自拔。一个偶然的机会，他遇上了生命中唯一让他下允诺的人：特丽莎。短暂的相遇之后就分开，后来，这个女人带着行李从乡下来到布拉格，敲开了他的门，他破例让这个女人在家里过夜，融入他的生活，成为他的妻子，还有了一条狗。婚后的特里莎愈发难以忍受丈夫的放浪生活，终于在一个黑夜中离家出走，而那一夜，苏联人的坦克开进了布拉格……一个男人，一个女人，加上一条狗，也许就可以构成一段幸福的生活。然而从中又生出了诸多枝节，就仿佛是一条幽深的路，永远也不知道走下去会发生什么，可还要一直往下走，或许是因为好奇，或许是无可奈何。他们最终还是离开了布拉格，去了乡下，和以往的生活彻底说再见了，永远也回不去了。

我们所遭遇的种种无不是出于机缘巧合。这个世界机缘巧合太多，你遇见了什么，错过了什么……这是命中注定。所以，在生命中，即使是擦肩而过的人，也都是注定的！因而，人生何处不相逢啊！

做回妖精又何妨

上周六，文友聚会，因那天突然变冷，就加了一件记者服。一女文友说，今天穿着像个职业女性，平时像个妖精；另一男文友调侃道“是狐狸精”。大家皆哈哈大笑。我很诧异，转而笑道：好啊！像妖精、狐狸精很好！喜欢这样的称呼。其实，平生极爱“狐媚”一词。

平时，我都穿很女性化的衣服，朋友们都说女人味十足。我认为，做女人，就要妖娆如狐一般，女人的衣着仪态、举止如水一样，充满柔媚与妖娆；女人要有媚态，但不媚俗、谄媚，那样的媚不是装的，况且装也是装不出来的。

安徽文化界有一件趣事，那日听老朋友漫画家吕士民先生说，有一日他即兴给人作画，是一男士为一女士求画，也不说要画什么。聪慧的老先生心领神会，随手便画了一只月下狐狸，尖尖的下巴，秀气的面庞，温柔的表情，柔软娇小的身躯，媚态可掬，婉约有致。画毕，看画的人有大笑之，也有人抿嘴偷乐。

此外，还有一件趣事。前年在漫画家吕士民的画展上，我为本地一文人前辈程耀恺老师拍了一张照片，后来，他竟在博客上这样写道：这张照片，是狐仙一般飘逸的海心所拍，技艺精湛……程老师如是说我给他拍的照片，但直到今年才得知程老师把当时就把照片放在博上，先前我并不知道。那也是我初次见到程老师。可见，妖精与狐狸并不是专指坏女人。程老师说，少时他对狐狸充满了好奇。还专门写过一篇文章赞美与怀念狐狸的，还看过狐狸跳舞的，那舞蹈太美了。狐狸很聪明，受伤了还会主动求救，并会感恩。听他介绍狐狸的故事，心里充满了向往。程老师对其家乡的狐狸有一番精美描述：“……独自隐藏在路南的松林里。合着松涛，耳边就传来涵洞口滴水的声响，叮叮咚咚的，像是女人玉一般的纤手在轻拢慢抹琴弦。这时从毛狗洞里，倏而跳出三只银狐，一大两小，银灰色被毛，根根可见，它们挪动着狐步，伴着水鸣，姗姗起舞，那舞姿的轻盈与

多态，让我心旌摇曳，就差没叫出声来。”看看，那狐狸多么美。也许，真跟妖精这个词有缘，有天，在网上看到一个帖子“十二星座十二只鬼，你是什么鬼?”其中双鱼座：酒鬼或是倩女幽魂。哈，一朋友跟帖说，固然是妖精。我是双鱼座，显然不是酒鬼，那就是倩女幽魂，就是妖精了。

文学作品中，有很多篇章、诗句，都描写女人的或娇柔、或含羞、或莞尔、或婉约、或妩媚、或娇俏狐媚之态的，比如《诗经》、《聊斋志异》、《红楼梦》等就有。

如《诗经》里的《桃夭》诗句“桃之夭夭，其华灼灼”、那个有着桃花一般美丽容貌的夭夭女子即将出嫁，其害羞、娇媚、温柔的样子，让人满怀爱恋；而《卫风·硕人》夫人“手如柔荑，肤如凝脂，领如蝤蛴，齿如瓠犀，螓首蛾眉，巧笑倩兮！美目盼兮！”这七句诗集中描述望而却步姜美丽的容貌，螓儿（似蝉而小）一样的方额、蚕蛾触须一样的细眉，巧笑的两靥多好看，水灵的双睛分外娇，仿佛一幅栩栩如生的美人图；还有“有狐绥绥，在彼淇梁”，这里的“狐”却是指孤傲的美男子。其后，狐由雄性、雄雌相间、到最后为女性专属，就是因为狐的气质是阴柔、妩媚、还有点狡黠，在审美上与女性气质吻合。初唐骆宾王竟然说武则天“入门见嫉，蛾眉不肯让人；掩袖工谗，狐媚偏能惑主。”他把“狐媚”一词内涵扩大，从此，“狐媚”成为描述风情万种、善于献媚的女性专属词汇。一代女皇武则天，14 岁以才人的身份进宫，唐太宗被她迷住了，私下里叫她“媚娘”，封她为才人。而蒲松龄《聊斋志异》更是描述了群狐众生相。有研究资料表明，《聊斋》490 多篇中，有 86 篇写到狐的。《聊斋》中的狐仙或狐妖，个个都是美丽迷人、妩媚温柔、聪明机智、纯洁可爱、侠骨柔情、甚至是深明大义的。她们倾城的貌与媚人的术共存、天真烂漫与成熟世故兼有、女性的阴柔婉约与男子的阳刚豪爽并举。因此，妖而不邪，媚而不厌。于是，深得人们喜爱。她们之所以借助人的外形出现，假托以狐之名、附体于狐之身，是因为那个时代所决定的。有人说，国人的心中都有个“狐”情结，男女皆然。是的，哪个男人的内心深处没有一头可爱的小狐狸啊？特别是读了些书的男人对“狐”的向往更甚。少时，看《聊斋志异》，对狐仙、妖怪是又爱又恨，爱她们美貌、神态与举止，恨的是她们夺人性命。此刻，便会咬牙切齿，那时，又心花怒放。《红楼梦》里写晴雯眉眼有些像黛玉，水蛇腰、削肩膀，惟不同的就是俏晴雯的“狐媚”，模样标致、打扮得像西施、能说惯道、掐尖要强。可叹晴雯的“狐媚”，反而成了王夫人砍向这薄命丫头的杀手锏。狐媚，是天赐的，也修炼不出来的。

现在，社会上流行的观念是“做女人，就要做妖精”。

怎样的女人才算是妖精？妖精要达到何种境界？妖精的首要条件：会缠人。一见钟情，一瞥惊魂，这些字眼都是为妖精们准备的。一般都说巧妇难为无米之炊，妖精们却可以把白开水煮出咖啡的味道。次要条件：善解人意。在他生气时迁就他；失意时安慰他；成功时提醒他；发工资时，知道留一点零花钱给他；洗衣时，发现他的钱包不饱和了会主动补齐；分开时，天天想着他；归来时，咬他的脖子；为他买好衣服、做可口的饭菜；在他累了的时候，会静静地偎在他怀里……还要会适度的缠住男人，必要时也可在自家男人面前搔首弄姿；要学会善解人意，时时留心，处处洞察男人的困惑，尽可能的帮他解除心理压力；当然，不要一味顺从，要学会生气、学会吃醋、学会撒娇、学会野蛮，你越是难以掌握，他越是想靠近你征服你。还要学得有魅力，魅是妖的本质，它千变万化、点石成金，诱惑爱情，激发潜能；最主要的就是让男人感觉到家的温馨、女人的温柔，做到入得厅堂、下得厨房。因此，有人说，女人都是妖，或多或少都有些妖性。妖性越多俗性越少，越见得可怜可爱。试想，有了这样的女人，男人还会出轨吗？

前几年，“巴蜀鬼才”魏明伦对马瑞芳的“狐说”表明了异议。“狐狸精”在老魏眼里是不折不扣的贬义。传统观念里，国人把那些妖冶迷人、祸国殃民、淫荡无尽、污浊不堪的女人叫做狐狸精。现在马教授却以此去赞美女人，真的很离经叛道，非常不妥不敬，尤其是对于丹和张海迪这样的大气、正气的女子，竟被称之为“狐狸精”，简直太荒谬了。或许，这两位外貌没有丝毫“狐媚”相的女子，正躲在一旁掩口偷着乐呢。因为狐狸精这个称呼，如今可了不得了。能和狐狸搭上界的都是不一般的女子，“狐媚”竟成了当下女人得意的魅力标签。

而在徐克电影《青蛇》里，张曼玉把蛇精刻画得比以往更加妖艳邪媚，一会是如梦似幻的媚情妖女、一会是情义双重的铮铮侠女，她将青蛇的蛇性、人性、佛性演得活灵活现，像条具有致命诱惑力的美女蛇。谁看了不喜欢？不分男人、女人。

近年来流行的歌曲《白狐》“我是一只修行千年的狐/千年修行，千年孤独/夜深人静时可有人听见我在哭/灯火阑珊处，可有人看见我跳舞

……”低沉的旋律，平和的音调，柔柔的，情深而不腻，细细缓缓地道出了女人的坚忍与伟大。歌曲讲述着滚滚红尘中那只白狐，为了爱的成全而无悔的选择放弃和离开，空灵、纯洁的爱让人们更懂得把爱握在手里时要珍惜。滚滚红尘中，我们都逃不过宿命的安排，无论是人，还是狐。爱有时是舍弃自己、成全所爱。《白狐》凄美、幽怨的曲风让人听了之后更为之动容，或凄美、或哀怨、或悲凉、或忧伤；歌声触动了人们的心弦。人们喜爱这首歌，也多半因为那个千年白狐。

妖精，就是妖媚女人的专属；妖精，就是女人中的女人；妖精，就是这个时代妖娆、优雅、精致、美丽女人的代名词。女人要成精，男人才爱。

孩子教育，家长前半生的最大事情

——聆听教育专家孙云晓讲座有感

昨晚沙龙，较之以前多了一种形式，加入了网上交流方块，现场人气空前火爆，有一些以前沙龙老常客，还有很多家长带着孩子一起来的，不知道具体人数，但从我拍的照片看，这一期也许堪称沙龙之最吧。

孙云晓老师真不愧是个研究青少年问题、关注家庭教育的专家，据说，已经研究了30多年。同时，孙老师也是著名的报告文学作家，出版过《夏令营中的较量》、《青春名利场》等作品。1993年发表报告文学《夏令营中的较量》震撼全国，书中将中日两国孩子在夏令营中的表现做了一系列的比较，引发热烈持久的教育大讨论，推动了教育改革。多年来，他一直活跃在中国家庭教育领域，从事教育的研究与探索，声名卓著，成就颇丰，有《教育是人的解放》、《让人幸福的教育》、《拯救男孩》等多部教育专著，广受关注与欢迎。先后主持了中国城市独生子女人格发展与教育、中国城市独生子女教育模式、杰出青年的童年与教育、向孩子学习、21世纪教育四大支柱的理论与实践、当代中国少年儿童发展状况调查等多项课题，以及国家级课题“少年儿童行为习惯与人格关系的研究”。现为中国青少年研究中心副主任、研究员，《少年儿童研究》杂志总编辑。2000年5月，为了与家长直接对话，更好地了解中国家庭教育的现状，开通了自己的网站。10年来，他每月与网友聊天一次。据了解，现为中国作家协会会员的孙云晓，除以报告文学名动中国外，早年还曾是诗歌的拥趸。

昨晚，他针对不同年龄段、不同类别的孩子都说出了如何教育的方法，甚至还主动提到了他女儿的教育问题。他说他女儿从没上过重点学校，也没让女儿学东学西。他女儿从小喜欢当记者，小学、中学都是校园记者，他就鼓励她。此外，每到寒暑假时他都带女儿出游，在女儿18岁之前已经游过全国13个省份。他女儿后来考上了复旦大学社会学系，她现在

已经很成功，做驻外记者了。孙老师还说，对孩子就要放养。当时，他只让女儿学会几个好习惯：第一就是读书、第二是写作。养成读书的习惯，就等于在孩子心中装了一台力量的发动机，养成读书的习惯，孩子就一辈子不寂寞。孩子养不成读书的习惯，教育就失败了，是一辈子的失败。日本教育家说，家庭是习惯的学校，父母是习惯的老师。父母最高的本领就是：一要培养孩子的兴趣，二要培养孩子的好习惯。没有兴趣就没有成长的动力，没有习惯就没有成长的保障。此外，他自己坚持每天写日记，从15岁开始已经坚持了整整40年。他说，如果一个人坚持写日记，只要坚持10年，必有重大收获，这点他深有体会。其实，沙龙策划人新安晚报马主任的教育孩子方式也很成功，她的女儿也一个放养型教育的实例，她女儿还没毕业，已有单位找上门来要她了。

想一想，这样的教育方式，真是太好了，我本人也是深有体会的。每年寒暑假，我都带孩子去旅游的。我坚信古人说得没错：行万里路，读万卷书。旅游，可以让孩子发散思维、拓宽视野、增长知识……多好啊！旅游回来，还让孩子写作文，在行游过程中我自己也写日记，给孩子做个榜样。读不到万卷书，只要读书，不管主观如何，但客观上也多少有所收益的。而写日记，也是最好的练笔，是训练思维的一种方式，因为写作的过程是个思考的过程。孩子从小也是兴趣广泛，喜欢文艺，比如绘画、舞蹈、唱歌等等，所以在女儿刚上小学一年级时，就安排她跟一个大学附中的美术老师、我省青年画家去学绘画。现在已经画了多年了。女儿自己非常喜欢，她立志要把绘画作为她以后的人生价值的实现方向，并作为她的事业来发展。她说考大学就上美术学院，她特别崇敬中央美院与中国美院。因此，我还专门带她到全国一些大的美术院校去游览，让她感受那种艺术氛围。那年夏天，我还专门带她去北京看看她心中的理想天堂——中央美院，女儿欣喜若狂，我也深深陶醉在其中（上美术院校，也是我的梦想）。这是中国美术界的最高学府啊！平时，只要全国哪个城市有重要画展、摄影展、设计展等等，我都带她去参观与学习。

那日，参加一个朋友的聚餐，其中本市一画院院长说起他是如何教育孩子的，这个孩子教育的很成功，从小就考进中央美院附中，各项成绩都很拔尖，是附中的学生楷模，属于顶级学生，如今在中央美院读本科，明年就要去国外读研了。据专家说她是中央美院最近30年代来最有创新精神与能力的学生。

再说说老领导的二儿子，上学时很用功的一个孩子。这位老领导夫妻俩都是老五届大学生，他们对孩子也是“放着养”的，给孩子充分的民主与自由。大儿子上大学后，他们精心抚养二儿子，这个孩子少时真是很懂事，自己用功，不贪玩，最大的爱好就是踢足球。那年高三过春节时，他妈妈说，今天大年三十，从今天开始你就不要看书了，休息3天，也出去与同学们玩玩吧。可是他却不愿意，即使大人们出去走亲访友，他也是一个人在看书。后来，这个孩子考上了上海一著名大学，并考取了该校的研究生，如今，任一家大型国企部门负责人。还有一个外甥，这孩子自尊心也特别强。即使偶尔几次没有考好，父母也不怪他，而他却把自己关在他的房间里，非要把考卷重新做一遍，直到做出正确的答案，才出来吃饭。你说，这样的孩子，学习会不好吗？

前几日，媒体曾报道我省泗县有位15岁的中学生，因沉溺于网络游戏，其母不允许他继续到网吧玩游戏，他竟然残忍地把母亲杀死。这个少年用极端行为编导了一场超出成人想象力的悲剧。真惨！更让人心寒的是：他杀死母亲后，没有呼天喊地，还把母亲从三楼抛尸楼下，反而继续在网吧里泡了3天3夜，警察找到他时，他还在网吧里很起劲地打着游戏。警察审讯他时，这位杀害自己母亲的孩子竟然没有流泪，也没悔恨，反而显得很平静，他没有负罪感地说，她整天太烦人了，杀了母亲是一种解脱！世上哪有这样冷血的儿子啊？儿子杀死母亲，这是怎样的教育结果啊?！这样的悲剧令人痛心不已！一个母亲“十月怀胎”，之后经历着生孩子这道生死门槛的跨越；随后，一面要精心侍候新生的孩子，含辛茹苦而充满希望，盼望着孩子快点长大早日成才，一面又要操持着家务。父亲总在外面做事。等到孩子稍大，新的问题又来了。他来县城上学，母亲前来陪读，谁知，换来的竟然是亲生儿子的忤逆，最后被他杀死！天理难容啊！家里只有一个儿子，比较娇惯，这孩子原来成绩不错，也还懂事，有时也干家务，可是在初三时迷上了网络游戏，此后常放学后很晚回家，周末更是整天泡在网吧。为了控制他的网瘾，其父决定让妻子专门到县城租房子照顾他，自己则外出打工赚钱来培养他。如此，孩子收敛了一段时间，并不负众望考上了重点中学，还被分到了“励志班”。但不久，他网瘾又犯了，暑假经常整个星期都不回家。同学们说他出入神秘，有时一周有几天看不到他，平时不爱说话，和同学们很少交流，上课无精打采，晚自习常逃课去上网，后来白天也不上课了，10月份月考，成绩全班倒数第

二。惨案发生后，他父亲连夜从打工地方赶回家，要起诉那家网吧。当然，网吧是有过错——让未成年人进入，可人们更想探究的是这个家庭教育的失败究竟在何处？

孙云晓认为，对于孩子，特别是男孩子来说，父亲的关心和教育至关重要。他说了一句名言——“一个父亲胜过百名老师”。父亲，引导孩子走上人生道路，父亲就是孩子永远的财富，可见，父亲在家庭教育中的位置多么重要啊！有时候，母亲花上半天功夫也解决不了的问题，而由父亲出面，就会变得简单得多。是啊！家庭是社会基层细胞，家庭中父亲的存在，这本身就是一个有利的教育因素，因为母子之间多是自然地体现着生物性的联系，而父亲是显示家庭的社会性不可替代的人物。在家庭中，父亲象征着一种雄性力量，具有雄壮、威武、勇敢、进取、独立、果断的个性品质，父亲在家庭教育中比母亲更有计划性、目的性，知识面更广。父亲是成人社会的典范，是孩子效仿的榜样，父亲的一言一行都将对孩子产生影响。孩子在与父亲的交往中，一方面感受着父爱，模仿、学习父亲的言谈举止；另一方面，父亲也在自觉或不自觉地要求孩子具有以上个性特征，尤其是对男孩的要求更为严格。家庭教育的正常格局应该是“严父慈母”，父亲在家庭教育中的权威作用胜过母亲。父亲在家庭教育中要成为主控者，成为家庭教育的导演，必须担负起家庭教育中宏观调控者的重任，父亲应以粗犷、豪迈、大气的男人形象实施家庭教育，与母亲的细心、细致、细腻形成对照。父亲的这些个性品质与特点，是母亲所无法模仿的，父亲在家庭教育中的作用也是母亲所无法替代的。父亲不应仅仅给予孩子物质生活上的保障，更要给予孩子宝贵的精神财富。如果父亲角色缺失，就极易导致孩子性格、情感方面的缺陷。父爱是家庭教育中的心理支柱，是家庭的心理调适剂。作为父亲，仅仅有爱，仅仅成为孩子成长的经济依靠，是远远不够的。实际上，孩子生长在有父爱的家庭中，不仅智力水平会正常发展，而且心理调适能力也会健康发展。

孙老师还针对脾气大的孩子怎么控制，提出了建议：我给父母六个字——大耳朵小嘴巴。以爱育爱，以静制静，多听少说。我觉得现在我们家长话都太多，跟孩子说话老是不得结束，孩子不高兴，你怎么办呢？我建议跟他说，孩子，别着急，先坐下。有什么想法说说，爸爸妈妈好好听。如果你能听孩子说上半个到一个小时，孩子哗哗都说出来了，他的毛病就改掉了一半，情绪就稳定下来了，而且这样还能使他学会听别人讲话。

我们应该用自己的静气，使孩子慢慢安静下来。在传统的亲子教育方式中，多半是父母用权威来教育孩子，或命令式的语气说话，而打骂处罚更是权威教育的重要方法。其实，当孩子不听管教时，家长不要破口大骂而要先冷静下来，然后心平气和地耐心询问孩子这么做的原因，很诚恳地将自己的担心或情绪解释给孩子听，让孩子了解他的行为会让父母难过，或是会让父母担心、惧怕。让孩子明白你是在帮他解决问题，而不是要惩罚他。

在如何对待孩子的网瘾时，孙老师说，对孩子如何对待网络的问题加强正确引导，一个从小接触到电脑和网络的孩子，要想得上网瘾，要比那些家里刻意不买电脑并千方百计阻挠孩子上网的困难得多。现在的青少年，特别愿意在网上交流，我跟网友十年聊天，很多都是青少年。一个朋友的女儿也是从小就上网的，她的第一篇见报文章说的就是网事，后来一发而不可收，她现在的网龄比同学都长，朋友的博客还是她在2004年帮着建立的。母女俩的交流，有一半话题因网络而引起。这孩子在网络上混长了，结识了各路高手。她从小上网，也许网络对她有些负面影响，但现在看来，正面影响远远要大于负面影响。所以，任何事情还在于如何引导。

父母如何教育孩子，尤其是处于青春期的孩子，的确是门大学问。本人认为：首先，应该加强与孩子的交流与沟通，了解孩子近况，掌握孩子心理，与孩子做朋友，耐心、真诚地倾听孩子的心声，做到态度平等、语气诚恳、耐心细致，动之以情、晓之以理，循循善诱，让孩子也学会换位思考；其次，家长要不断加强自身的学习，包括读书、上网、学技能等等，言传身教，给孩子树立榜样，拓展视野、增加知识、提高素质、接受新生事物，及时调整教育理念。再者，对孩子进行“防诱惑”与“受挫折”教育。因为，社会环境在变化，孩子的成长环境也在变化，各种诱惑层出不穷，也经受不了打击，抗拒不了挫折。孙云晓先生为何受欢迎，就是因为他看到了中国太多的教育问题，并提出了他的一些独到看法。

沙龙结束时，省图书城刘经理请本次沙龙3位嘉宾每人说一句话作为小结，孙老师说“父母好好学习，孩子天天向上”。这句话很新颖，改变了以前传统的说法，很令人深思。是的，父母总是在不断要求孩子们如何，但作为父母应该怎样去做？父母只有不断加强学习，提高自身素质，

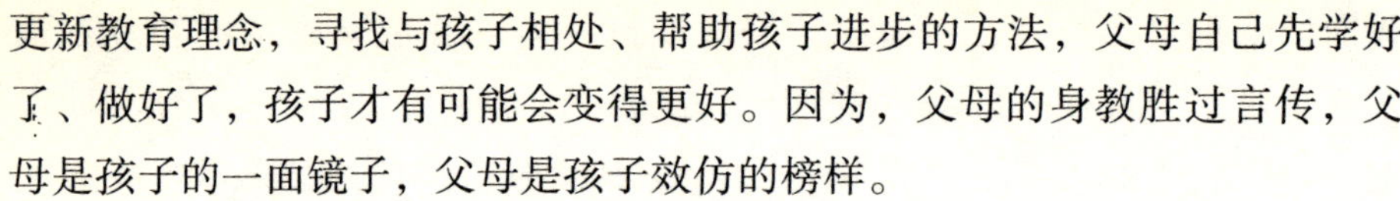

更新教育理念，寻找与孩子相处、帮助孩子进步的方法，父母自己先学好了、做好了，孩子才有可能会变得更好。因为，父母的身教胜过言传，父母是孩子的一面镜子，父母是孩子效仿的榜样。

孩子的教育，不是一蹴而就的事情，急不得慢不得，可以说是家长前半生的最大事情。即使个人再成功，但其孩子没有教育好，真是一辈子的遗憾啊！昨晚回来路上，与朋友们在一路走还一路探讨孩子教育问题。孩子教育，也是家长说不完的话题。

快乐工作　激情生活

古人云：安居乐业。乐业者，快乐从业之所谓也，乐业是敬业的前提。只有对工作充满激情与责任感的人，才能发现自己在哪里有不足，哪里还需要改进，如此，才能有进步。快乐是工作的灵魂，激情是生活的动力。对于工作，欣然接受也罢，委曲求全也罢，总之，是生活的需要。忙碌的工作，对人是一种充实，更是一种锻炼。因为人生在世，总要做点事情，否则，就会感到人生很无聊，无所事事也是人生的一大痛苦。快乐要自己找。快乐是来源于人们的一种自我感受和对于事物的理解。香港特首在当选时说过一句话让人回味良久："我要努力做好这份工"。这句话说出工作的真谛，表明了对工作的态度，这也正是港人工作的真实写照。用现在的话来说，那就是"职业道德和敬业精神"。

从个人来说，有什么比获得快乐更重要的呢？无论工作与学习，共同的目的都是为了能更快乐的生活吗？从单位角度来说，单位领导所要寻找的是有奉献精神与归属感的员工；而员工则希望找到一份能带来快乐与满足感的工作。如何实现这两者的成功对接呢？怎样才能在工作中寻找快乐呢？笔者认为：

第一，从内心寻找快乐。

快乐是一种心态，只能靠自己去把握去感触。很轻松自在地看待每个事物，才能拥有属于自己的快乐与安宁。你可以从干家务的过程中感受快乐，看着窗明几净的家，再泡上一杯茶，闻着茶的清香、看着氤氲的水汽袅袅，任思绪信马由缰地活跃着；你可以手执一本喜爱的书，与书中的主人公同喜共忧；你还可以邀上几位亲朋好友，或下棋、或唱歌、或出游、或聚餐……只要是选择你自己喜欢的方式，获得的总会是快乐。从工作本身来说，是不可能自动给你带来快乐的，不付出汗水就结不出硕果。空闲无聊时，我们不会感到快乐，反而会因之烦躁不安。工作的人是美丽的，忙碌的人是快乐的。通过企业转型，业务做得越来越好，通过用心服务，

客户越来越满意，通过我们的微笑、交流与沟通，难题逐个被解决……每完成一项工作，心中就会得到一份慰藉与快乐。

第二，在团队合作中分享快乐。

团队，这种融洽、团结和积极向上的氛围，无时无刻不感染着人。环境是影响心情的重要因素，快乐地工作心情来源于快乐的工作环境。和谐、团结、互助、分享的工作氛围，不但能够提高工作的效率，还能够激发人们积极向上的进取心。情感是互动的。如过自己在哪里受了委屈，一冲动就又非常不理智的对待下一位同事……其实，接受你的负面情绪的人不快乐，你也会为自己的行为失准而感动内疚。帮助别人，就是帮助自己。如果你想快乐的工作与生活，就应该先学会让他人快乐。同时，把你的快乐带给身边的每个人。所有的人，一起开心，一起快乐，分享着每一份感受，就像回到了家。因这份缘分聚集到这里，没有理由不快乐工作。这里是一片人文的乐土，是一片让大家共同交流、共同学习、共同成长的地方。

第三，适时平衡工作与生活。

不管是工作还是生活，都是生命中不可或缺的，因此，不能顾此失彼，不能有失偏颇。如果放长假，可以出去长途旅游，看祖国美丽山川；也可以不去很远的地方，只是离开工作的城市，到郊外游乐，让清新的空气沁入你的心肺之中，再把一份快乐的好心情，带回到工作中来。你会觉得这么生活原来这么美好！如果工作太忙而没有时间休假，那你就忙里偷闲，上街去逛逛，或去书店、或去茶社、咖啡屋，还可去健身房让自己大汗淋漓一次……尽量调节自己的生活，使自己轻松，让精力充分恢复。总之，有了充沛的精力，你才能去应对新的工作。

快乐工作，就是快乐的天堂，每个人都是快乐可爱的天使。工作与生活，就如一个天平的两端，只有合理地安排工作，充分地享受生活，才能从容地面对一切机遇和挑战，在生命的旅途中活出自己的精彩！梦想在远方，踏实做好工作，让自己快乐地工作着。做一个知足常乐的人、做一个懂得享受快乐、享受生活的人！开心一笑，快乐工作。从现在起，热爱你的工作吧，这是你成功的起点。衷心祝愿每个人都能燃烧激情，快乐工作！

点亮心灯

每个人的心里都有一盏灯，一盏可以照亮心灵的灯。心灯是干渴时的清泉，是迷路时的北斗，是风浪中的港湾，是沙漠中的绿洲。心灯是延续生命的缆绳，是寻找快乐的魔杖，是击破困难的钢枪，是树立信心的航标，是我们生命中不灭的火焰。

俗语说：人生不如意事常十之八九。有了心灯，就会临坎坷而坦荡，面挫折而达观，处危难而不惊。在黑暗中，我们点亮心灯，就会有方向、有希望，就能照亮自己，鼓舞他人；在困难中，我们点亮心灯，就能树立信心、增加勇气，就能在困境中奋进、在绝望中奋发。在阴雨连绵的季节，为自己点亮阳光普照的心灯，即使下再大的雨，心灯不灭，天气就是明朗的；在天气寒冷的冬季，为自己点亮温暖的心灯，即使是冰天雪地的季节，心灯不灭，身体就是暖和的。痛苦悲伤时，为自己点亮快乐的心灯，即使再遭受怎样痛苦的打击，心灯不灭，快乐就会重来。点亮心灯，让人生的旅途不再迷茫，把一份牵挂留在心上，让曾经有过的所有伤痛，随岁月的流逝飘向远方。心灯要用心来点亮，要以仁爱为灯油、信念为灯芯，培出温暖、坚定、达观、粲然不息之光，用毕生的精力、毅力、活力来呵护、擦拭。心灯是支持我们走向生活、走向世界、走向未来的不竭动力。

一、点亮心灯，燃起希望

春天因为点亮了心灯，所以才赶走了寒风呼啸，冰冻三尺的严冬，迎来了万物复苏与百花齐放；花儿因为点亮了心灯，所以它才承受了风雨的洗礼，绽放了绚丽的色彩，迎来了万众惊羡的目光。人生漫漫，要想克服困难超越自我成就大业，必须以坚强的品质、非凡的意志为自己点亮一盏心灯，这样你的人生才有希望，人生的道路才会越走越宽、越走越好。

春秋时，齐襄公被杀后，公子小白和公子纠为争夺王位而战。鲍叔牙助小白，管仲助纠。双方交战中，管仲曾用箭射中了小白衣带上的钩子，小白险遭丧命。后来小白做了齐国国君，即齐桓公。齐桓公执政后，任命鲍叔牙为相国。可鲍叔牙有智人之明，坚持把管仲推荐给桓公。齐桓公是宽容大度的人，不记射钩私仇，采纳了鲍叔牙的建议，重用管仲，任命他为相国。管仲担任相国后，协助桓公在经济、内政、军事方面进行改革，数年之间，齐转弱为强，成为春秋前期中原经济最发达的强国，齐桓公也就了“九合诸侯，一匡天下”的霸业。

一位患了癌症的病人去医院检查，医生拿错了报告单，于是告诉他：你一切都好，没什么病。病人拿着报告单走出医院，果真觉得轻松，开心而充实。直到有一天医院发现了自己的失误，大惊失色，忙打电话叫他到医院。令人惊讶的事发生了——这一次检查下来病人居然已经完全恢复健康，癌细胞全都消失了。这就是精神的力量！一纸错误的报告单却点亮了他的心灯，燃起了他的希望，他内心的自信和坚强化作力量与勇气使他支撑下去，让他从黑暗中走出，重新拥抱了灿烂的生命。

二、点亮心灯，坚定信心

心灯是罗盘，指示了前进的方向，心灯是灯塔，照亮了未知的路。大海茫茫，一船乘风破浪朝着彼岸前进，因为有罗盘的指引，就样它才不会迷失方向；西风猎猎，驼队冒着酷暑艰难地穿越着大漠，因为他们有一颗坚定的心，这样他们就不会半途而废。点亮心灯，成功之门亦将永远开启。

霍金虽然身体残疾，但是他意志坚定。他并不因身残而放弃梦想，失去信心。他坚强的与病魔争斗，与死神抗衡，他不抱怨命运的不公，只是奋力的拼搏、勤奋的钻研，最后终于为物理界作出了不朽的贡献。他曾说过这样一句话：“虽然我的命运是很悲惨，但是我还有一个大脑可以思考，我还有一个多手指可以动，我还有爱我的与我爱的人……”他点亮了心灯，获得了成功。

小泽征尔是世界著名的交响乐指挥家。在一次世界优秀指挥家大赛的决赛中，他按照评委会给的乐谱指挥演奏，敏锐地发现了不和谐的声音。起初，他以为是乐队演奏出了错误，就停下来重新演奏，但还是不对。他觉得是乐谱有问题。这时，在场的作曲家和评委会的权威人士坚持说乐谱绝对没有问题，是他错了。面对一大批音乐大师和权威人士，他思考再三，最后斩钉截铁地大声说："不！一定是乐谱错了！"话音刚落，评委席上的评委们立即站起来，报以热烈的掌声，祝贺他大赛夺魁。原来，这是评委们精心设计的"圈套"，以此来检验指挥家在发现乐谱错误并遭到权威人士"否定"的情况下，能否坚持自己的正确主张。前两位参加决赛的指挥家虽然也发现了错误，但终因随声附和权威们的意见而被淘汰。小泽征尔却因坚定信心而摘取了世界指挥家大赛的桂冠。

三、点亮心灯，认识自己

"认识你自己"是镌刻在希腊德尔菲神庙上的箴言。苏格拉底用它来解释哲学的使命。"你自己"并不是指肉体，而是指人的灵魂。每个人都需要认识自己，一个对自己都不了解、甚至看不清自己、读不懂自己的人，很容易陷入迷惘和生活的怪圈而不知所措。很多时候，人被黑暗蒙蔽了双眼，对着镜子只能看到自己的轮廓，而看不进人的内心。

日本导演北野武的电影《坏孩子的天空》中有这样一段台词："我们完了吗?""混蛋，我们还没有开始呢!"不是前方的路太迷茫，只是我们自己困住了自己，还没有开始青春的旅程，就已经缴械投降了。到底是青春残酷，还是我们心中的青春太残酷。是啊！如果无法在黑暗中摸索到前进的路，不要责怪夜太黑，只是因为你没有点燃心中的明灯，认识真实的自己。

据说，老舍最喜欢自己的一部小说——《微神》，因为里面有他初恋的影子。一个有才识的少年，一个温婉可人的少女。在互相的凝望中，他们看到了一世情缘。她打开了他的爱的园门，他决心与她走到山穷水尽。之后，她家道中落，他踏上了南洋求学的征程。虽是内心牵挂，但苦于千里迢迢。等他回来后，已是物非人非，她迫于生计，先是嫁人后沦为暗娼。他平添悔恨却又忘不了，反倒更想见她，愿意和她将爱重新拾起。还说要娶她，而她肆意地大笑。他坚定自己的诺言要娶她，她几次不愿见他。此时的她，虽珍重心底的爱恋，却知无法找回自己，病中无奈选择自己动手堕胎而自杀。她是令人惋惜的，可怜可悲可叹啊！与其说是世俗困住了她，不如说是她自己围住了自己。她眼里的世界只剩下黑暗，但她却忘记了心里曾经装着的心灯。夜太黑了，她看不清楚自己，也看不清楚未来。如果她自己"点"一下，生命不会那么短暂。如果老舍早一点去帮助她"点"亮心灯，生命可能又是一番精彩。

四、点亮心灯，唤醒良知

在现实生活中，人们无时无刻不被众多欲望所包围着，而不良的欲望谁都会有，它有时就像“妖魔鬼怪”，总是在人们动摇、困惑时左右人们的理智，让人在一念之中走向大大小小的悔恨之中。那么，人们如何去防范自己的一念之错呢？那就是良知和自律，这就是存在于我们心中的那盏心灯。每个人的内心深处原本就有一盏良知之灯，我们必须要点燃它、唤醒它。

那次去一个庙宇，大师说：“点一盏莲花灯吧，点一盏灯，照亮你的生命。我们每一个人都能够点亮自己的心灯啊。”于是，就有许多香客前去点灯。一盏一盏莲花灯，在阳光下静静的吐着佛的香味，让点灯的人心中有了分享和方向。“身是菩提树，心如明镜台，时时勤拂拭，莫让惹尘埃。”红尘中有许多诱惑，如尘埃包围并污染着我们的心，让我们的心中的灯没有光明，我们就是要用智慧和慈悲去点亮那盏灯啊！

听说一个关于窃贼良知被唤起的故事。一个阴雨绵绵的傍晚，在济南火车站，一位大娘痛不欲生，原来老人将自己钱包连同火车票都弄丢了。围观的人越来越多，人群中开始有人送钱给老人，但老人只是低声哭泣就是不要，她怕别人说她是骗子。就在此时，一个小伙子挤到老人面前说：“大娘，你看这是你的吗？”大娘定睛一看，一把接过钱包，然后一边检查钱包一边连声道谢，可等她抬起头，那小伙子却已不见踪影了。其实，旁边的人都明白了是怎么一回事。后来一位记者在采访的文章中写到：“良知苏醒使这个世界远离丑陋。”很显然，那位偷了老人钱包的小伙子，瞬息间良心发现，在良知被唤醒并付诸行动的同时，终于在他人生中有了第一次释然，或许他从此走上了正道也不是不可能啊！

点亮心灯，其实不难，不需要花费多大力气，只需要一颗平和的心，用心活着，用心来感受一切，很多时候都会是开心的。哪怕是一次美丽的邂逅、一回真情的握手、一顿丰盛的晚宴、一个甜蜜的美梦、一次倾心的交流，都会让人心情愉悦。因为只有点亮心灯，才能拥有一颗明朗的心境，以一颗豁达的心，来应对一切突如其来的不幸，用灿烂的微笑来化解所有的伤痛。朋友，请不要忘了，随时点亮你的心灯。

古往今来，无论是谁，只要不放弃梦想，点亮心中那盏灯，就能指明前进的方向，就能给人自信与勇气，就能助人寻找到生活的真善美，就能够寻求人生的真谛、创造不朽的人生，从而登上成功的巅峰。

后　记

本书分为《重读经典》、《行游天下》、《非常时刻》、《烟火人间》、《心香一瓣》五个专辑，主要是抒发对人生的感悟、生命的思考、生活的感怀，对亲情、爱情、友情的歌颂与赞美，记载生活的点滴与心路历程。《重读经典》是通过本人对文化史上经典的书籍、篇章、戏曲、电影、电视等内容的重新阅读，试图进行重新解读，继而再次审视与感受；《行游天下》是本人在采访或旅游过程中，对所到之处的美景进行描画、对祖国壮丽山河的赞美抑或对当地历史文化的探索，记录自己的人生足迹，抒发心怀；《非常时刻》描述本人人生轨迹中发生重大历史事件时的亲历、亲为，以及所见、所闻、所感；《烟火人间》记录本人对平凡生活的感怀，与此过程中的点滴感受；《心香一瓣》展现本人的内心世界与浪漫情怀，从精神层面上审视自己。另，本书中照片均为本人所摄。

全书收集66篇散文，有多年前写的，也有近期写的，创作时间跨度较大，前后十几年。出版这本书，其实2009年在朋友的劝说下心有所动，有所计划但一直没付诸行动；今年，在同学的举荐下实现这个目标。

去年一年，工作很忙，除完成每期正常的报纸编辑工作与拍摄任务外，每个季度都去外地讲课或采访，还去北京学习了一段时间；全年到基层采访18次，采访报道一线先进人物30个，采写了7篇长篇通讯，送培到基层6次。此外，去年5月份，单位体检时发现我的身体出了状况，医生说必须尽快手术进行部分切除，否则极有可能发展为不治之症。换家医院检查，结果也是让马上进行手术切除。顷刻间，觉得天塌下来了，仔细思量，决定去上海医院复查，同时积极调整心态，学会坚强面对人生磨难。与上海医生商量，决定采取多管齐下的方法进行保守治疗，半年后再去复查。医生要求务必做到以下几点：一、保持良好快乐的心情；二、加强锻炼增强体质，注意休息不过分劳累；三、多吃些新鲜蔬菜、水果。今年9月份去上海复查，本来应该在五六月份就去复查的，可因没时间就拖下来了。复查结果令人欣慰，医生说治疗效果很好，让我继续做好以上三点，以后每年都去上海检查一次。

而今年以来，上半年多次出差，全年采访报道一线优秀人员11人，到

基层采访9次，送培到基层6次，采写了3篇长篇通讯。除繁忙的工作外，家里也发生了一些事情。6月份，母亲病重进行手术治疗，老人住了21天医院，我每天都要去，有时夜里还要陪护母亲，直至老人6月底出院。下半年，原准备集中精力修改、整理书稿的，可是除正常的报社工作外，每周还要参加一些文化沙龙，回来急忙就要写博文，同时，还要从几百幅现场图片中挑选十多张再发到博客上，以便朋友们及时阅读与转载。即使很累但自认为参加沙龙也是学习的机会，而且为此还写了好几篇文章，收获不小，因此，我还是一如既往地参加。这本散文集原准备在10月底就整理结束的，可是9月下旬孩子爷爷突然去世，大大打击了全家人的心态，也大大影响了我的心情，觉得人生很虚无。因而，书稿一直拖着没交出版社，但合同签了不做不行，于是紧赶慢赶，11月初，交了46篇稿件给出版社，剩余20篇稿子原准备本月初交的。可是，又获悉一个才40岁的朋友因心脏病突发而去世，她孩子的大伯也是我的忘年交大哥，她的离世我十分难过。谁知半月后，朋友婆婆、也就是那位大哥母亲又去世了，老人身体一直很好的。当晚，老领导的母亲去世了。唉！人生真是太无常了啊！人生一世，草木一秋！等心情渐渐好转后赶紧改稿，本月初又交了15篇，月底，剩余书稿整理完结，终于全部交给了出版社。

出版这本书，自己也牺牲了很多的爱好，比如古筝、国画的练习也少了许多，毛笔字写得也少了，感觉有些心力交瘁。但是，做任何事都贵在坚持，不可半途而废，即使困难重重，也要想方设法突出重围，如此，才能取得成功。回顾漫漫创作路，其中的幸福、快乐与痛苦、忧伤相伴，成功的喜悦与失败的泪水并存，就如歌中所唱“幸福着你的幸福”、“快乐着你的快乐”、“苦过你的苦”、“悲伤着你的悲伤”。

其实，我只是一个平凡的女子，写作，并不是为了成名成家，也不是为了营利，怀着一种自然、从容、非功利的心态，遵循着“我手写我心”的原则，诉说着自己的心灵，记录着自己所走过的路，也是内心深处的痴情所在。我没有过多的物质追求，只在乎精神世界的丰盈与否，只想过着“清净”、“无为”平静的生活。只想沉浸在对人性、文学的理解与解读中，沉浸在对亲情、爱情及友情的体悟中，沉浸在古今中外的故事里，沉浸在对汉字“排兵布阵”、“谋篇布局”的快乐里……夜晚来临时，就想一个人在静夜里看书、写字、弹琴、画画，听自己心灵对话，看那古典诗词里穿越尘封岁月而来的人与事，做一个古诗词浸染的水边伊人，写花儿繁盛的快乐、水滴清澈的忧伤。平日里，写些小文章抑或拍些美图，记录心情或记载生活中的点滴。畅想在未来日子里，抛却红尘，生活在海之滨、水之湄，观日出日落，赏花开花谢……让一杯清茗、一壶淡酒、一阕宫商、一缕清风、一片翠竹、满院花香，填满未来岁月……

这本小书的出版，只是个人写作生涯中的又一个小站。舞落繁华后，归于平淡。时光如梭，岁月沧桑，但那些过往中的人与事，最终都会沉积下来。在以后的岁月里，无论四季轮回、无论阴晴圆缺，我将一边写作一边聆听音乐，这是我此生最幸福、最浪漫的事。

在这本小书付梓之时，衷心感谢合肥工业大学出版社朱移山副社长及各位编辑老师的辛勤劳动，感谢我省著名散文家程耀恺老师于百忙之中抽出宝贵时间为我的小书作序，感谢现已在香港某大学读研并举荐我的同学方舟，感谢所有帮助过我的老师与朋友。因本人资历清浅，水平有限，加上时间仓促，难免会有一些错误与不足之处，敬请各位方家、老师批评指正！

·海心·

写于2010年12月